ATARDECER MEDITERRÁNEO

YVETTE CANOURA

Atardecer Mediterráneo

Yvette Canoura

Segunda Edición: 2021

www.yvettecanoura.com

ISBN 978-1-7349980-2-3

A Ibrahim y Hasan,

Ibrahim, el amor de mi vida, mi fuente de inspiración,
mi mejor amigo y mi alma gemela.

Hasan, el regalo más maravilloso y valioso que Dios me ha dado.

Prólogo

No he hablado contigo en mucho tiempo, ¿todo está bien? — preguntó Esmaa.

—Las cosas no podrían estar mejor, mi querida Esmaa. ¿Te gusta donde vives? — preguntó Fouad.

—Es aburrido sin ti. Necesito verte.

—Paciencia, querida. Sólo hemos estado separados por unos pocos meses.

—Parece una eternidad.

—Roma no se construyó en un día. Podrían pasar años antes de vernos.

—¿Años? ¡No puedo soportar estar otro minuto sin ti! — Esmaa luchó para no sonar desesperada.

—Extraño tu vivacidad querida, pero tenemos que ajustarnos a nuestro plan. Ya sabes lo que está en juego. Tenemos mucho que hacer para cumplir con nuestra agenda. Mientras tanto, recordaré nuestros momentos inolvidables.

—Un hombre como tú tiene que satisfacer sus deseos. No podrás ser fiel por mucho tiempo— se quejó Esmaa.

— ¿Quién prometió fidelidad? Tenemos un acuerdo y conoces las reglas. Te estableces en los Estados Unidos; yo sigo con mi vida en Antarah, según acordamos, y en el momento preciso, te mandaré a buscar.

— ¿No te da miedo que conozca a un hombre que me deslumbre y me pierdas para siempre?

—No creo que eso vaya a suceder, pero si así fuera, podría hacerte una visita sorpresa para desaparecerte. Sin embargo, estoy seguro de que no será necesario.

—Eres tan arrogante — le dijo molesta.

— Pero así te excito — respondió él. —Solo enfócate en la meta y estaremos juntos antes de lo que imaginas. Recuerda, no me llames. Me mantendré en contacto.

—Te amo — dijo Esmaa cuando Fouad colgó. El clic del receptor hizo un eco en su oído.

Esmaa contuvo las lágrimas cuando de repente su amiga Diana entró.

— Esmaa, ¿estás bien? ¿Estuviste llorando? — preguntó preocupada.

—No seas tonta. Tengo alergias. Estoy mejor que nunca. Sin compromisos, a meses de graduarme, con el trabajo que siempre soñé con la NASA. ¿Qué más puedo pedir?

—Eres una chica muy afortunada — admitió Diana.

— Realmente no ha sido suerte — comentó Esmaa. —He trabajado duro; soy inteligente, poseo ciertos atributos y sé cómo sacarles ventaja. Siempre consigo lo que quiero.

—Añádele modestia a tu lista — dijo Diana, quien admiraba a Esmaa y reconocía que era hermosa, no de una manera convencional, sino que poseía un magnetismo pues era segura de sí misma y de sus talentos.

—Me encantaría quedarme a conversar, pero tengo una reunión con el Dr. Lorenz. Te veré luego.

Esmaa salió apresurada rozando a Diana y dejando atrás su aroma característico de sándalo y vainilla.

capítulo 1

Enfrentando mi destino

Mi suerte ya estaba sellada antes de ser concebida. Nunca hubiese imaginado que mi vida estaría llena de tanta angustia y dolor. Aunque muchos piensan que podemos cambiar nuestro rumbo, los musulmanes creemos que Alá ha trazado nuestro camino desde que nacemos hasta que morimos. Por lo tanto, nuestro destino debe ser aceptado como la voluntad de Dios.

Sentada en silencio mirando tras la ventana de la limosina, me percaté de que nos acercábamos a la entrada de una gran mansión.

Aunque estaba oscuro, el reflejo de los focos del auto iluminaba el terreno, que estaba cubierto de hermosos y frondosos jardines.

—Bienvenida a nuestra casa, Fátima— dijo Fouad—. Estoy seguro de que serás feliz en tu nuevo hogar.

Cuando nos detuvimos frente a la puerta principal, salí lentamente de la limosina y miré a mi alrededor. En ese momento me di cuenta de que nunca podría acostumbrarme a una casa tan fría como mis sentimientos hacia mi esposo.

—Regresa por nosotros en la mañana— le dijo Fouad al chofer mientras cerraba la puerta.

Ahora no habría marcha atrás. Mi pesadilla estaba a punto de comenzar y no había forma de escapar de este dilema irracional al que me había sometido mi padre.

Cuando entramos, el olor a tabaco impregnaba toda la casa. Fouad estaba orgulloso de mostrarme su hogar, pues era obvio que había gastado una pequeña fortuna para decorarlo.

Al llegar al patio, quedé sorprendida. Por un breve momento, sonreí al ver la piscina. Me remonté a mi infancia y recordé las innumerables horas que pasé entrenando en la piscina para el equipo de natación del colegio. Recordé cómo mi padre estaba totalmente en contra de la idea pues en el Islam es haram, un pecado, que una mujer se exhiba en un traje de baño. Sin embargo, Mama lo convenció de que me dejara continuar y, como cualquier padre orgulloso, se emocionó cuando llevé a casa mi primer trofeo después de un encuentro.

—Ordené que la construyeran especialmente para ti— afirmó—. Tu padre me comentó que disfrutas de la natación.

Inesperadamente, comenzó a frotarme los hombros mientras seguía hablando.

Sentí escalofríos por toda mi espalda.

—Espero que esto sea un incentivo para que siempre mantengas tu cuerpo tan perfecto y atractivo como lo es ahora.

Lentamente, me alejé de su lado y al levantar mi vista vi que me miraba como un buitre que acababa de cazar su presa. Continuamos caminando por la casa y llegamos a una escalera que nos llevó al segundo piso. Repentinamente, Fouad agarró mi mano con fuerza y me llevó por los escalones. A pesar de que no habíamos terminado de ver los alrededores, Fouad parecía desinteresado en mostrarme el resto de la casa. Tenía otros planes.

—Guardé lo mejor para el final— dijo—. Nuestro dormitorio.

Entramos a la habitación. Era espaciosa, con paredes de colores oscuros y muebles de caoba con detalles dorados. Fouad se acercó a la cama, que no era de un tamaño normal sino que estaba hecha a la medida, y se sentó.

—Ven— dijo acariciando el colchón—, aquí consumaremos nuestro matrimonio esta noche.

Sentí un nudo en el estómago.

Se levantó, cerró la puerta y procedió a quitarse la corbata y desabotonarse la camisa. Cuando lo vi desabrocharse el cinturón, sentí que me desmayaba. De pronto, se sentó en una enorme y lujosa butaca y se quitó los zapatos. Parecía un rey en su trono esperando que yo me arrojara a sus pies. Se sirvió un whisky mientras me miraba atentamente.

—¿Vas a quedarte ahí parada?— preguntó.

No sabía qué decir.

—¿Estás consciente que es nuestra noche de bodas? Quítate todas tus joyas, excepto las que te regalé— insistió.

Seguí sus instrucciones. Me tomó más de cinco minutos quitarme todo el oro. Se puso de pie y me ayudó con los broches de las cadenas. También me desabrochó el vestido. Luego, volvió a sentarse en la butaca.

—Muéstrame lo que tienes debajo de la ropa— ordenó.

—¿Quieres que me desnude?

—Sí, quiero que te quites todo, despacio. Quiero ver tu cuerpo.

Sentí su desesperación cuando me quedé congelada y continuó en tono sarcástico.

—Por favor, no me digas que no has hecho esto antes. Conozco cómo son las chicas americanas. ¿No esperas que crea que eres virgen?

Bajé la cabeza y miré hacia el suelo.

—¡Dios mío! Eres virgen. Realmente soy un hombre afortunado— se rio y prosiguió en voz alta—. Vamos, no hagas esperar a tu esposo.

Me quedé petrificada cuando se levantó y se quitó los pantalones, porque nunca antes había visto a un hombre desnudo.

—Tienes dos opciones. Puedes disfrutar infinitamente lo inevitable, o podemos hacerlo a la fuerza. La decisión es tuya. Quítate la ropa ahora o te la arranco como un animal. Estaba asustada. Sabía que Fouad era capaz de violarme, aunque ya me sentía violada por la forma en que me miraba. Me desvestí en contra de mi voluntad, degradándome una vez más ante él.

Se acercó a mí y haló mi cabello. Podía oler en su aliento el aroma intoxicante de tabaco mezclado con licor. Me dio náuseas.

—No estás nada mal— dijo mientras me tasaba—. Báñate. Te quiero bien limpia. Sobre la cama dejé lo que quiero que te pongas cuando te haga mía. Ve, y no tardes. Estaré esperándote.

Me di cuenta de que estaba excitado, especialmente ahora que sabía que iba a ser mi primero.

Mientras me duchaba, recordé todas las historias que había escuchado de mis amigas universitarias sobre su primera vez. Cómo sus cuerpos temblaban en anticipación a ese momento, mientras el deseo y la pasión se apoderaban de la razón. Describían la maravillosa sensación que sentían al hacer el amor con alguien que realmente querían. En este momento, ninguna de esas emociones se albergaba en mí.

Mientras trataba de meterme dentro de una pequeña y reveladora pieza de ropa interior, pensé en cómo había imaginado mi primera vez, y definitivamente no había sido así.

Esperé por el hombre perfecto, y ahora estaba entregando mi cuerpo a un extraño. ¡Estaba tan desilusionada!

—¿Por qué te estás tardando tanto?— gritó, haciéndome regresar a mi horrible pesadilla.

—Ya voy.

Cuando salí, me devoró con sus ojos lentamente y pidió que me diera la vuelta. —Te ves increíble. Quiero verte así todas las noches. Acércate más— dijo, tomándome a la fuerza.

Sentí repulsión cuando presionó su cuerpo desnudo contra el mío. Comenzó a besar mi cuello, luego a desnudarme, me volteó y procedió a morderme los pechos. Quería morirme. Estaba erecto, rígido como una tabla. Me desconecté cuando me arrancó la ropa interior con los dientes. Sus besos y sus caricias me daban asco. Su cuerpo estrujándose contra el mío me hizo estremecer de temor. Seguí pensando en cómo estaba a unos momentos de perder mi dignidad y mi ser con este hombre despiadado, manipulador y egocéntrico. Este momento me recordaría a lo inútil que siempre me sentiría en sus brazos.

Me agarró por la cintura, me tiró sobre la cama y se subió encima de mí. Comenzó a penetrarme sin piedad y con violencia. Mientras entraba y salía de mí, sus gemidos eran cada vez más fuertes, hasta que llegó al clímax. Mi cuerpo quedó inmóvil. Las lágrimas rodaron por mi cara y mis manos se movieron discretamente para secarlas rápido y evitar darle el placer de saber que me había lastimado física y psicológicamente, y de todas las otras formas posibles.

Estaba avergonzada, adolorida y rebelde con lo que acababa de pasar. Sin embargo, estaba consciente de que esto era sólo el comienzo.

Después de que terminó, Fouad buscó y corroboró en las sábanas blancas la evidencia de que, en efecto, yo era virgen. Estaba encantado. Una vez más, fui humillada.

—¡Fue increíble! Tengo que decirte que estás entre las mejores, sino la mejor, de las que he tenido. Y que fueras virgen fue un.... premio inesperado— dijo.

—Me enfermas— le contesté.

—Te acostumbrarás. No tienes otra alternativa— dijo burlándose—. Sé de muchas mujeres que matarían por estar en tu lugar. Deberías sentirte orgullosa.

Cuando me levanté, agarró mi brazo con fuerza. "¿A dónde vas?", preguntó. Frenéticamente, intenté liberarme. ¿Qué más podría hacerme? Ya lo había perdido todo. Estaba enloquecida y hablé sin pensar.

—Voy a restregar mi cuerpo para tratar de quitar tu aroma de mi piel.

Me empujó de nuevo a la cama y me sujetó.

—Te vas cuando yo diga que te vayas. Esta es mi noche de bodas. De hoy en adelante, eres mía y mi olor siempre impregnará tu cuerpo— dijo firmemente y mirándome a los ojos—. No me vuelvas a provocar, Fátima. Ninguna mujer me habla así y vive para contarlo. — Me mordió el labio lo suficiente como para que saliera un poco de sangre. —Cuídate, cariño— susurró a mi oído mientras limpiaba mi labio con su lengua—. No me gustaría perder la paciencia.

Cuando se dio la vuelta, tomó un cigarrillo de la mesita de noche y lo encendió. Después de algunas bocanadas, se levantó. "Tomemos una ducha y a dormir", exigió. "Mañana tenemos que levantarnos temprano".

Cuando entré en la ducha, el agua se sintió como agujas golpeando mi piel. No solo me dolía, sino que también noté las contusiones en mis senos, brazos y muslos. Traté de bañarme rápidamente, pero cuando me di la vuelta para salir, Fouad entró. "¿A dónde vas, querida?", preguntó. "¿Pensaste que habíamos terminado?".

Cerré mis ojos cuando comenzó a besarme y manosear bruscamente mis pechos. Estaba enfermo. Recé para que esta vez terminara pronto.

Se me hizo difícil caminar. Me había desgarrado de adentro hacia afuera. Cada paso era un doloroso recordatorio de sus actos bárbaros. Necesitaba despejar mi mente.

Cuando finalmente se quedó dormido, me puse mi traje de baño y mi bata para bajar a la piscina. A partir de ese momento, esta se convertiría en mi santuario. Mientras sumergía mi cuerpo hinchado en el agua, tenía la esperanza de limpiar mi mente y mi alma de la experiencia repulsiva que acababa de vivir. Me remonté a una época en que mi vida era más sencilla; un momento en que mis esperanzas y sueños me prometían un futuro brillante.

capítulo 2

Mis dulces dieciséis

Feliz cumpleaños, dormilona— dijo Jamila mientras se subía a mi cama.

— ¿Qué hora es? — me quejé, aturdida.

— Hora de despertar.

— ¡Las siete y media! — exclamé al mirar el reloj y luego cubriéndome la cara con las sábanas—. Vuelve dentro de una hora.

— Ok— contestó Jamila, decepcionada y caminando hacia la puerta.

De repente, salté de la cama.

— ¡Estoy bromeando! Ven acá— le dije extendiendo mis brazos para abrazarla—. Apenas dormí anoche de la emoción.

—Estoy tan nerviosa pensando en esta noche. Todas estas personas importantes...

—No te preocupes. De todas las personas que vienen, eres la más importante: mi mejor amiga— le dije, tomándole la mano.

Los padres de Jamila querían que tuviera una vida mejor que la que ellos podían darle en Antarah, así que convencieron a su tía Samira, nuestra cocinera, de que hablara con mi padre para que le permitiera venir a vivir con nosotros.

Mi padre aceptó traer a Jamila a Washington, D.C. bajo una condición: que fuera tratada como una hija. Me emocionó la decisión de mis padres de que formara parte de nuestra familia. Yo amaba a Jamila. Ella era realmente como una hermana para mí. Nos contábamos todo. En un día como hoy, era muy divertido saber que estaría a mi lado.

—Entonces, ¿decidiste qué traje te vas a poner? — le pregunté.

—Todavía no, necesito tu ayuda.

—¿Por qué no le decimos a Mahmoud que nos lleve de compras?

—Muy buena idea.

Nos reímos mientras brincábamos en la cama. Cuando tocaron a la puerta nos asustamos.

—No tan alto, chicas— dijo Mama abriendo la puerta.

—Entra, Mama.

—Felices dieciséis, habeebtee.

—Gracias— dije besándola en ambas mejillas—. ¿Dónde está Baba? ¿Sigue durmiendo?

—Sabes que tu padre nunca duerme pasadas las 6:00 am.

En ese momento salí corriendo de la habitación y bajé por la escalera en espiral hacia su estudio. Cuando llegué, la puerta no estaba completamente cerrada y lo escuchaba hablar en árabe, pero no distinguía las palabras. Baba estaba caminando de un lado a otro. Detecté ira en su voz y me pregunté si tendría algo que ver con mi cumpleaños. Mi padre era un hombre que intimidaba, especialmente cuando estaba molesto. "¿Qué te he dicho de escuchar conversaciones privadas detrás de las puertas?". Estaba extremadamente alterado.

—Sabah Al Khair, buenos días, Baba— dije, a la vez que me tiró la puerta en la cara.

Esta no era la forma en que imaginé comenzar mi día. Las lágrimas rodaban por mi cara mientras me recosté contra la pared y deslicé mi cuerpo hasta caer sentada en el piso. Era mi cumpleaños y había enojado a mi padre. Me quedé allí por un par de minutos cuando de repente la puerta se abrió.

—Entra, Fatme— dijo con voz firme—. Lo siento, habeebtee. Ha sido una de esas mañanas y no estuvo bien desquitarme contigo. ¡Eid Meelad Saeed, feliz cumpleaños!— dijo sacando su pañuelo para secar mis lágrimas—. Realmente no sé lo que me pasó. ¿Estoy perdonado?

—Por supuesto, Baba.

—¿Estás segura?— preguntó, dándome un beso de disculpa y disipando mi tristeza.

—Sí— le dije dándole un gran abrazo—. Todavía no puedo creer que vamos a tener una fiesta. Eres el mejor, Baba.

—No me lo agradezcas. Esto es cosa de tu madre. Sabes que no soy muy fanático de las costumbres americanas.

—¡Oh, Baba! Después de todos estos años en este país...

—Los cumpleaños no se celebran en Antarah. No se celebran en la mayor parte del Medio Oriente.

—Pues, Alhamda Alá, gracias a Dios, estamos en los Estados Unidos— le dije con una gran sonrisa y un beso—. Baba, ¿crees que Mahmoud puede llevarnos a Jamila y a mí al centro comercial?

—Depende de tu madre. Yo no lo necesitaré para que me lleve a ningún lado hasta esta tarde.

—Gracias, Baba. Te dejo para que trabajes.

—Dile a Samira que me traiga un poco de café.

—Está bien, Baba.

Me quedé preocupada. Algo no estaba bien. Pero era mi cumpleaños. No quería que nada ni nadie me arruinaran este día.

—Buenos días khalti Samira.

Aunque Samira no era mi tía, me refería a ella como khalti porque implicaba respeto por una persona mayor que era como de la familia. Cuando mi madre se casó, mis abuelos enviaron a Samira a trabajar para mis padres porque mi madre no sabía ni freír un huevo. Ella nunca negó el hecho de que odiaba cocinar. Lo único que disfrutaba hacer era el ahwa para mi padre y sus invitados. Ella era adicta al café y al sabor y aroma del cardamomo. Probablemente por eso lo hacía a la perfección.

—Sabah Al Noor, buenos días, habeebtee. Eid Meelad Saeed— dijo Samira abrazándome y besándome tres veces en cada mejilla—. ¿Tienes hambre? — preguntó.

—¿Quién puede comer? Tengo mariposas en el estómago— respondió Jamila.

—Yo también— le dije.

—Khalti, Baba quiere ahwa.

—Yo se lo haré— dijo Jamila.

—No, se lo haré yo— respondió Mama mientras entraba a la cocina—. ¿Cómo van los preparativos para esta noche, Samira?

—Todo va al pie de la letra, doña Imán. Todos los platos favoritos de la niña Fátima estarán listos para esta noche.

Samira nos tenía muy consentidas. Cada mañana, antes de irnos a la escuela, nos preguntaba qué queríamos para la cena y luego nos complacía con nuestras comidas favoritas. Me encantaba ver y ayudar a preparar platos tradicionales árabes. A diferencia de mi madre, a mí me gustaba cocinar. Las hojas de uva rellenas, la sopa de lentejas, el hummus y el babaghanoush eran mis platos preferidos. Samira no solo hacía eso a la perfección, sino que también aprendió a preparar recetas americanas. Realmente era una cocinera fabulosa.

—Samira, la compañía de servicio de comida llegará temprano en la tarde, así que asegúrate de dejarles un espacio de trabajo. Además, si necesitas que te ayuden a preparar algo, solo pídeselos. Henri está consciente de que tú estás preparando los platos mediterráneos y él te ayudará en todo lo que pueda. Quiero que salgas temprano de la cocina para que tengas suficiente tiempo para prepararte para la fiesta.

—Gracias, doña Imán.

—No podría ser de ninguna otra manera— le dije dándole un gran abrazo.

—Chicas, necesitan comer algo. Les espera un día muy largo— insistió Samira.

—Khalti, habrá mucha comida esta noche. Mama, ¿crees que Mahmud pueda llevarnos a Jamila y a mí de compras? Todavía nos faltan algunas cosas. Baba me dijo que tú tienes la última palabra.

—¿Está seguro de que no necesita que Mahmoud lo lleve a algún sitio?

—Me dijo que no iba a salir hasta esta tarde.

—Está bien, pero solo por unas horas. Las quiero a las dos descansadas para esta noche.

Una fiesta sencilla con amigos cercanos y familiares hubiera sido perfecta, pero no hay nada pequeño e íntimo cuando tu padre tiene la reputación de organizar algunas de las fiestas más extravagantes en D.C. El embajador y su esposa eran un dúo dinámico y lo habían sido a través de los años.

En 1970, mi Baba, Gaffar Abdul Aziz, fue instrumental en ayudar a uno de sus mejores amigos, Farris Saeed, a derrocar el gobierno de Antarah. Cuando Saeed tomó la presidencia, le mostró su agradecimiento nombrándolo jefe de la policía militar. Años más tarde, le ofreció el puesto de embajador en los Estados Unidos y se mudó con mi madre a la capital de la nación.

Aunque mis padres estaban ansiosos por formar una familia, no fue hasta dos años después de que se mudaron a D.C. que se realizó ese sueño.

Durante casi seis meses, mi madre estuvo en cama debido al alto riesgo del embarazo.

Eventualmente dio a luz a una niña de 7 libras y 9 onzas. Me llamaron Fátima, como mi abuela paterna. Yo era la luz de sus ojos: su milagro. Yo era el fruto de su amor. Estaban tan orgullosos de tener una niña, especialmente mi Baba. Él me apodó Fatme y también me llama habeebtee, mi amor, que es mi favorito.

Mi cumpleaños era un día especial; un recordatorio de la realización de su sueño de ser padre. Sin embargo, hoy fue diferente. No podía sacarme de la cabeza esa llamada telefónica que lo había sacudido y me hizo caer víctima de su ira.

Vivíamos en Kalorama, una urbanización exclusiva que en griego significa "vista hermosa". Kalorama se encuentra en una colina sobre Dupont Circle y alberga algunas de las construcciones más majestuosas de Washington, D.C. Era una comunidad llena de mansiones lujosas, embajadas elegantes y museos, y donde vivían algunas de las personas más influyentes de la capital. Esta noche, muchas de esas personas asistirían a mi extravagante celebración.

A medida que se acercaba la noche, Mama nos ayudó a prepararnos. La madre de Jamila, que era costurera en Antarah, me había enviado un vestido que diseñó e hizo especialmente para este día. Era un vestido color rosa pálido de tafetán, sin tirantes y ajustado. Sobre ese vestido, iba otro vestido de encaje con una manga larga, transparente y ajustada que en la muñeca abría como una flor, y la otra manga fluía como el ala de un pájaro. El patrón era en forma de diamante y cada punta tenía una pequeña piedra rosada que hacía que el vestido brillara cuando le daba la luz. Mi pelo estaba suelto y recogido a los lados con pequeñas flores rosadas.

Mientras estaba mirándome al espejo, Mama me entregó una pequeña caja envuelta de manera hermosa.

—Te lo envía Baba. Quería estar seguro de que tuvieras esto para tus dieciséis.

Cuando abrí mi regalo, dejé escapar un suspiro. ¡Mi padre me había regalado pendientes de turmalina rosa para combinar con mi vestido!

—¡Te ves perfecta!— Mama exclamó después de que aplicó un toque de brillo color fresa a mis labios. —Te has convertido en una joven muy hermosa y sofisticada. Ambas— nos dijo, dándonos un abrazo a Jamila y a mí.

Poco después, salieron corriendo de la habitación. Eran casi las 7 en punto y querían asegurarse de que todo estaba perfecto antes de que bajara.

Alrededor de la calzada circular, las limosinas se alineaban al llegar los invitados. Fue una noche de glamour. Las mujeres llevaban vestidos de los mejores diseñadores y los hombres estaban igualmente a la moda con sus trajes de pingüino. El flash de las cámaras cegaba a los invitados cuando los fotógrafos se apresuraban para captar cada movimiento de la élite más grande de Washington.

Al entrar al vestíbulo, quedaron cautivados por el enorme candelabro que colgaba en el centro del techo en forma de cúpula. Mientras miraban hacia arriba, admiraban el mural del cielo pintado a mano y rodeado con escritura árabe en oro de los 99 adjetivos que se usan para describir a Alá.

—Gaffar, Imán, ¿cuándo hicieron esto? — preguntó el embajador egipcio.

—Hace unas semanas. De hecho, mandé a buscar un especialista en escritura árabe para pintar las letras a mano.

Los invitados pasaron a la sala. Mi padre estaba orgulloso de este espacio y lo convirtió en el centro de todo evento hecho en la casa. Todo el mundo siempre se reunía alrededor del hermoso piano negro de media cola para cantar o simplemente relajarse con la música. Para esta noche tan especial, Baba había contratado a un pianista para tocar todas las canciones americanas clásicas y populares.

Cuando el pianista comenzó a tocar "Daddy's Little Girl", esta era mi señal para hacer mi entrada. Me paré en lo alto de la escalera y un silencio cayó sobre el área. Baba cantó su versión de "Unforgettable" de Nat King Cole. Las emociones se apoderaron de mí y, con lágrimas en los ojos, me abrí paso por la multitud y llegué a los brazos de mi padre.

—Gracias, Baba. Estuvo hermoso.

—Tú estás hermosa— dijo suavemente, secando mis lágrimas. Esta sería una noche que nunca olvidaría.

Finalmente, después de horas de comer, beber y bailar, pedí un deseo y apagué las dieciséis velas de mi pastel.

Los hombres se reunieron en el estudio que era el santuario de mi padre para beber ahwa y fumar argheele. Entré en el armario del almacenamiento del pasillo ubicado detrás de la biblioteca de Baba porque, de niña, a menudo me escondía allí para jugar.

Un día noté un agujero que me permitía mirar el estudio sin ser vista. Muchas veces vi a Baba mientras trabajaba en su estudio. Hoy, era el lugar perfecto para mirar y escuchar lo que decían los hombres.

—Gaffar, ¿qué tipo de tabaco es este?

—¿Quién dijo que era tabaco? Es el mejor hachís del Medio Oriente— dijo mientras inhalaba el humo con la boquilla de la hooka. Comenzó a reír y todos se miraron preguntándose si era realmente una broma.

El estudio de Baba estaba rodeado de tablillas que albergaban varias colecciones raras de libros árabes, incluyendo la primera edición firmada de "El Profeta" de Gibran Khalil Gibran y copias del Sagrado Corán en todos los idiomas en que ha sido traducido. También había fotos de él con presidentes, secretarios de estado y artistas que había conocido a lo largo de su carrera política.

Aunque Mama solía no molestar a mi padre y a sus amigos mientras estaban en el estudio, esa noche tocó a la puerta para recordarles que salieran al jardín pues el entretenimiento había llegado.

Cuando los músicos empezaron a tocar, la bailarina se dirigió al área que fue decorada con el tema de "Las mil y una noches". Hombres y mujeres formaron un círculo para ver bailar la danza del vientre.

—Me gustaría poder moverme así— dijo la esposa del primer ministro chino en un tono travieso.

Mientras escuchaba a las mujeres, sonreí al saber que gracias a Mama, ya había dominado el arte de la danza del vientre.

—Es el secreto de una cintura pequeña y un matrimonio apasionado— comentó Mama.

Cuando mi padre estaba de viaje, invitábamos a mis amigas y Mama nos daba clases de danza del vientre. Poníamos música árabe, movíamos nuestras caderas y girábamos los brazos. Esos son los momentos más divertidos que recuerdo haber tenido con mi madre. Nos reíamos y sentíamos que teníamos toda nuestra vida por delante.

A través del Atlántico

—Rauf me dice que eres de Antarah.

—Así es— dijo mientras giraba un anillo en el dedo anular de la mano derecha con su pulgar—.

—Soy el comandante Fouad Mustafa— agregó, a la vez que extendía su mano para estrechar la de ella, sosteniéndola un poco más de lo usual—. Un placer conocerla.

—Soy Esmaa Al-Basheer— respondió sin inmutarse con el largo apretón de manos.

—Esmaa, ¿qué la trae a Shrivenham?— preguntó él, retirando una silla de la mesa para que ella se sentara y luego se sentó frente a ella.

—Un semestre en el extranjero.

—Una mujer tan hermosa como tú no necesita educación, solo un hombre que la cuide. ¿Ese anillo es de compromiso?— preguntó después de hacerle señas a un camarero y pedir dos expresos.

—No. Es para asustar a pretendientes no deseados del Medio Oriente— le respondió en tono sarcástico—. No necesito ni quiero que un hombre controle mi vida. Dejé Antarah exactamente por esa razón. Un padre dominante, y seis hermanos. Necesitaba respirar.

—No los puedo culpar por sobre protegerte. Es la cultura árabe.

—Nací en la parte equivocada del mundo. Amo a los Estados Unidos. Después de graduarme en la Texas A&M, quiero trabajar para la NASA y completar mi maestría.

—Una musulmana, mujer árabe en la NASA, es todo un golpe de estado.

—Mi especialidad es crear controversias— hizo una pausa mientras tomaba un sorbo de café.—Tengo algo que preguntarte. ¿Eres amigo de Rauf porque es el hijo del presidente?

—¿Qué dices?— preguntó tomando su café como si fuera un trago de licor—. ¿Y si así fuera?

—Rauf es un aburrido. Simplemente no puedo imaginar a nadie siendo su amigo por cualquier otra razón.

—Un día él será el próximo presidente de Antarah.

—Si alguien no lo mata primero.

Los dos rieron.

—Inteligente y franca. Me gusta eso en una mujer. ¿Cómo puedo convencerte para que cenes conmigo? — preguntó él mientras sostenía su mano.

—Solo pregunta— dijo ella deslizando, su mano de la de él y girando su anillo mientras lo miraba a los ojos.

—Me gustas Esmaa Al-Basheer. Eres una mujer muy intrigante, a diferencia de cualquier mujer de Antarah que he conocido.

—Y estoy segura de que has conocido a muchas.

—¿Te he dicho que eres hermosa?

—Un par de veces, y estoy segura que se lo dices a todas las mujeres que conoces.

capítulo 3

La leyenda de Antarah

¡Qué noche maravillosa! Fue como un cuento de hadas. Samira y Jamila me ayudaron a llevar los regalos a mi habitación.

Cuando colapsé del cansancio sobre mi cama con dosel y miré mis paredes de rosa pálido con flores pintadas a mano, me llamó la atención un regalo que habían dejado sobre mi tocador. Inmediatamente me levanté por la curiosidad. Primero pensé que podría ser una muñeca o una figura de camello para añadir a mi colección. Cuando lo desenvolví, encontré una nota que decía: "Durante generaciones este libro ha pasado por las manos de las mujeres de mi familia. Ahora te toca a ti. Un día cuando seas madre lo pasarás a la próxima generación de mujeres de

Antarah". Fue una gran sorpresa. Por años, me pregunté por qué mis padres no hablaban sobre su niñez, juventud… de sus vidas en Antarah. A menudo le preguntaba a Samira sobre este tema, pero ella siempre me decía lo mismo.

—Solo soy una cocinera vieja.

Mi madre evitaba mis preguntas.

—Eso fue hace tanto tiempo atrás— respondía siempre.

Aunque estaba agotada, empecé a leer el libro. Durante el resto de la noche, leí página tras página y no pude dejar de leer. La historia me tenía totalmente cautivada. Pasaron las horas y ya era de mañana cuando oí que tocaban a la puerta. Levanté la vista y vi a Jamila entrar.

—¿Qué estás leyendo?— preguntó.

—Un libro sobre Antarah. Fue un regalo de Mama. He estado despierta toda la noche. No pude dejar de leerlo. ¿Sabías que el nombre de tu país es muy simbólico? Escucha esto.— Leí en voz alta.— La leyenda dice que Antarah fue el caballero del desierto, un guerrero que ganó todas las batallas, un héroe entre los hombres. Antarah también fue un poeta. Fuerte y sensible. Escribió sus poemas para su prima, el amor de su vida, Ablah.— Hice una pausa y coloqué el libro abierto en mi regazo.— ¿Sabías que el mundo árabe fomenta los matrimonios entre primos como una forma de proteger la unidad y la riqueza de la familia?

—Sé que los matrimonios entre primos hermanos son muy comunes en Antarah— respondió Jamila.

—El libro dice que su amor era tan real e intenso, pero imposible— continué leyendo.

—¡Qué romántico!— suspiró Jamila—. Lee más.

—Aunque Antarah y Ablah tuvieron que sobrepasar muchos obstáculos antes de que se realizara su amor, se casaron y vivieron felices para siempre. Los poemas que escribió para ella estaban llenos de pasión con un amor eterno que trascendería el tiempo y todos sus límites.— Puse el libro contra mi pecho mientras me permití soñar.— Jamila, siento que mis padres tienen ese mismo tipo de pasión el uno por el otro. El tipo de amor que espero encontrar algún día.

Mama entró mientras estábamos sentadas hablando.

—¿Chicas, ya están despiertas?

—No he dormido Mama. Estaba leyendo. Tu regalo fue el mejor de todos. Gracias— le dije, dándole un gran abrazo.

—No le digas eso a tu padre después de la fortuna que gastó en tus pendientes.— Rieron. —Hija, estoy tan feliz de que lo estés disfrutando. Es una historia tan romántica. Cuando tenía tu edad, soñaba con casarme con alguien como Antarah y fui bendecida. Alá hizo ese sueño realidad con tu Baba.

—Mama, ¿cómo se conocieron?

—¿Por qué no descansas un poco y podemos hablar de ello más tarde?

—Mama— me quejé.

—Por favor, doña Imán— intervino Jamila.

—De acuerdo. Fue un matrimonio arreglado— dijo.

Esto fue impactante. No podía entender cómo podía casarse con alguien que no conocía o no amaba.

—El amor viene con el tiempo. Él era mi primo, por parte de mi padre, el primogénito de mi tía. Era tan guapo. Cuando su familia venía a visitarnos, siempre me aseguraba de lucir bonita. Estaba preocupada de que no le gustara porque nunca tuvimos la oportunidad de hablar. Cuando nadie miraba, nos mirábamos a los ojos. Esperaba que él me diera alguna indicación de que podría estar interesado. Un día, su padre y los hombres mayores de la familia vinieron a hablar con mi padre y a pedir mi mano en matrimonio. Después de que se decidió la dote, mi padre aceptó con orgullo la propuesta de Gaffar de casarse conmigo. Estaba tan feliz que iba a ser su esposa. También estaba ansiosa por ser madre— dijo Mama.

—Pero al menos hubo una chispa entre ustedes.

—Supongo que la había.

—Casarse con primos, dote, todo eso ha cambiado, ¿verdad? — le pregunté.

—No. Esas costumbres todavía continúan —dijo—, simplemente estás tan acostumbrada a este país que no entiendes cómo se hacen las cosas en Medio Oriente.

Seguí insistiendo sobre el tema del amor.

—¿Cuántas personas se casan en este país por amor y terminan en divorcio unos años más tarde? — preguntó.

Ella tenía un punto válido.

—El divorcio rara vez ocurre en nuestro país. Nos quedamos juntos hasta la muerte— me aseguró.

—¿Y es cierto que un hombre puede tener hasta cuatro esposas? —le pregunté.

—La religión musulmana permite que un hombre se case con hasta cuatro mujeres, siempre y cuando pueda proveer la misma estabilidad financiera y emocional a todas. Cuando pensé que no podía tener hijos, le sugerí a tu padre la idea de una segunda esposa. Quería que él tuviera hijos aunque eso significara compartir su amor. Baba tenía los medios económicos, pero optó por no hacerlo.

—Estoy totalmente en contra del concepto de esposas múltiples. Baba hizo lo correcto.

Nunca aceptaría que mi marido se casara con otra mujer, bajo ninguna circunstancia.

—Es decisión del hombre— insistió Mama—. No empieces a presionar a tu padre sobre estos temas. Mantengamos esta conversación entre mujeres. Debes de estar agotada si aún no te has acostado. Lávate los dientes y duerme unas horas— dijo Mama, dándonos un beso.

Jamila y yo seguimos hablando. Me dijo que no podía esperar el día en que sus padres llamaran con la noticia de que alguien les había pedido su mano en matrimonio.

—Ese es mi sueño. Un buen hombre musulmán que pueda cuidarme y con quien pueda formar una familia— dijo Jamila.

—Quiero elegir a mi esposo. Tiene que ser alguien de quien esté locamente enamorada— le contesté.

—Estaré locamente enamorada a medida que pase el tiempo. Mientras él me quiera, yo seré feliz — insistió.

Ese era un tema en el que Jamila y yo nunca podríamos estar de acuerdo. Sin embargo, respetaba sus ideas.

Esa fue nuestra primera y última conversación sobre el amor y el matrimonio. La oportunidad de vivir feliz para siempre le llegó a Jamila mucho más pronto de lo que yo había anticipado. Unos meses después, ella ya estaba de regreso a Antarah.

Jamila estaba emocionadísima. Todo estaba saliendo como ella esperaba e iba a tener la oportunidad de conocer a su príncipe azul. Su prometido era joven, guapo y de una familia prominente. En realidad era un primo lejano. Jamila estaba a punto de hacer realidad sus sueños de matrimonio y de tener una familia.

Aunque me sentía feliz por Jamila, también estaba devastada porque iba a perder a mi mejor amiga. Su vida iba a dar un giro drástico. Estaba a punto de convertirse en esposa. Antes de irse, prometimos escribirnos. Cumplimos nuestra promesa. La extrañaba mucho, pero tenía el consuelo de saber que estaba enamorada y feliz. Su matrimonio había sido todo lo que ella había imaginado y más.

capítulo 4

Amor y matrimonio

Habían pasado meses desde que leí el libro sobre Antarah, pero todavía tenía muchas interrogantes. Me sentí tan culpable rompiendo mi promesa a Mama, pero después de tantas noches intranquilas dándole vueltas al asunto, necesitaba respuestas. Una mañana, me aseguré de que Mama todavía estuviera dormida, corrí al estudio de Baba y cerré la puerta. Necesitaba la perspectiva de un hombre… ¿y a quién mejor preguntarle que al único hombre al que respetaba y en quien confiaba plenamente?

—Te has levantado temprano, habeebtee— dijo.

—Baba, Mama me regaló un libro sobre Antarah para mi cumpleaños. También me hizo prometer que no te abrumaría con preguntas sobre el amor, el matrimonio… pero necesito saber.

—¿De qué se trata todo esto, Fátima? — preguntó preocupado.

—Antes de que te pregunte, tienes que prometerme que no le dirás nada a Mama. Será nuestro pequeño secreto. No quiero decepcionarla.

—Ven aquí, habeebtee— dijo con amor—. Sabes que siempre estaré aquí para ti y responderé cualquier pregunta. Esta conversación se mantendrá entre nosotros, lo prometo.

—Gracias, Baba— le dije besando su mano.

—¿Qué es lo que quieres saber?

—¿Por qué un hombre musulmán puede casarse con hasta cuatro esposas?

—¿Qué tiene esto que ver con el libro sobre Antarah?

—Simplemente durante una conversación ese tema salió a relucir.

—Sabes que no soy un hombre religioso, pero cuando era pequeño estudié el Corán e hice muchas preguntas como tú. El Islam le da permiso a un hombre para casarse con dos, tres o hasta cuatro mujeres con la condición de que él sea justo con ellas. Eso conlleva tratarlas por igual, emocional y financieramente, lo cual es muy difícil. Por ejemplo, tiene que proporcionar alojamiento separado para cada una de sus esposas. Como es muy difícil mantener ese balance con todas las esposas, la mayoría de los hombres musulmanes solo tienen una. Por lo tanto, tener más de una esposa en el Islam no es una regla u orden, sino una excepción.

—Pero, ¿no crees que esto es injusto para las mujeres?

—La explicación de más de una esposa en el Islam no es para satisfacer los deseos de los hombres, sino para el bienestar de las viudas y los huérfanos de las guerras. En tiempos de guerra, muchas mujeres quedaban sin maridos y preferían ser coesposas que no tener una figura paterna para sus hijos.

—¿Qué tal cuando Mama pensó que no podía tener un bebé?

—Si la esposa de un hombre es estéril y no puede darle un hijo, tiene derecho a casarse con otra mujer. Sin embargo, los hombres tienen prohibido engañar a sus esposas. Un hombre no puede casarse con otra mujer sin el consentimiento de su esposa. Ella tendría la opción de rechazar la idea y en ese caso el derecho a solicitar el divorcio. Yo había aceptado la voluntad de Alá. No tenía ningún interés en ninguna mujer que no fuera tu madre. Había llegado a aceptar que no sería padre si eso era lo que Dios quería. Sin embargo, tu madre me ama tanto que estaba dispuesta a compartir mi amor para que yo tuviera la dicha de ser padre.

—Ella te adora, Baba.

—Yo también la amo. Así que ya ves, las mujeres tienen derechos en el Islam. No pienses que los hombres tienen todo el poder y pueden hacer lo que quieran. Una mujer es un hermoso regalo de Alá y debe recibir el mayor respeto. No querría nada más que lo mejor para mi habeebtee.

—Gracias, Baba— le dije dándole un gran abrazo—. Te amo.

—Te amo más, cariño.

En Inglaterra...

—Tengo que confesarte algo. Antes de conocerte, ya había escuchado de ti. Leí un artículo en la publicación universitaria o de la ciudad. No puedo recordar. Me atrajo tu ambición, determinación y pasión porque me recordó a mí.

Entonces, Fouad, ¿qué es exactamente lo que estás tratando de decirme?

—¿No es obvio? Te deseo. Quiero compartir mi futuro contigo.

—Un futuro en Antarah. ¿Estás loco?

—Con la ayuda de Rauf, ascenderé los rangos militares y me convertiré en el próximo presidente de Antarah.

—No tengo ninguna duda de que llegarás lejos, pero... ¿presidente? Lo veo un poco difícil.

—Nada es imposible contigo a mi lado.

—¿Qué quieres decir?

—¿No te gustaría ser la primera dama de Antarah? Compartir el poder y la gloria. Ir a los Estados Unidos y ser reconocida no solo por tus contribuciones a ese país, sino también ser elogiada por tus esfuerzos en Antarah.

—Por supuesto.

—Tendrías el mundo a tus pies. Todo lo que necesitaríamos es un plan. Habría que hacer sacrificios, pero al final, nos tendríamos el uno al otro y todo lo que siempre hemos deseado. Confío en ti y te necesito.

Esmaa comenzó a desabotonar la camisa de Fouad y a besar su pecho.

—Me gusta el hecho de que confíes en mí, le susurró al oído—. Hablar conmigo sobre poder me excita.

—Tú me excitas— dijo él, arrancándole la camisa—. Normalmente tomo lo que quiero, pero he esperado pacientemente este momento.

—Te he deseado desde el día en que nos conocimos, pero a veces una chica tiene que hacerse la difícil para obtener lo que quiere.

—Dejémonos de juegos.

—De acuerdo. No puedo esperar más. Te necesito ahora.

Fouad despejó su escritorio lleno de papeles con un movimiento de su brazo y la levantó sobre la superficie dura de madera. Comenzó a quitarse el resto de su ropa con feroz desesperación. Ella respondió de la misma manera. Desnudos, sujetó sus brazos con sus manos fuertes y colocó todo su cuerpo ardiente sobre el de ella.

Él la besó intensamente dejando marcas de pasión en toda su piel delicada. Luego, cuando ella le rogó que le satisficiera sus deseos, sus cuerpos se unieron hasta que sus gemidos los dejaron sin aliento.

Fouad se levantó de la mesa, encendió un cigarrillo y se sentó en una silla.

—Me alegro de que no fuiste mi primero— dijo Esmaa mientras se levantaba y se acomodaba sentada en el escritorio.

—¿Es un halago?

—Sí— dijo señalando para que le pasara el cigarrillo—. Si hubieras sido mi primera vez, me hubieses matado. Toda esa pasión, ¿quién lo hubiera imaginado?

—La he estado guardando solo para ti, Esmaa— dijo levantándose para continuar donde se quedaron.

—Tenemos que hablar— dijo ella empujando suavemente su pecho con la mano.

—No voy a ninguna parte. ¿Qué te pasa?

—¿Hablabas en serio antes de que pasara esto? ¿Sobre nosotros?

—Absolutamente. Cuento con tu cerebro y tu cuerpo para concretizar mis planes.

—¿No es eso un poco presuntuoso de tu parte?

—¿A quién tratas de engañar? Somos uno y lo mismo. Lo supe desde el momento en que puse mis ojos en ti.

—¿Cómo sabes que no estoy trabajando para el gobierno de Antarah y solo te estoy usando para corroborar si eres un traidor?

Envolviendo su brazo alrededor de su cuello y presionando su cuerpo contra el de ella, susurró suavemente: "Las personas que me traicionan nunca viven para hablar de ello".

—No esperaría nada menos de ti— respondió ella, mientras Fouad aflojaba su agarre permitiendo que ella se volteara hacia él.

Cuando ella comenzó a besar su pecho, lentamente se deslizó del escritorio y comenzó a darle placer a Fouad. Él respondió llevándola a la cama y haciéndole el amor una y otra vez. Después de varias horas, se ducharon. Él se puso una bata y ella usó una de sus camisas.

—¿Y ahora qué? — preguntó ella sacando un solo cigarrillo de la cajetilla.

—Negocios como de costumbre— respondió Fouad mientras encendía su cigarrillo—. Regresas a Texas y terminas tu título en ingeniería nuclear. Yo regreso a Antarah e interpreto el papel del amigo devoto de Rauf, me acerco al presidente y gano mis promociones. Nos vemos esporádicamente hasta que me acerque a nuestro objetivo.

—Y, ¿de cuánto tiempo estamos hablando?

—Unos cuantos años. El tiempo que sea necesario para que tengamos éxito. ¿Puedes esperar ese tiempo?

—¿Tengo alguna otra opción?

—No.

—Bueno, Fouad, lo que quiero son de cuatro a cinco años para lograr mis metas personales— dijo ella apagando su cigarrillo y luego girando su anillo con el pulgar.

—Lo que quieres es irrelevante si te necesito antes de eso.— Él apagó su cigarrillo.

—Estaré lista. Solo déjame saber.

—Basta ya de hablar. Ven aquí.— Fouad procedió a arrancarle la camisa. —Salgo para Antarah mañana, así que hagamos de esta noche algo inolvidable.

capítulo 5

Una pérdida

Habían pasado algunos años desde mis dulces dieciséis. Ahora, estaba empezando un nuevo capítulo en mi vida. Después de graduarme, me inscribí en el Smith College en Massachusetts para especializarme en psicología. Elegí a Smith no solo por su excelente reputación entre las universidades de mujeres, sino también porque ofrecía una maestría en trabajo social, que era mi meta profesional.

Yo era una joven muy madura y estaba ansiosa por ayudar a los demás. Durante mis viajes, había visto mucha pobreza y sufrimiento. Quería hacer una diferencia en el mundo y pensé que esto sería un buen comienzo.

Me encantaba la vida universitaria. Al estar fuera de la casa, era más independiente. No tenía mis perros guardianes habituales y tomaba mis propias decisiones. Tenía muchos amigos, algunos breves romances, aunque nada como Antarah y Ablah, y demasiadas tentaciones. Sin embargo, siempre recordé las palabras de mi padre: "Todo lo que tienes es tu honor y el honor de tu apellido".

Estaba en mi tercer semestre universitario cuando regresé a casa por cuatro días para celebrar la festividad musulmana, Eid. Esto siempre era motivo de alegría, pues toda nuestra familia que vivía en los Estados Unidos se reunía en nuestra casa para esta celebración. Samira preparaba nuestros platos y dulces favoritos. La casa se llenaba de amor y risas. Pero este año fue diferente. Todos estaban allí, pero todas las risas se habían convertido en tristeza. A mi madre le habían diagnosticado un cáncer agresivo tres meses antes. Me mantuvieron ajena a la situación hasta que llegué a casa.

Mi madre, que estaba de cama, pidió verme.

—Habeebtee Fatme, eres el regalo más grande que Alá me ha dado. Cuando descubrí que estaba embarazada, pensé que estallaría de la emoción. Has sido una hija ejemplar. Estoy tan orgullosa de ti. Has llenado mi vida con una felicidad inmensa que nunca imaginé existía. Fui bendecida con tu amor y el amor de tu padre. Mi vida ha sido maravillosa. Mi enfermedad es la voluntad de Alá. No llores por mí, sino que dale gracias a Dios por la vida que hemos tenido juntos y por todas Sus bendiciones.

Las lágrimas rodaron por nuestras mejillas. Sentí que era tan injusto que ella no estaría a mi lado el día de mi graduación, el día de mi boda o para el primer cumpleaños de mis hijos. Sequé sus lágrimas. Poco después, Mama se quitó su pulsera favorita, de la cual colgaba un portarretratos en forma de corazón.

—Esto es para ti. Tu padre me lo dio cuando nos comprometimos. Quiero que lo guardes y siempre recuerdes toda la felicidad que compartimos— dijo Mama—. Tú y tu padre son mi corazón.

Inmediatamente me lo puse en la muñeca y abrí el corazón. Había una pequeña imagen de mi padre y yo. Tres días después, Mama falleció. La pulsera fue la única joya que nunca me quité. Esto me hizo sentir que la llevaba conmigo siempre.

Todavía no lograba superar el dolor en mi alma ni la rabia que sentía hacia mi padre por haberme ocultado la enfermedad de mi madre, privándome de pasar esos últimos meses a su lado.

—Habeebtee, lo siento mucho, pero tu madre no quiso alterar tus estudios— dijo—. Acepté sus deseos. Quiero que sepas que dejé todo para dedicarme a ella e hice lo imposible por hacerla feliz hasta sus últimos días.

Pude ver que estaba conteniendo sus lágrimas. Después de treinta y dos años de matrimonio, realmente no sabía cómo seguiría sin ella. Lo abracé y le aseguré que sobrepasaríamos esa angustia. Sé que trató de hacerse el fuerte frente a mí, pero estaba devastado. El día que Mama murió fue el día más triste de nuestras vidas.

Fue un alivio estar rodeados de seres queridos. En la religión musulmana, los familiares más cercanos del difunto tienen que preparar el cuerpo (varones si el difunto es un hombre, hembras si es una mujer). Mis dos tías y yo lavamos el cuerpo de mi madre y luego lo envolvimos en un paño blanco antes de colocarlo en una caja de madera para transportarlo a Antarah. Esto fue muy difícil para mí, pero era mi deber hacer esta última muestra de amor por ella.

Mi padre y uno de mis tíos acompañarían los restos de mi madre para enterrarlos al lado de mis abuelos. Según nuestras creencias, el cuerpo debe ser enterrado antes de que se cumplan las 24 horas del fallecimiento de la persona. Por lo tanto, no tuve mucho tiempo para llorar junto a mi padre. Tuve que quedarme con el resto de la familia para recibir a todas las personas que vendrían a dar el pésame.

Justo antes de que mi padre se fuera al aeropuerto, el presidente de los Estados Unidos y el presidente de Antarah llamaron para ofrecerle sus condolencias. Mi madre era muy querida y respetada, especialmente en el ámbito político, porque estaba muy activa en muchas organizaciones filantrópicas.

Dignatarios y amigos se reunieron en nuestra casa ofreciéndonos su apoyo y más profundas condolencias. Nuestro imán, clérigo musulmán, estaba en la casa leyendo el Corán y orando por la bendición del alma de mi madre.

Samira debe haber servido al menos mil tazas de ahwa, la bebida favorita de mi madre. Es costumbre después de haber comido o tomado un café el decir "daeeme", que significa "que seas bendecido para siempre con más de lo mismo". Pero, cuando la gente muere, sustituyes "daeeme" por "Rahmatu Alá Alleijem", "la misericordia de Dios sobre su alma".

Fue un momento muy duro para mí, especialmente con mi padre y Jamila, mis dos seres queridos más cercanos, en Antarah. Nunca había contemplado mi vida sin Mama.

Cuando mi padre se fue a Antarah, Jamila me aseguró que ella estaría allí para apoyarlo durante este momento tan difícil. Ella y su esposo ya habían hecho todos los arreglos para enterrar a mi madre rápidamente. Algunos de los parientes de mi madre que aún vivían en Antarah, incluyendo su hermano mayor, también estarían allí.

Samira sintió que era importante que supiera el ritual que se lleva a cabo cuando muere una persona musulmana. Ella creía que era hora de que aprendiera más sobre mi religión y sabía que, sin Mama, ella era lo más cercano que tenía a una figura materna.

—Antes de que llegue el cuerpo— me dijo—, hay que excavar la tumba perpendicular a la Qiblah, la dirección en la que un musulmán debe de orar. El cuerpo se coloca dentro de la tumba del lado derecho frente a la Qiblah. Según el Islam, el marido no debe tocar a su esposa después de su muerte. Entonces, otro miembro masculino de la familia, un hijo, padre o hermano, está asignado a bajar el cuerpo. El cuerpo envuelto se saca de la caja de madera y se coloca sobre el terreno con un pedazo de madera o piedras para protegerlo, de modo que la tierra no caiga directamente sobre el cuerpo. El imán lee pasajes del Corán y le pide a Alá que bendiga el alma del fallecido. Después, la abertura se cubre con tierra.

Mi padre me dijo que colocó tres rosas blancas en la tumba de Mama, una de parte de él, una de parte mía y la otra de Jamila, a quien ella amó como a una hija.

Nunca hubiese imaginado cuánto la extrañaría y la necesitaría, sobre todo con el gran cambio que se aproximaba en mi vida.

capítulo 6

Mi vida en caos

Ya había pasado un año desde el fallecimiento de mi madre cuando mi padre recibió una llamada muy inquietante. Me encontraba en casa durante las vacaciones de primavera que coincidieron con Eid. Baba estaba en su estudio. Podía escuchar su voz alterada en árabe temblando con ira y escuchaba el retumbar de sus pasos mientras caminaba sobre el piso de madera. Me acerqué a la puerta para intentar escuchar. De repente se detuvo y golpeó su escritorio con su puño. Tuve que taparme la boca para no dejar escapar un gemido. En ese momento recordé la mañana de mis dieciséis. No podía entender lo que estaba diciendo, pero ese comportamiento era inusual para el general que mantenía su porte y su calma en todo momento. Mi instinto me dijo que estaba hablando con la misma persona de años atrás.

Nunca había escuchado a mi padre llorar, ni siquiera cuando murió mi madre, hasta esa noche. Me pregunté qué podría estar pasando.

Mi madre siempre había respetado el espacio privado de Baba y siempre me advirtió de no hacer demasiadas preguntas. Un hombre poderoso como él probablemente tenía muchos enemigos. Comencé a cuestionarme si tal vez tenía secretos que creyó enterrados y ahora volvían a acosarlo.

A la mañana siguiente, Baba me llamó a su estudio. Estaba nervioso, moviendo las cuentas del másbaja. De repente, como si estuviera dando una orden militar, se refirió a mí por mi nombre de pila. Esto no era un buen indicio.

—Fátima, después de tu graduación iremos a Antarah para reunirnos con el teniente Fouad Mustafa, quien me ha pedido tu mano en matrimonio. He aceptado su petición. Es hijo único de uno de mis amigos más cercanos y queridos de la infancia. Fouad viene de una familia respetable. Tiene una formación militar sólida, con un futuro brillante por delante. Te casarás con el teniente y vivirás con él en mi tierra. Después de la boda, regresaré aquí a mis deberes diplomáticos. Me ha dado su palabra de que cuidará bien de ti. El acuerdo que discutimos incluye una casa amplia y amueblada y aproximadamente diez mil dólares en joyas de oro. Vivirás muy cómoda, como estás acostumbrada. Debes de sentirte satisfecha al estar asegurando tu futuro.

En ese momento todo mi mundo se derrumbó. Sentí como si la vida se me escapara. Todas las nociones prehistóricas y culturales que había criticado y denunciado se estaban convirtiendo en parte de mi realidad. Espontáneamente reaccioné.

—¿Te has vuelto loco? — dije indignada—. ¿Pretendes que te deje a ti, a mis amigos, mi hogar y mi vida en los Estados Unidos para unirme en matrimonio a un extraño y encima de eso mudarme a Antarah? Lo que me pides es inaudito y simplemente no lo haré.

—Fátima, no tienes otra opción.

—¿Qué quieres decir? Soy una mujer adulta. Si Mama estuviera viva nunca permitiría esto.

—Tu madre sabía que llegaría este día y apoyaba mi decisión. ¿Vas a ir contra sus deseos?

—No puedo creer que estés usando la memoria de Mama para chantajearme con esto.

Seguí escuchando la voz de Mama: "No cuestiones a tu padre. Solo haz lo que te dice". Presentí que esto era lo que ella estaba tratando de decirme todo este tiempo. Pero, ¿qué iba a hacer en una tierra lejana que nunca había visitado? No tendría a mi familia ni a mi madre para aconsejarme y decirme que todo iba a estar bien. Mi único consuelo era volver a tener a Jamila cerca.

Iba a casarme con un hombre que no conocía y no amaba. Esto era desesperante y aterrador a la vez. Pero el remordimiento que sentía sabiendo que decepcionaba a Mama era lo que más me atormentaba. Sabía que en el fondo mis padres querían lo mejor para mí. También sabía que el general no cambiaría de opinión y que su decisión era final. Desafiar su autoridad iría en contra de todo lo que me enseñaron. Sequé mis lágrimas.

—Haré esto por la memoria de Mama, pero nunca olvidaré el día en que me vendiste a un perfecto desconocido como si fuera una prostituta.

Levantó su mano para pegarme, pero se controló.

—Estoy enfurecida y tan decepcionada contigo. No puedo tolerar estar aquí un minuto más.

Me alejé derrotada pero no sin antes mirarlo a los ojos.

—No trates de llamarme y menos buscarme a menos que recapacites y cambies de opinión. Te veré en mayo.

Fue la primera vez que me fui de mi casa sin despedirme de Baba.

Regresé a Smith y le escribí a Jamila explicándole mi dilema. El destino se burlaba de mí. Recé para que mi padre entrara en razón y me dijera que todo había sido un malentendido, un gran error. Eso nunca pasó.

Una semana después, Samira me llamó para decirme que mi padre había sufrido un derrame cerebral el día que me fui. Baba había respetado mis deseos de no llamarme pues todo permanecía igual. Dejé mi orgullo a un lado e inmediatamente regresé a casa para estar a su lado. En esos días nunca tocamos el tema.

Cuando volví a la universidad, estaba decidida a escribirle una carta explicando que me iba pues quería desaparecer, porque no podía cumplir con lo que me pedía. Pero flaqueé, no pude hacerlo. Traicionar a las dos personas que más amaba en este mundo no era posible. Mama me había moldeado para ser la persona que soy y Baba me había enseñado el valor del honor y la dignidad. Ya había perdido a Mama y no podría vivir con mi conciencia si algo le pasaba a Baba. Esa fue la única razón por la que accedí a las exigencias del general. Yo intuía en el fondo de mi corazón que el hombre que casi arruinó mis dieciséis ahora estaba a punto de destruir mi vida. Estaba condenada a un matrimonio sin amor en un país y una cultura que realmente desconocía. Mi destino se había sellado con una simple llamada telefónica y ahora tenía que dejarlo todo en manos de Alá.

capítulo 7

La reunión

Para mi llegada a Antarah con Baba, seleccioné un atuendo que consistía en un traje de vestir negro con rayas finas blancas que revelaba parte de una pierna y un escote conservador. Los zapatos eran negros de tacón alto. Era importante lucir algo que me hiciera sentir en control y profesional. Después de todo, estaba a punto de hacer la transacción más grande de mi vida.

En el aeropuerto, nos dieron tratamiento de alfombra roja. Nuestros pasaportes fueron sellados sin tener que pasar por la aduana ni tener que abrir maletas. Fue de gran alivio pues había empacado un baúl meticulosamente con casi cien figurillas de camellos.

Cuando era niña, recuerdo que Baba me llevó al zoológico. Estaba tan fascinada mirando los animales. Cuando llegamos a la exhibición de camellos, le pregunté: "¿Por qué los camellos tienen jorobas?".

—Las jorobas son tejido graso. Si el camello no puede encontrar comida, utiliza la grasa para obtener energía. A los camellos los llaman "los barcos del desierto" porque hace miles de años en el sur de Arabia los camellos se usaban como transporte para las personas y los bienes que se importaban y exportaban a través de los diferentes países.

—¿Es cierto que los camellos pueden pasar días sin agua?

—Sí. Los camellos son los animales perfectos para viajes largos y calientes porque pueden estar hasta siete días sin beber agua y después se reponen tomando 21 galones en 10 minutos— explicó.

—¿Cuántos años puede vivir un camello?

—Los camellos pueden vivir hasta 40 años. También tienen una memoria increíble. Un camello maltratado no actúa de inmediato, pero espera pacientemente por años y luego ataca sin aviso a su abusador.

Después de enterarme de todos esos datos, le dije a Baba que el camello era mi animal favorito. "Es inteligente, útil, único y tiene los ojos y las pestañas más hermosas", le dije. A partir de ese día, en cada viaje que hacía Baba, fuera del país o en los Estados Unidos, siempre se detenía para comprarme una figurilla o un peluche de camello. Me dijo que se había convertido en un reto encontrar camellos ya que no eran animales muy populares. Estos camellos representaron una etapa muy especial en mi infancia; una época en que mi vida era mágica y apreciaba cada momento con Baba.

En el aeropuerto, nos recibió personal militar, en su mayoría amigos íntimos de mi padre. Él siempre tenía el detalle de traerles cigarrillos y puros de los Estados Unidos. Al salir, nos esperaba un carro oficial. Sin embargo, me sorprendió que mi futuro esposo no estuviera con el comité de bienvenida.

Mientras viajábamos en el auto, noté fotos y pinturas con las imágenes del Presidente por todas partes. Era como si todo el país fuera un santuario para él. Me había topado con esta tendencia en muchos de mis viajes a través del Medio Oriente.

En realidad, era bastante común que los establecimientos y los hogares exhibieran retratos del Presidente. Esto significaba que las personas eran partidarias del régimen. Si no exhibían su imagen podría interpretarse como que no apoyaban completamente al gobierno e incluso catalogarse como traidores.

Nunca entendí cómo las personas de estos países predominantemente musulmanes permitían que su Presidente asumiera este papel de "Dios". Me imaginé que era por miedo. Pero lo que era realmente perturbador era cómo un Presidente musulmán devoto podía permitir que su gente lo adorara como si fuera Dios. Esta forma de pensar era la que realmente podría meterme en problemas.

Ahora que estábamos en Antarah, lo primero que quería era visitar la tumba de mi madre.

La extrañaba mucho. Necesitaba estar cerca de ella y decirle que mi vida era un caos.

—Fatme, sabes que las mujeres no pueden visitar el cementerio. Nos detendremos a recoger algunas rosas blancas y las pondré en su tumba.

Baba explicó que sobre la tumba había una estructura de bloques de cemento de aproximadamente tres pies de alto, tres pies de ancho y seis pies de largo, pintada de blanco. En la parte superior de la estructura había dos piezas de mármol a cada lado; una representando la cabeza, mirando hacia el este hacia Meca, y el otro los pies. Entre las piezas y en el centro de los bloques había una lápida de mármol con la palabra Fatiha, que es una oración del Corán, y debajo de ella su nombre, su fecha de nacimiento y la fecha de su muerte en años del calendario musulmán.

Mientras Baba iba a colocar las flores en la tumba de Mama, me quedé con el chofer en las afueras. Minutos más tarde, salí del auto para tomar un poco de aire fresco. Era lo más cerca que podía estar de mi madre y sentía su presencia. "Mama, te fuiste y ahora es cuando más te necesito. Te extraño tanto. Necesito tus consejos. Necesito que me abraces y me asegures que todo va a estar bien. Temo que mi vida está descarrilada y no sé si estoy haciendo lo correcto. No cuestioné la decisión de mi padre porque siempre me dijiste que no desafiara su autoridad. Si estuvieras aquí, sé que habrías hablado con Baba y lo habrías convencido de que este matrimonio es una locura. Supongo que no hay nada que pueda hacer ahora", me dije.

Baba regresó poco después. Estaba triste. Me di cuenta que realmente había envejecido desde la muerte de mi madre. Creo que su dedicación a su trabajo era lo único que lo mantenía con vida. El chofer nos llevó directamente al Palacio Presidencial. Estaba nerviosa. Conocí al presidente Saeed anteriormente cuando visitó Washington, pero era solo una niña. El palacio era hermoso y muy diferente a la Casa Blanca. Estaba aislado de cualquier barrio y a las afueras de la capital. Dos millas cuadradas del palacio estaban rodeadas con máxima seguridad. El exterior de la estructura era de mármol blanco. El diseño arquitectónico en el interior era impresionante, con enormes columnas, suelos de mármol y techos majestuosos tallados a mano. Las paredes eran blancas con un acabado perlado. La mayoría estaban decoradas con innumerables retratos del Presidente que estaban pintados por diferentes artistas de reconocimiento mundial. También había enormes placas con versos del Corán.

El piso estaba mayormente cubierto con enormes alfombras persas de colores vibrantes y con diseños floridos. El comedor podía sentar unos cincuenta invitados para una cena formal. El salón formal tenía más de 75 candelabros que colgaban de un techo de al menos 16 pies de altura. Todos los muebles estaban hechos a la medida y forrados con telas exóticas.

Varios salones tenían artefactos culturales, como instrumentos de la región. Había una colección preciosa de cajas de madera talladas y pintadas a mano que se podían usar para jugar shatranj, ajedrez, al igual que damas y backgammon. Además un sinnúmero de estantes de vidrio exhibiendo objetos de la antigüedad romana.

Dos puertas enormes se abrieron a un salón informal de reuniones. Lo primero que me llamó la atención fue un hermoso retrato familiar del Presidente con su esposa, sus tres hijas y su hijo.

Mientras miraba alrededor, vi a varios hombres vestidos de uniforme y algunas mujeres, entre ellas la esposa del Presidente y la hija más joven, Rania. Ella era la única que aún vivía en casa. Rania tenía 18 años, de pelo oscuro hasta los hombros y era la menos atractiva de las tres.

Mientras observaba a los hombres saludarse con un beso habitual en cada mejilla, traté de adivinar cuál de ellos sería con quien me casaría.

Asentí con la cabeza para constatar sus presencias, pero no miré a ninguno a los ojos. Las mujeres inmediatamente se acercaron a mí y me besaron en cada mejilla.

—Mabruk, felicitaciones— dijeron refiriéndose a mis próximas nupcias.

Rania se quedó en silencio en la parte de atrás y me saludó con una sonrisa forzada. Inmediatamente sentí cierta tensión sin saber realmente por qué. De repente, el presidente Saeed hizo su entrada.

—Assalamu Alaykum, la paz sea contigo— dijo.

—Wa Alaykum Assalam, la paz sea contigo— todos respondieron en grupo.

El Presidente se acercó a nosotros, abrazó y besó a mi padre y luego me besó en la frente. —Bienvenida a Antarah— me dijo.

—Gracias, señor Presidente.

—Te has convertido en una joven hermosa. Eras solo una niña la última vez que te vi. Felicitaciones por tu compromiso. Te vas a casar con uno de los solteros más codiciados de Antarah, mi protegido y el mejor amigo de mi hijo Rauf.

Rania, que ahora estaba junto a su padre, parecía molesta y entristecida por su comentario. Le agradecí al Presidente y mirando de reojo observé a dos hombres en sus treintas que entraron al salón.

—Llegaron. Mi hijo, el coronel Rauf Saeed y el teniente Fouad Mustafa. Esta es Fátima Abdul Aziz— dijo extendiendo su brazo en mi dirección.

Las primeras impresiones son las que perduran. Desafortunadamente, Fouad no me impactó de manera positiva. Era un hombre de seis pies de estatura y piel clara. Tenía rasgos típicos árabes: nariz grande, ojos color marrón y pelo corto, ondulado oscuro con un toque de gris. El pequeño espacio entre sus dos dientes frontales hacía que su sonrisa pareciera falsa. Era apuesto, pero no era mi tipo. Había algo en él que me inquietaba.

Tal vez fue su arrogancia, como si fuera la última Coca-Cola en el desierto. No sé por qué, pero sentí que no podía confiar en él.

El encuentro fue incómodo. No sabía si debía hablar o extender mi mano. Todo lo que podía hacer era mirar hacia el piso y esperar que él hiciera su movida. No hablaba un inglés perfecto. "Bienvenida a Antarah", dijo mientras me miraba y sonreía. Aunque mi primer instinto fue correr y seguir corriendo hasta perderme, no tenía el valor para hacerlo. Me quedé allí pacientemente mientras lo sentía evaluándome. Esto me hizo sentir muy incómoda. Era como si estuviera admirando su premio y contemplando si satisfacía sus expectativas.

El teniente Mustafa se acercó a mi padre y se ausentaron por unos minutos. Sospeché que estaban haciendo algún tipo de arreglo. Después de lo que pareció una eternidad, mi padre regresó y me dijo que había dado instrucciones al chofer para que me llevara a visitar a Jamila.

—Pero Baba, ¿y tú? — le dije.

—Fatme, desgraciadamente hoy no puedo acompañarte. Es costumbre que el padre de la novia pase algún tiempo con su futuro yerno antes de la boda. Por favor, dile a Jamila que la veré en los próximos días.

Aproveché esta oportunidad para escapar de mi destino, aunque fuera brevemente. Era una tarde hermosa. Antarah era exactamente como lo había imaginado. Recordé el libro que Mama me regaló en mis dieciséis que describía las calles, la gente, la belleza del Viejo Mundo, las casas de piedra y los autos que se detenían para dejar que un rebaño de ovejas cruzara la carretera. Era tan diferente a mi vida en los Estados Unidos y sin embargo tan refrescante. Cuando entramos a la ciudad, olía a salitre y sentí la brisa acariciando mi rostro. Estábamos entrando en un barrio de aspecto moderno con edificios altos, muchos de ellos bajo construcción. Todos tenían un estilo uniforme con fachadas de mármol y entradas de lujo. Al parecer, a Jamila le había ido bien. Subí las escaleras hasta el cuarto piso porque todavía no tenían ascensor.

Toqué a la puerta y estaba ansiosa por ver la expresión en la cara de Jamila. No le había dado los detalles de mi llegada a Antarah porque quería sorprenderla. Anhelaba abrazarla y que nos contáramos todo sobre nuestras vidas. También esperaba que ella supiera algo de Fouad pues su esposo, Nabil, también era un militar.

Nuestra reunión fue mejor de lo esperado. Jamila estaba estupefacta y yo me emocioné al ver que tenía unos meses de embarazo. Aunque al principio se mostraba un poco molesta por mi visita inesperada, estaba radiante como la mayoría de las madres embarazadas. De niña, Jamila odiaba las sorpresas y era evidente que el tiempo no había cambiado ese detalle.

—No escribí para contarte sobre el bebé porque quería sorprenderte— dijo Jamila con lágrimas en los ojos y una mirada decepcionada en su rostro—. ¿Por qué no me dijiste que ibas a venir? Te habría recogido del aeropuerto y preparado todos tus platos favoritos. ¿Dónde está Amee?

Le expliqué que Baba estaba cansado por el viaje tan largo, pero que prometió venir a compartir con ella en los próximos días.

El apartamento de Jamila era muy lujoso. Tenía alfombras persas exquisitas sobre pisos de mármol y muebles enmarcados en madera tallada con diseños complejos y colchones forrados en terciopelo. Su balcón tenía una vista al mar espectacular. "¡Tienes una casa hermosa, Mabruk!", le dije.

Ya era tarde. Nabil todavía estaba en el trabajo, así que Jamila y yo cruzamos la calle hacia el corneesh, el tablado, a lo largo de la playa.

El atardecer mediterráneo fue impresionante. Todos mis problemas parecían fugarse con el viento y escurrirse con las olas en ese instante. Como el sol, estaba lista para desaparecer en un abismo incierto sin garantías de volver a resplandecer a la mañana siguiente.

Mientras hablábamos de mi futuro matrimonio, Jamila me miró a los ojos y vio mi desesperación.

—Fátima, maktub. Solo acepta tu destino, no lo puedes cambiar. Si crees en Alá, aceptarás tu futuro con Fouad y serás feliz.

—Jamila, sabes que nunca creí en matrimonios arreglados. Nunca pensé que pondría un pie en Antarah. Mis padres nunca me trajeron aquí, casi no hablaron de este país y nunca me prepararon para la posibilidad de un matrimonio arreglado. Tú sabías desde niña que un matrimonio arreglado era tu destino. Lo aceptaste e incluso lo esperabas ansiosamente, yo no. Mis sueños y esperanzas estaban en América. Quería obtener mi maestría en trabajo social, ayudar a los menos afortunados y usar mis vínculos políticos para hacer una diferencia— expliqué.

—La gente de Antarah te necesita más que los estadounidenses, ¿y qué más conexión política que el Presidente?

—Tienes un punto, pero, ¿cómo puedo ser verdaderamente feliz aquí sin mi padre, mis amigos…? Le agradezco a Alá por ti, porque nadie más puede ayudarme a superar esto. ¿Le has preguntado a Nabil si sabe algo sobre Fouad?

—Además de lo obvio, que está bien conectado y es el mejor amigo del hijo del Presidente, Nabil me dice que el teniente Mustafa es muy respetado y temido. Extraoficialmente, muchos dicen que es despiadado y haría cualquier cosa para obtener lo que quiere. Pero eso puede ser una buena cualidad. Necesitas un hombre fuerte para desafiarte y equilibrar tu lado rebelde. Debes estar orgullosa de que se haya fijado en ti; después de todo, es uno de los solteros más codiciados en todo el Medio Oriente.

—Sabes que nada de eso me impresiona. Despiadado y temido no son atributos muy halagadores para mi futuro marido. Simplemente no puedo imaginar en qué me estoy metiendo.

—Fátima, por favor, no discutas nada de esto con Nabil cuando lo conozcas. No quiero que se sienta incómodo.

Cuando regresamos a la casa de Jamila, conocí a Nabil. Era un hombre de voz suave, cálido y amistoso. Miró a Jamila como solo un hombre enamorado mira a una mujer. Fue a la cocina con ella y la ayudó a llevar la comida a la mesa. Luego le pidió a Jamila que se sentara conmigo mientras buscaba el pan. Cuando estábamos comiendo, él insistió en que Jamila comiera más porque ella estaba comiendo por dos. Se veía a leguas que estaba muy emocionado con la idea de ser padre. Me preguntaba a menudo si quería más agua, si necesitaba más pan… Fue muy atento. Estaba realmente encantada por mi mejor amiga. Ella había encontrado a un hombre que la adoraba.

Después de una deliciosa cena, volví al Palacio Presidencial. Cuando llegué, parecía que todos ya se habían acostado. De camino a mi habitación, Rauf, el hijo del Presidente, me sorprendió. "Buenas noches, Fátima. Mi amigo Fouad es verdaderamente un hombre muy afortunado".

Le dije buenas noches y entré a mi habitación. Sentí que Rauf me coqueteaba y no me molestó. Estaba al punto de que cualquiera parecía un mejor candidato que Fouad.

A la mañana siguiente, mi padre y el Presidente hablaban de política en el estudio mientras tomaban el café. Me preparé una taza de zoorat, un té de flores, y lo disfruté en el jardín. Minutos después, Rauf se sentó conmigo.

—Pensé que no era correcto que estemos solos— le dije.

—¿Me estás diciendo eso tú, que vienes de América? — respondió Rauf.

—Vivir en Estados Unidos no quiere decir que he olvidado las costumbres árabes.— Cuando le dije esto, me perdí en sus ojos azules y me di cuenta que era un hombre muy guapo. No era tan alto como Fouad, pero tenía un bigote que lo hacía lucir muy distinguido y era tan encantador como su padre.

—¿Te ofende mi presencia?

—No, pero podría ofender a nuestros padres— dije en tono sarcástico.

—Mi madre se fue temprano y nuestros padres estarán entretenidos por buen rato. ¿Hay algo que quieras preguntarme?

—Si te refieres a Fouad, no creo que nada de lo que digas vaya a cambiar el hecho de que me casaré con él pronto.

—¿Detecto hostilidad en tu voz?

—¿Detecto que estás buscando información para correr y decírselo a tu amigo?

—Un verdadero caballero no traicionaría la confianza de una mujer.

—Bueno, apenas te considero mi confidente. Solo diré que la idea de un matrimonio arreglado no me gusta para nada. Me parece una idea ridícula. Pero como dice mi mejor amiga Jamila, "es maktub", así que tengo que resignarme.

—Fátima, en defensa de Fouad, es un gran hombre. Hasta hace poco, era considerado uno de los...

—...solteros más codiciados. Lo sé. Si alguien me dice eso una vez más voy a explotar. A su edad, ¿por qué no se ha casado si tiene tantas opciones? — le pregunté.

—Él ha estado muy centrado en establecer su carrera militar. Quería tener más tiempo para dedicarlo a una familia y creo que siente que ha llegado ese momento.

Antes de que pudiera seguir hablando de Fouad, lo interrumpí.

—Desafortunadamente, nada de lo que puedas decir cambiará mi opinión. Fue agradable hablar contigo, pero tengo que irme. Tengo que planificar una boda.

—Déjame saber si puedo ayudarte, Fatme.

—Mi nombre es Fátima y no, gracias, coronel Saeed. No creo que haya nada que alguien pueda hacer por mí.

Me sorprendí cuando se refirió a mí como Fatme. Solo mi padre me llama así. Me incomodaba que alguien que no fuera mi padre me llamara así, especialmente un extraño. La única otra persona que aceptaría llamándome Fatme sería un hombre al que realmente amaba, y desafortunadamente, no pensé que escucharía eso de los labios de nadie más que de Baba.

Fui a mi habitación y comencé una de las que se convertirían en una tradición de sesiones de llanto. Media hora más tarde, mi padre tocó a mi puerta.

—¿Estás lista para ir a ver a Jamila? —preguntó.

—Sí, Baba.

Cuando llegamos a casa de Jamila, tenía una mesa llena de nuestros platos favoritos.

—Habeebtee Jamila, mabruk por el bebé. Me siento igual de orgulloso que un abuelo— dijo Baba.

—Amee, Ahlanwasahlan, bienvenido a mi humilde hogar— dijo Jamila.

—¿Por qué te molestaste en preparar todo esto, especialmente en tu condición? — preguntó Baba.

—Esta es tu primera vez en mi casa, amee. Necesitaba hacer algo especial para mi tío favorito.

Nabil llegó minutos después. Cuando terminamos de comer, los hombres se fueron al balcón a tomar ahwa y fumar la hooka mientras Jamila y yo recogíamos y conversamos sobre nuestros días en D.C.

—¿Extrañas Washington? — le pregunté.

—Te extrañé a ti, pero ahora que estás aquí, mi vida está completa— respondió Jamila.

Le di un gran abrazo y le dije que estaba feliz de estar con ella.

Nuestra visita fue interrumpida por una llamada telefónica de Fouad. Quería que mi padre y yo nos reuniéramos con él para acudir a los tribunales para firmar un acuerdo prematrimonial. Mi padre había insistido en proteger mis derechos antes de contraer matrimonio. Este acuerdo fue para incluir temas de poligamia y financieros.

capítulo 8

Formalidades

Cuando llegamos al tribunal, Fouad nos estaba esperando.

—Pensé que algo íntimo sería más apropiado, pues tendremos una boda por todo lo alto. Sé que tu padre no tiene mucho tiempo en Antarah, así que esto acelerará el proceso— dijo.

En ese momento, Fouad abrió una caja de terciopelo rojo que tenía dos anillos iguales. En el Islam, el oro está permitido para las mujeres porque son de naturaleza delicada y gentil, pero no para los hombres, pues aparenta inestabilidad, debilidad y poca hombría. Por lo tanto, el anillo de matrimonio de Fouad era en platino, mientras que el mío era de oro blanco.

Mi prometido procedió a colocar el anillo más pequeño en mi dedo de la mano derecha y me entregó el otro para que lo colocara en su dedo. En el Medio Oriente, el uso del anillo en la mano derecha simboliza que la persona está comprometida.

Poco después apareció el juez. Era un viejo amigo de Baba que nos había visitado en Washington varias veces. Mi padre y Fouad lo saludaron con el beso tradicional en cada mejilla. Asentí educadamente dándole a entender que lo recordaba. "¿Será posible que te veas más hermosa hoy que en tu fiesta de los dieciséis? Fouad va a ser la envidia de todos los hombres", me dijo. Sonreí, aunque en el fondo quería llorar. Estaba entregándole mi juventud y mi ser a alguien a quien sabía que nunca podría amar. Estaba a punto de firmar mi cadena perpetua de infelicidad.

El juez comenzó a escribir en un libro de registro que Fouad se responsabilizaba por una casa amueblada como parte de nuestro contrato de matrimonio. Si me divorciaba de él, no tendría derecho a nada, pero si él se divorciaba de mí, no solo me quedaría con la casa, sino también con cien mil dólares. Paró de hablar y me miró para asegurarse de que entendía los términos.

Continuó con el tema de la poligamia, una idea que rechacé de inmediato. Sabía que Fouad estaba retándome para ver hasta dónde podía llegar. No lo amaba, pero tampoco iba a ser plato de segunda mesa y compartirlo con otras mujeres. A nivel personal, lo consideré un insulto y a fin de cuentas una complicación que no quería afrontar. Expresé claramente que si en algún momento Fouad deseaba casarse con otra mujer nuestro matrimonio acabaría. Bajo esas circunstancias, la ley protegería mis derechos financieros.

Me di cuenta de que Fouad tomó mi pasión con respecto a este tema como un indicio de que comenzaba a sentir algo por él. Pero estaba loco si confundió mi indignación con la posibilidad de que yo tuviera algún interés. Cuando acordamos todo, firmamos y pusimos punto final a la transacción.

El dinero nunca fue motivo de inquietud. Sabía que era la única heredera de todos los bienes de mi padre, incluyendo nuestra casa en Washington. Lo más importante para mí era tener mi educación, una carrera y contactos en los que podía confiar y a los que podría recurrir si fuera necesario.

Me preguntaba si Fouad conocía el alcance de la riqueza de mi padre y si eso era el incentivo principal para esta unión.

Económicamente, él aparentaba estar cómodo, pero sabía que nunca rechazaría una pequeña fortuna en dólares americanos.

No me enfoqué en el aspecto económico pues confiaba en que mi padre era lo suficientemente sabio como para saber lo que me convenía. Cuando el juez indicó que todos los documentos estaban en orden, Fouad tomó mi mano y la besó. Sentí con ese beso que me deseaba, un sentimiento que yo rechazaba totalmente.

A la mañana siguiente, tuvimos una pequeña reunión en el Palacio Presidencial con la familia del presidente Saeed, Jamila y su esposo, las hermanas de Fouad, sus esposos y Baba. El imán estaba allí para realizar la ceremonia religiosa.

Minutos antes, Rauf me susurró al oído discretamente.

—Si te hubiera conocido primero, te habría tenido para mí.

—Pensé que era tu mejor amigo — le cuestioné.

—Lo es, pero no puedes culparme por admirar tu belleza.

No podía negar que hubo una atracción entre nosotros, pero no tenía ningún interés en ser la futura primera dama de Antarah.

El imán comenzó a leer algunos versos del Corán relacionados con el matrimonio. Entonces, juramos amarnos y cuidarnos mutuamente delante de Alá y de nuestros testigos. Por último, nos declaró marido y mujer. El matrimonio no debía ser consumado ni los anillos intercambiados hasta después de la celebración de la boda. En una semana nada pararía los deseos incontrolables de mi esposo.

De ahora en adelante, Fouad y yo podríamos salir solos, tomarnos de las manos y besarnos. Por mi parte, evitaría el mayor contacto posible con él. Afortunadamente, Nabil se encontraba en una misión militar y no regresaría hasta un día antes de la boda. Aproveché para llevar a Jamila a todas partes como una chaperona.

Jamila estaba más emocionada que yo, especialmente cuando fuimos con Fouad a escoger el oro. Como nunca fui amante de las joyas, esto no me entusiasmaba. Me sentía incómoda con la idea de que este hombre me regalara cosas. Sabía que eventualmente tendría que devolverle todo lo que estaba gastando en mí de alguna forma. Jamila me aseguró que el oro era un símbolo de amor y estatus. Mientras más oro, más me amaba. ¿Qué amor?

Él no me conocía. Solo me estaba adornando como un árbol de Navidad. Esto se trataba de su ego. Era una forma de dejarle saber a todas las mujeres que estaban interesadas en él que oficialmente estaba fuera del mercado.

Un hombre como Fouad no podía ser un santo. Intuía que tenía mucha experiencia y probablemente había hecho muchas promesas y roto muchos corazones. "Después de todo, él era uno de los solteros más elegibles...", me dije a mí misma sarcásticamente.

Jamila me advirtió que sonriera y me mostrara un poco más emocionada con sus regalos, pues lo estaba provocando al no mostrar ningún tipo de gratitud. Fouad insistió en colocar uno de los dos collares de gargantilla alrededor de mi cuello. Mi pelo era largo, grueso y rizado. Mientras lo levantaba, le pidió a Jamila que lo sostuviera para ponérmelo. Ya puesto, Jamila soltó mi cabello y se retiró para admirarlo de lejos. Fouad aprovechó para darme un beso gentil y discreto en mi cuello. Sentí escalofríos por mi espalda. Luego, le dijo al dueño de la tienda que empacara diez brazaletes de oro sólido y cuatro anillos.

—¿Te gusta? Es aún más hermoso cuando lo tienes puesto.

—Gracias, pero no estoy acostumbrada a todo este oro y me siento muy incómoda— contesté.

—Quiero comprar esto para ti y quiero vértelo puesto— dijo casi susurrando—. Quiero que mi mujer muestre los regalos obsequiados por su marido. Perdono tu ignorancia porque sé que vienes de América, donde puedes decir y hacer lo que quieras.

Mientras apretaba su cuerpo con fuerza contra el mío y tiraba de mi cabello, continuó.

—Ahora estás en Antarah y vas a hacer lo que te diga tu esposo. También sé que me estas evitando. De ahora en adelante, quiero que respondas a mis muestras de cariño. No estoy jugando juegos y no permitiré que me trates de avergonzar.

Su actitud fue predecible. Jamila me lo advirtió, pero no hice caso.

Fouad insistió que cada pieza de joyería fuera colocada en hermosas cajas decorativas para entregármelas formalmente el día de la boda. Fouad le pidió a Jamila que me llevara a comprar ropa íntima para nuestra luna de miel. Jamila lo complació y me llevó a buscar algo especial para mi noche de bodas. Estaba muy ansiosa pensando en ese momento, pero sabía que tenía que estar preparada. Mi infierno personal estaba por comenzar.

—¿Fouad va a dejarte salir de la casa sin usar el hijab? —preguntó Jamila con curiosidad.

—No veo por qué no. Él no ha mencionado nada acerca de cubrirme el cabello y sabe que nunca lo he hecho. ¿Por qué preguntas?

—Muchos hombres se ponen muy celosos después de casarse. Fouad parece ser de ese tipo y probablemente siente que eres demasiado liberal y querrá cortarte las alas un poco.

—Simplemente no lo permitiré.

—Fátima, empieza tu matrimonio con el pie derecho. Sigue mis consejos. Trata de ver lo positivo. Empieza a enamorarte de él. Si no te esfuerzas, te arrepentirás de lo que se va a convertir tu vida.

—¿Qué vida? Con este hombre, no tengo vida. Estoy desesperada. Quiero morirme. Tú querías esta vida. Yo no tuve opción. ¿No sientes compasión por mí? Primero, pierdo a mi madre y ahora esto. Pensé que eras mi hermana. ¿Trataste de hacer entrar en razón a mi padre? —Comencé a llorar mientras Jamila trataba de consolarme. —¿Qué estoy haciendo aquí? ¿Realmente crees que pueda seguir adelante con este matrimonio? Estoy aterrorizada. Nunca he estado con un hombre en mi vida.—Sentía que me estaba volviendo loca.

—Cálmate, Fátima. Sabes que no puedo hacer nada más que aconsejarte basado en mi vida en Antarah. No puedo confrontar a tu padre sobre tu matrimonio. No soy familia. Lo siento tanto si piensas que no he sido sensible a tu sufrimiento. Solo deseaba que una parte de ti quisiera esto también. Estaba tan feliz de tenerte de vuelta en mi vida que no pensé…

—Lo siento, Jamila. Sé que estás tratando de hacer esto un poco más fácil para mí. Simplemente no puedo aceptar que de ahora en adelante esta sea mi vida. Ni siquiera me siento atraída a él. Oré para que hubiera algún tipo de chispa entre nosotros, pero todo lo que siento es desprecio, odio.

Jamila me dio un abrazo fuerte y sincero.

—No puedo cambiar tu destino, pero estaré aquí cuando me necesites. Esa es una promesa que puedo cumplir.

De alguna manera, las palabras de Jamila sirvieron de consuelo.

La semana pasó en un abrir y cerrar de ojos. Fouad, Rauf y Baba se habían ocupado de todos los arreglos. Mi futuro marido y su mejor amigo habían estado planeando este día durante meses.

Fouad estaba obsesionado con la idea de que todas las personas de influencia y prestigio de Antarah estarían allí. La seguridad iba a ser extremadamente estricta. Después de todo, el Presidente estaría presente junto con las personas más poderosas del país y algunos otros invitados del Medio Oriente. Era una producción en gran escala.

La fiesta de bodas se celebró en el Sahara, el restaurante y sala de recepción más elegante de Antarah. El lugar estaba lleno de agentes del servicio secreto. Había más de trescientos invitados, casi todos conocidos del novio.

Cuando entré con Baba, todos los ojos estaban sobre mí. Llevaba un vestido de seda blanco, sin tirantes, ajustado, con botones de diamantes en la parte posterior y una estola de seda cubriendo mis hombros. Mi cabello estaba recogido hacia atrás y sobre este se extendía un velo muy simple con una tiara de brillantes.

Los invitados habían llenado al salón con arreglos florales, un gesto tradicional para felicitar a los recién casados. En una de las esquinas había cinco mesas circulares, cada una con un pastel de bodas de cuatro niveles decorado con rosas rojas frescas. En el centro de la habitación había un umbral decorado que cubría dos sillas blancas para los novios.

Los invitados eran recibidos por camareros elegantemente vestidos que servían aperitivos. La cena formal consistió de cinco platos. Mientras comíamos, una orquesta famosa del Medio Oriente tocaba música suave. Después de la cena, nos sentamos en nuestras sillas y, mientras todos miraban, Fouad tomó mi anillo y lo cambió de la mano derecha a la izquierda y yo hice lo mismo por él. Este ritual representaba que estábamos formalmente casados. Luego, levantó mi velo y me dio un beso muy suave y rápido en los labios. Inmediatamente después, Rauf apareció con todas las cajas de joyas que mi esposo me había comprado días antes. No reconocí una caja de terciopelo roja adornada con detalles dorados. Fouad insistió en que la abriera primero. En ella había dos pulseras mabrume, que tradicionalmente el novio le regala a su prometida. Sabía que la pulsera mabrume es considerada una de las piezas de joyería más impresionantes en el Medio Oriente. Esta pulsera consiste de hebras de oro retorcidas para parecer una cadena gruesa y sólida con dos pedazos de oro macizo en cada extremo. Los dos puntos no se cruzan, corren paralelos y apenas se tocan, como dos autos en lados opuestos de una calle. Este regalo era poético, una descripción perfecta de nuestra relación, dos caminos que se cruzan a la fuerza pero nunca se convierten en uno.

Inmediatamente, mi esposo comenzó a ponerme cada pieza, comenzando con la mabrume en mi muñeca, moviéndose hacia mis dedos y luego hasta mi cuello.

Cuando los invitados se alinearon para darme más joyas de oro, una cantante y una bailarina se unieron a la orquesta para avivar la celebración.

Primero, me felicitaron las tres hermanas de Fouad: Amani, Tahani y Reejam. Eran muy bonitas y parecían muy dulces. Todas estaban casadas y vivían en un pueblo pequeño a unas pocas horas de aquí. Era obvio que Fouad no era muy cercano a ellas. Sin embargo, parecían felices de que su hermano estuviera sentando cabeza. La esposa del Presidente y Rania también vinieron a desearnos lo mejor y me regalaron joyas de oro. No pude evitar percatarme de que Rania estaba devastada por este matrimonio. Incluso me pregunté si se había ilusionado con ser la esposa de Fouad. Un puesto que le hubiese cedido con mucho gusto.

Más mujeres se alinearon y trajeron regalos. Fue abrumador tener esta cantidad de extraños colocándome todas estas piezas de oro. Tuve que haber tenido al menos tres anillos en cada dedo, unas 20 cadenas e innumerables brazaletes y amuletos. Una vez más, todas las miradas estaban sobre mí. Las mujeres que me rodeaban estaban muy impresionadas. Las chicas solteras parecían verdes de envidia. Si supieran que lo habría entregado todo en un segundo a cambio de mi libertad, que me hubiera encantado casarme con un hombre sencillo que me amara y yo a él… probablemente no lo entenderían.

Los invitados insistieron en que Fouad y yo bailáramos. No estaba muy contenta con la idea, pero tenía que actuar entusiasmada. De repente, la música pasó de animada a suave, de árabe a inglés. Tocaron "Endless Love". Era irónico bailar una canción tan hermosa y apasionada con alguien que no significaba nada para mí. Estaba orgulloso, tomándome de la mano y caminando hacia la pista de baile. Me abrazó fuerte y me apretó. Entonces, susurró en mi oído.

—Pedí esta canción para ti. Quería que te sintieras como en casa. ¿Estás disfrutando nuestra noche?

—Mucho— le dije cortésmente.

—En realidad estoy contando los minutos para estar a solas contigo.

La música terminó y la banda se animó con música folklórica de Antarah. Probablemente bailamos por cinco minutos y luego le dije que necesitaba sentarme porque estaba cansada. Tres horas después, cortamos el pastel y les dimos a nuestros invitados los recordatorios con una variedad de dulces típicos de la región. Había almendras azucaradas, chocolates finos con nueces empacados en papel de aluminio en colores brillantes y un caramelo con textura gelatinosa relleno de pistachos.

Cuando los invitados se reunieron en la enorme terraza con vista al Mediterráneo, un espectáculo de fuegos artificiales hipnotizó a todos. Realmente hubiera sido una velada encantadora si me hubiera casado con alguien a quien realmente amaba. Muchos, incluso Fouad, se quedaron al aire libre para fumar la hooka y tomar café. Fumar argheele o hooka era uno de los pasatiempos más populares del Medio Oriente. Tanto hombres como mujeres pasaban horas hablando, fumando y tomando café o té para distraerse.

Una hora después, nos despedimos. Me entristecí porque sabía que era la última vez que vería a Baba en Antarah. Él se iba a la mañana siguiente y yo me iría de luna de miel. Hice una reverencia y toqué su mano con mi frente y luego la besé en señal de respeto. Las lágrimas rodaron por mis mejillas.

—Te extrañaré, Baba— le dije.

—Yo también te extrañaré, habeebtee Fatme, pero ahora tu vida está aquí al lado de tu esposo.

Le di un gran abrazo y un beso en cada mejilla. Me secó las lágrimas y me dio un beso en la frente.

La caravana de taxis llegó justo a tiempo para acompañarnos por la ciudad. Dirigimos la flota en una limosina blanca decorada con flores y serpentinas. La costumbre es que la caravana recorra toda la ciudad, tarde en la noche, tocando las bocinas para que todos sepan que alguien se acaba de casar. Estaba muy ansiosa porque esto indicaba que pronto estaría sola con Fouad. Sabía que él estaba ansioso porque llegara este momento, y yo estaba aterrada. Este era el comienzo de mi pesadilla.

La luna de miel

Nadé por horas para tratar de olvidar, hasta que el cielo comenzó a mostrar destellos de luz anunciado el amanecer. Mientras caminaba hacia la habitación podía sentir un dolor inmenso. Intenté secar las lágrimas con mis manos y borrar las imágenes horribles de mi cabeza. Fouad se había comportado como un animal sin ninguna consideración. Me pregunté si esta ira que se apoderaba de mí desaparecería o empeoraría. Me cambié y me recosté con la esperanza de quedarme dormida y descubrir que todo había sido una pesadilla.

Desafortunadamente, me desperté con el sonido de su voz y sus caricias, que fueron el recordatorio de que todo era muy real.

—Saba Al Khair, buenos días, mi amor— dijo besando mi cuello golpeado—. Estás un poco estropeada después de anoche. Esconde esos moretones.

Vi un traje de chaqueta y pantalón con un hijab, pañuelo, que había tendido sobre la butaca.

—Espero que actúes y te vistas como una dama. Quiero que uses el hijab y las mangas largas. También, suaviza tu maquillaje. No necesitas verte como una prostituta. Eres hermosa tal y como Alá te creó. Ahora eres una mujer casada y debes comportarte como tal.

—¿Se supone que eso sea un halago? Me has quitado mi identidad.

—Y también tu virginidad. Ahora estás usada, eres mía. Estás viviendo bajo mi techo y seguirás mis reglas. No habrá más discusión sobre este asunto. Vístete. Vienen por nosotros en breve y odio llegar tarde. Ah, y no te preocupes por empacar. Te preparé un bolso con todo lo que vas a necesitar. Ya lo bajé.

—¡Qué galante!— dije mientras cerraba la puerta detrás de él.

Fouad mantuvo los detalles de la luna de miel en secreto. Era irrelevante para mí. El chofer nos recogió y nos dejó en el muelle. Nos subimos a un hermoso yate. Ahí nos recibió su dueño, una cara familiar, Rauf. Me sentí tranquila y protegida sabiendo que nos acompañaría a nuestro destino final, la isla de Chipre. Ambos hombres bajaron a una de las cabinas y discretamente bajé para escuchar lo que hablaban.

—Dime, ¿cómo fue tu noche de bodas?— preguntó Rauf.

—Fue genial— respondió Fouad, regocijado—. Resultó ser virgen. Ganaste la apuesta— se rieron mientras Fouad le chocaba la mano a Rauf y continuaba—, y sabes que cuando les haces el amor por primera vez… de más está decir que estuvimos en eso toda la noche. Ella es insaciable. ¡Qué cuerpo! Una verdadera diosa.

—Me estas avergonzando. Insisto en que eres un hombre muy afortunado— dijo Rauf.

Estaba furiosa de que estuvieran discutiendo mis intimidades y de que habían apostado a que yo era virgen. Al menos Rauf tenía fe en mí. Fouad era un cerdo. Un hombre verdadero no estaría hablando así de su esposa. Realmente yo representaba un trofeo más para él.

—¿Vas a encontrarte con tu muñequita griega en Chipre? — preguntó Fouad.

—Melina, por supuesto.

—Espero que le hayas dicho que no traiga una amiga. Ahora soy un hombre casado y tengo que mantener las apariencias. Al menos por un tiempo— dijo Fouad mientras se reían.

Me sentí traicionada y decepcionada incluso por Rauf. Sospeché que mi matrimonio no tenía futuro y estaba segura de que aprendería a odiarlo cada día un poco más. Era un casanova sin idea de cómo ser esposo. Yo no tenía ni el interés ni la energía de luchar por él. En realidad, esto era lo mejor. Tal vez me ignoraría para ir tras nuevas conquistas.

—¿Cómo está Rania? — preguntó Fouad.

—Devastada.

—Lo siento hermano, pero no podía comprometerme con ella. Sabía que no la haría feliz. Y no soportaba la idea de tener los ojos del mundo sobre mí. Además, no podía cumplir con las expectativas de tu padre con respecto a su hija.

—Eso está en el pasado, hermano. Ella lo superará. Sabes que pretendientes no le faltan— dijo Rauf mientras caminaba rumbo a las escaleras.

Esta conversación explicaba el comportamiento de Rania hacia mí, pero me dejó confundida. Rania parecía la persona ideal para Fouad y su ambición ciega. Esta mujer podría poner el mundo a sus pies junto con el poder y el control que obviamente anhelaba. Entonces, ¿por qué me escogió a mí? ¿Qué podría ganar conmigo?

—¿Espiando, Fátima? — preguntó Rauf.

—Me aburrí allá arriba, así que vine a ver qué hacían — dije sobresaltada, haciendo que Fouad se levantara bruscamente de su silla.

—No te preocupes, querida. Estaré contigo en breve.

Cuando subí a la cubierta, pude ver la isla a lo lejos. El día estaba precioso. Dejé caer mi pañuelo para que mi cabello jugara con el viento mientras mi mente se despejaba. Pensé en Baba y en cómo se las arreglaría ahora que Mama y yo no estábamos allí para hacerle compañía. Pensé en Mama y en cómo desearía haber tenido más tiempo con ella. Necesitaba sus consejos, su sabiduría y, sobre todo, su amor.

Mientras miraba profundamente ese mar azul, me atreví a pensar lo inconcebible: renunciar a la vida dejándome tragar lentamente por la corriente en un abismo que me traería paz. Dos cosas me detuvieron: el miedo a Alá y la decepción e inmensa tristeza que le causaría a mi padre. El suicidio era haram, pecado, imperdonable, y Baba no podría sobrevivir otra pérdida. Mi destino ya estaba decidido y tenía que aprender a vivir con él. Mientras me secaba los ojos, los hombres subieron a cubierta. Rápidamente envolví mi pañuelo alrededor de mi cuello para cubrir los horribles moretones.

—¿Lágrimas en los ojos de una recién casada?— preguntó Rauf.

—Claro que no. Mis ojos son sensibles a la luz y olvidé mis gafas.

—Toma. Usa las mías— insistió Rauf.

—No es necesario— dijo Fouad—. Aquí están tus gafas de sol, cariño.— Suavemente tiró de mi cabello y me susurró al oído.— Cubre tu cabello de inmediato. Pensé que dejé muy claro que soy el único hombre que puede ver tu pelo.

Cubrí mi cabello cuidadosamente con el pañuelo asegurándome de que no se viera un solo pelo para evitar una escena de celos frente a Rauf.

Momentos después, Fouad comenzó a actuar muy amoroso. Sentí que Rauf estaba un poco incómodo con esto, pero sonrió. "El amor es una cosa hermosa", dijo Rauf.

Finalmente, habíamos llegado a Chipre. La arena dorada, los hoteles de lujo, la brisa fresca y las aguas cristalinas hacían de esta isla un verdadero paraíso romántico. Me preguntaba qué secretos guardaban estas costas y cuántas mujeres con corazones rotos había dejado atrás el mujeriego de Fouad. De hecho, me sentí culpable al saber que Rania, y probablemente otras, estaban sufriendo por este matrimonio.

Me hubiese encantado gritar a los cuatro vientos que les entregaría todo a cambio de mi vida antes de pisar Antarah.

Nos registramos en una suite lujosa con vista al mar. Fouad estaba obsesionado con mantener su imagen. La posición social y las apariencias significaban todo para él. En cambio yo estaba más interesada en una vida simple y tranquila, lejos de guardaespaldas y personas falsas.

Cuando empecé a desempacar, me di cuenta de que Fouad estaba tratando de probar su punto de que de ahora en adelante me controlaba. Me había comprado un ajuar de ropa totalmente conservadora. Todo era negro. Todo era de manga larga, blusas de tamaños más grandes, faldas largas, pantalones y un abaye, un abrigo liviano, para que me pusiera sobre la ropa. Este abaye aseguraba que cada centímetro de mi cuerpo estaría cubierto. Por supuesto, no podían faltar los pañuelos negros para cubrir mi cabello. El muy canalla también empacó una ropa íntima extremadamente provocativa. Me quería seria en la calle y puta en la cama. Me daba asco.

— ¿Es esto lo que se supone que deba usar para ir a la playa? — dije, sosteniendo una tanga.

—Muy graciosa— respondió.

— ¿Por qué quieres vestirme como una vieja?

—Corrección: una mujer casada y decente. Esto —dijo señalando a la ropa— es lo que quiero que te pongas. A partir de esta noche, también quiero que pares las conversaciones y el coqueteo con Rauf. Él no es tu amigo. Una mujer con escrúpulos no tiene que estar hablando con ningún hombre que no sea su marido. A menos que el yate se esté quemando o se esté hundiendo, te prohíbo que hables con él.

—Fouad, esto es absurdo. ¿Cómo voy a justificar no hablar con el hombre cuando lo he estado haciendo hasta ahora?

—Pon los límites y él entenderá.

— ¿Estás celoso de tu mejor amigo?

— ¿Celoso yo? — dijo en un tono muy arrogante—. Estás usada, mi amor, y para un hombre como Rauf ya no tienes valor. Y si se atreviera a cruzar los límites lo mataría antes de que te pusiera una mano encima. ¿Estás clara?

—Totalmente.

—Ahora, ve a cambiarte y modela uno de esos conjuntos para tu esposo.

Tocaron la puerta y me apresuré para ponerme el pañuelo antes de que Fouad abriera. Era Rauf. Ambos hombres hablaron brevemente. "Prepárate para la cena", me ordenó Fouad. "Rauf y yo tenemos algunos asuntos pendientes".

¡Qué alivio! Me dirigí al balcón y me puse a observar a las parejas enamoradas. Unos minutos más tarde, vi a Rauf y a Fouad con dos mujeres voluminosas y en bikini que los acompañaron al yate.

No estaba celosa, pero esperaba que fuera discreto. Después de todo, era nuestra luna de miel y él estaba con el hijo del Presidente, a quien todos conocen. No podía entender su lógica de pasearse por el hotel con su sharmuta. Lo que si entendí era por qué Rania no le convenía a Fouad. El Presidente de Antarah nunca hubiera tolerado que un hombre se burlara de su hija. Esto hubiera significado un desastre para la carrera militar de Fouad.

Pasaron varias horas y finalmente me fui a la cama. Cuando llegó, intentó despertarme, pero me hice la dormida.

Decidí que lo mejor para mí era que Fouad siguiera con sus distracciones. Mientras más tiempo pasaba con otras, menos tiempo tendría que tolerarlo. Oré para que llegara tan agotado de sus andanzas que me dejara en paz. Desafortunadamente, el bastardo tenía suficiente testosterona para más de una. Eso me obligó a hacerle creer que dormía profundamente cada noche y no me lograba despertar. Con eso evité tener sexo por un par de noches.

Era el tercer día y había sido exitosa mantenido la distancia con Rauf. Creo que comprendió que nuestros días de flirteo habían terminado.

La luna de miel que nunca comenzó ya había llegado a su fin. Nos dirigíamos a casa y estaba a punto de comenzar mi papel como ama de casa.

capítulo 10

Vida de casada

El primer día que Fouad regresó a trabajar, me familiaricé con la casa. El cuarto más fascinante era el estudio de mi esposo, su santuario, de la misma manera que lo era para mi padre. Reflejaba su personalidad: fuerte, arrogante y disciplinado. Todo estaba en su lugar.

Las paredes estaban llenas de certificados, reconocimientos y su título de la prestigiosa Universidad de Cranfield en Inglaterra. Se graduó con altos honores del departamento de Ciencias de la Academia de Defensa. Casualmente fue en Shrivenham donde conoció a Rauf. Ambos estaban en su primer año e inscritos en un programa de estudios avanzados en técnicas y estrategias militares.

Fouad afirma que no sabía quién era Rauf, pero dudo que fuera una coincidencia. Tengo la certeza de que se ubicó estratégicamente en el lugar donde sabía que iba a propiciar un encuentro con el hijo del Presidente.

Fouad obtuvo su Maestría en Administración y Estrategia de Defensa. Con sus diplomas y sus contactos en el gobierno, logró subir de rango aceleradamente. Gracias al apoyo de Rauf, se ganó la confianza y el respeto del Presidente. El coronel Mustafa era ahora el asistente del director ejecutivo de la Fuerza Aérea de Antarah. Le tomaría algunos años ascender en la escala militar y encabezar esa división. Pero la ambición era su fuerza motivadora y nada lo detendría hasta lograr su objetivo.

A Rauf lo estaban preparado para convertirse en el próximo presidente de Antarah en caso de muerte o jubilación de su padre. No tenía dudas de que Fouad buscaba que Rauf lo nombrara vicepresidente cuando llegara ese momento. Mi marido era un hombre astuto y calculador. Si esa era su meta, lo conseguiría. Fouad estaba comprometido con su objetivo. Trabajaba horas largas. Asistía a muchos seminarios y entrenamientos militares fuera de la ciudad con frecuencia. Admiraba su determinación, pero esto no fue suficiente para alcanzar mi corazón.

Me tomó varias semanas establecer una rutina. Jamila venía a visitarme a menudo y traía distracción y alegría a mis días, que normalmente eran aburridos. Su vientre había crecido y estaba a punto de dar a luz. En un esfuerzo por ganar mi afecto, Fouad decidió ayudar a Nabil, el esposo de Jamila, en su carrera militar. Tomando eso en consideración, comencé a ser más amable. Usé la cocina como terapia. Y como dice el refrán, que el amor entra por la cocina, mi esposo estaba feliz y mi vida era más placentera.

Poco a poco conocí a otras esposas de militares. Nur y Mariam eran mis favoritas. Me di cuenta de que la mayoría de ellas tenían matrimonios arreglados. Era un concepto que nunca pude entender pero que había aprendido a aceptar como algo cultural. Algunas de ellas incluso admitieron que tuvieron dificultad en adaptarse a las expectativas de sus esposos y a la rigidez de la vida militar, pero con el tiempo, habían llegado a amarlos. Fue entonces que me propuse a aceptar mi destino. Día a día, luché por hacer mi vida con Fouad agradable. Con mi afecto, había domado su carácter controlador.

Con frecuencia invitábamos a nuestros amigos a cenar. Él siempre halagaba mi comida y me hacía sentir especial. Hasta recompensó mis esfuerzos agregando más color a mi guardarropa. Sentí que estaba a punto de quitarme el pañuelo para siempre. ¡A quién trataba de engañar! Las cosas iban mejorando. Las atenciones de Fouad para conmigo comenzaron a dar fruto. Me estaba volviendo más cariñosa. Incluso, aunque me costaba reconocerlo, comencé a disfrutar nuestra intimidad.

Antes de casarnos, había tomado la decisión consciente de tomar anticonceptivos a espaldas de Fouad. Era inaudito traer una criatura a un matrimonio sin amor.

Durante meses insistió en que consultara con una ginecóloga para descartar problemas de infertilidad. Traté de evadir el tema, pero era más fácil echarle la culpa a la irregularidad de nuestra intimidad debido a sus ausencias por motivos de trabajo. También utilicé los problemas que tuvo mi madre para concebir como la posibilidad de que podría ser hereditario. Siempre insistí en que fuera paciente y lo pusiera en las manos de Alá.

Ahora, estaba reconsiderando mi posición. De hecho, empecé a sentir que un niño le daría enfoque y sentido a mi vida. Un hijo podría ayudarme a desarrollar sentimientos más profundos hacia Fouad que nunca imaginé posible. Por primera vez, estaba planificando un futuro.

Cuando Jamila tuvo a su bebé, estuve a su lado ayudando a la comadrona. Afuera de la habitación, Nabil esperaba ansioso por escuchar el llanto del recién nacido. "¡Es un varón!", gritó la partera.

Nabil se apresuró a ver a su primogénito y cargarlo en sus brazos por primera vez. Sus ojos se humedecieron cuando agradeció a Alá por su pequeño milagro. Luego miró a Jamila, le tomó la mano y le besó la frente con dulzura. Fue un momento muy tierno. Cuando Jamila tuvo a su bebé entre sus brazos, realmente sentí que mi instinto maternal estaba floreciendo. Supongo que Jamila vio cómo me derretía en la presencia de su hijo.

—Aquí está tu sobrino, Ramee— dijo.

Mientras lo tomaba en mis brazos, lloré. Pensé en Mama y en cómo se sintió al tenerme en sus brazos después de buscarme por tanto tiempo. Pensé en Baba y en lo orgulloso que estaba de mí. También recordé cómo su amor me hizo vencer todos mis temores. Ramee iba a tener una vida maravillosa. Dos padres que se amaban y lo adoraban y una tía que siempre lo iba a consentir. ¿Qué más podría necesitar un niño?

Nabil estaba sentado al lado de Jamila. Caminé hacia él y puse al bebé en sus brazos. "Tu hijo es hermoso, Abu Ramee y Em Ramee", les dije. "Que Alá lo bendiga hoy y por siempre".

De ahora en adelante, Jamila y Nabil serían conocidos como abu, padre, y em, madre de Ramee. Su primogénito se convirtió en su identidad, su propósito. De eso se trataba la vida. Inmediatamente discutieron el sacrificio tradicional de los corderos; dos corderos si es un varón, uno si es una hembra. Es costumbre distribuir la carne entre las personas pobres del vecindario para que Alá bendiga al recién nacido.

Amigos y familiares comenzaron a llegar para ofrecer las felicitaciones a los padres orgullosos. Fouad también vino a felicitarlos.

—Mabruk, felicitaciones, Abu Ramee y Em Ramee— dijo mirando a Ramee—. Masha Alá, qué pequeño tan hermoso.

—Entonces, espero que ustedes sean los próximos— respondió Jamila.

—Insha Alá, si Dios quiere— Fouad me miró y sonrió.

Estaba realmente entusiasmada con las posibilidades. Qué mejor manera de empezar a intentar quedar embarazada que nuestras próximas vacaciones. Sería nuestro primer aniversario de boda. Quién hubiera creído en ese entonces que me sentiría así un año después. Realmente estaba emocionada con el viaje. Íbamos con otras parejas casadas y Rauf con la novia de este mes.

Fouad realmente había cambiado. Estábamos pasando más tiempo juntos y conversando. Empezaba a tratarme como su igual y a escuchar lo que decía. Expresaba su orgullo y respeto hacia mí frente a los demás. Comencé a sentir que podía confiar en él. No se le iban los ojos cuando veía a otras mujeres y le había puesto un alto a sus andadas. Estaba convencida de que lo había hipnotizado con mis encantos y cautivado con mi cuerpo.

Fouad hasta aceptó que saludara a sus amigos de forma respetuosa y que conversara con ellos cuando andábamos en un grupo. La mayoría de las veces, los hombres se sentaban en el estudio de Fouad y las mujeres alrededor de la mesa en la cocina. Usualmente entraba al estudio solo para servirles una taza de shai, té o ahwa. La religión musulmana promueve que los hombres y las mujeres tengan interacción mínima para evitar tentaciones y malos entendidos.

Dos días antes de nuestro aniversario, hicimos planes para ir al teatro a ver la obra Romeo y Julieta. La noche antes del evento, Fouad me trajo un regalo en una caja grande. Cuando la abrí, vi un vestido hermoso color verde esmeralda, con un pañuelo y zapatos haciendo juego.

—¿Te gusta, Fátima? — preguntó.

—Todo está precioso.

—No más que tú.

—Me encanta… — susurré, sorprendiéndome a mí misma, mientras unimos nuestros labios en un beso apasionado y continuamos haciendo el amor toda la noche.

La tarde siguiente, mientras me estaba preparando para nuestra cita, se acercó detrás de mí y me sorprendió con un collar de diamantes y esmeraldas exquisito que colocó sobre mi cuello. Se las había ingeniado para atraerme a su mundo de apariencias; un mundo en el que me habían criado y el cual rechacé por años. "Ahora pareces una diosa", dijo.

Con cada palabra halagadora había logrado suavizar mi corazón endurecido. En ese momento me di cuenta que existía la posibilidad de enamorarme de él. Pero consideré prematuro expresarle estas emociones.

El teléfono sonó y Fouad respondió. Después de una breve conversación, me dijo que tenía que regresar a la oficina para firmar unos papeles.

—Mi amor, ¿por qué no nos encontramos en el teatro? Le diré al chofer que regrese por ti y tomaré un taxi de la oficina— dijo.

—¿Tienes que ir? — pregunté decepcionada.

—El deber llama. Pero llegaré a tiempo. Lo prometo.

Me besó en la frente y se fue.

El teatro en el centro de la ciudad era un lugar majestuoso. Fue construido por los griegos alrededor de 300 a.C. y remodelado por los romanos. El auditorio de dos pisos incluía seis escaleras, paredes de piedra, hileras de columnas, un escenario magnífico y el área de la orquesta. Las sillas y cortinas eran de terciopelo rojo, dignas de la realeza. Recordé cuando era niña y la emoción que sentía cuando me llevaban al teatro en otros países. Ahora, al estar aquí por primera vez, me sentí sobrecogida por la sensación de grandeza que evoca este lugar maravilloso.

Cientos de personas esperaban para entrar al teatro. Cuando salí de la limosina, todos los ojos estaban sobre mí. Rauf inmediatamente vino a escoltarme.

—Te ves deslumbrante esta noche— dijo Rauf.

—Me estás haciendo sonrojar— le contesté.

La multitud se hizo a un lado cuando los guardaespaldas abrieron paso para que el hijo del Presidente entrara conmigo. El Presidente y su esposa ya estaban sentados en su balcón. Varias personas que conocíamos nos saludaron cuando entramos.

—¿Alguien ha visto a Fouad?— pregunté.

—Pensé haberlo visto— dijo Mariam.

Noté que su esposo le dio un codazo leve y discreto. Tuve un mal presentimiento, pero traté de sacarlo de mi cabeza. Cuando nos dirigíamos a nuestros asientos, saludé a los padres de Rauf brevemente. Una vez más nos detuvimos a saludar a otros amigos.

—¿Dónde está Fouad?— preguntó Nur.

—En la oficina firmando unos papeles, pero debe estar por llegar— le contesté.

—Quería presentarles al Dr. Ibrahim Al-Kateb— continuó Nur—. Recientemente se mudó a Antarah después de estar varios años en los Estados Unidos. Esta es la señora Fátima Aziz— Nur me presentó.

Estaba un poco distraída durante la introducción. De repente, cuando subí la mirada, me perdí en sus ojos y en el eco de su voz profunda. Por primera vez estaba completamente deslumbrada por un hombre. ¿Quién era este desconocido que con sólo una sonrisa despertó en mí pasiones ocultas? Mi corazón estaba acelerado y las palmas de mis manos sudaban; estas sensaciones inexplicables se apoderaron de mi cuerpo.

Inesperadamente, el doctor extendió su mano. No pude corresponderle. Tenía pánico de que él o los demás se dieran cuenta de lo que me pasaba. Di un paso hacia atrás.

—Dr. Al-Kateb, creo que olvida que no está en los Estados Unidos. En Antarah las mujeres, especialmente las casadas, no les dan la mano a los hombres— dije en tono brusco, tratando de ocultar que si le hubiese tomado la mano me hubiera ido con él hasta el fin del mundo.

El doctor bajó su brazo sin mostrarse incómodo.

—Fue un honor conocerla— dijo con certeza y continuó—. Me disculpo si la ofendí. Llevo poco tiempo aquí y tengo que volver a familiarizarme con las costumbres— dijo mirándome. Entonces, estrechó la mano de Rauf.

—Han pasado muchos años— dijo Rauf—. Me alegra que hayas regresado a trabajar en el hospital. Tendremos que salir a tomarnos un café.

Nur me sacó a un lado.

—Te ves espectacular esta noche. El doctor esta guapísimo, ¿no crees? — dijo.

—Soy una mujer casada Nur, y tú también lo eres— respondí tratando de disimular—. ¿Dónde estará Fouad? La obra está a punto de comenzar.

Volví donde Rauf.

—¿Estás listo?

Rauf y yo nos sentamos dejando un asiento vacío entre nosotros para Fouad. Seguí mirando mi reloj, preocupada por mi esposo y a la vez pensando en el doctor.

Rauf se excusó para ir a llamar a Fouad. Cuando regresó, me susurró al oído que se había atrasado en la oficina, pero que haría todo lo posible por llegar antes del intermedio.

Durante el intermedio, Rauf me llevó a conversar con sus padres. Hablamos un poco y me excusé para buscar un baño y retocar mi maquillaje. Me perdí y terminé tras bastidores en busca de un espejo. Cuando encontré una puerta del camerino entreabierta, la empujé lentamente. No solo encontré el espejo, sino que en el reflejo vi a Fouad semidesnudo. Gemía al presionar su cuerpo contra el de la mujer inclinada sobre el espaldar de una silla. Mientras apretaba sus nalgas, se movía llenándose de placer. De repente me vio por el espejo y se detuvo. Salí corriendo, indignada. A la distancia escuchaba el eco de mi nombre mientras salía apresurada del teatro.

Cuando subí al taxi, levanté la vista y vi que el Dr. Al-Kateb se despedía. Todo el viaje a casa seguí recordando la imagen de Fouad y esa mujer. Al mismo tiempo, no podía sacar al Dr. Al-Kateb de mi mente.

Cuando llegué a mi cuarto, traté de desabrochar el collar que Fouad me había regalado. En un momento de desesperación lo arranqué dejando una marca alrededor de mi cuello y rompiéndolo. Me quité todo lo que me había regalado y lo metí en una bolsa. Estaba enloquecida. Lanzaba y rompía cosas. No superaría esta traición.

Fui a mi refugio, la piscina, a pensar.

Mientras nadaba, recordé nuestra noche de bodas y las humillaciones que me hizo pasar una y otra vez. Hoy me di cuenta que todo había sido un engaño. Tuve frente a mí al Fouad que despreciaba y odiaba; el mismo asqueroso que conocí hace un año y que nunca cambiaría.

Fouad llegó unos minutos después. Podía escuchar su voz distorsionada bajo el agua diciendo mi nombre. Seguí nadando con intensidad como lo hice en mi juventud durante los encuentros de natación. Esta vez, la carrera era por mi cordura.

—Fátima. Háblame.

Lo ignoré.

De repente, sentí el golpe en el agua y un tirón en mis piernas. Lo pateé para que me soltara.

—Vete. Te odio— le dije mientras subía para coger aire. Entonces paré y salí del agua —. Nunca debí casarme contigo. Fui una ingenua al pensar que una basura como tú cambiaría.

Levantó la mano para abofetearme, pero se detuvo. Había una mirada casi arrepentida en sus ojos. Enfurecida, le escupí en la cara. "Me das asco", le dije. De repente, me agarró con fuerza. Fouad estaba sacudido por mi reacción. Traté de soltarme y, sin forcejeo, me dejó ir. Asustada, subí los escalones rápidamente y corrí a encerrarme en la habitación. Pensé que vendría a tomarme a la fuerza. Al poco tiempo, lo sentí al otro lado de la puerta. "Perdóname, Fátima. Te amo".

Me arrastré a un rincón del cuarto. Estaba temblando y me preguntaba el por qué cuando recordaba lo que había acontecido en el teatro.

Lloré y un millón de veces me reproché el haber sido tan estúpida y caer en su juego. Sin embargo, en toda mi desdicha y confusión, donde único encontré sosiego fue en el recuerdo del Dr. Ibrahim Al-Kateb y los sentimientos que había despertado en mí.

Los sueños de tener un hijo y vivir felices para toda la vida se esfumaron. Esa noche, mi amor murió antes de que tuviera la oportunidad de florecer. El divorcio no era una alternativa. Era su palabra contra la mía en cuanto a su infidelidad y no tenía testigos que respaldaran mi reclamo. Fouad nunca me dejaría ir. Él me mantendría prisionera en mi propia casa antes de permitir que formara un escándalo. En la mañana desperté inquieta y volví a la piscina para aclarar mi mente y reflexionar sobre mi futuro. Con cada aliento, me desprendía de mi ira y comenzaba a ver la otra cara de la moneda. Tenía que ser muy inteligente y saber mover mis fichas.

Tenía que utilizar el remordimiento de Fouad y manipularlo para que me permitiera hacer cosas que me hicieran feliz. Era el momento de tomar las riendas de mi vida y establecer las reglas nuevas del juego. Tenía que ser muy astuta y desempeñar el papel de pájaro herido a la perfección para tener a mi marido comiendo de mi mano y, con un poco de suerte, adueñarme de mi vida.

"El espectáculo debe continuar", pensé. Me di una ducha y me dirigí a la cocina para tomar un café. Noté que Fouad estaba durmiendo en una de las habitaciones de huéspedes. Poco después lo tenía parado frente a mí.

—No sé qué me pasó anoche…

—No quiero hablar de lo que pasó. Ni ahora ni nunca— lo interrumpí.

—Lo siento mucho, Fátima. Te amo— dijo mientras trataba de abrazarme.

—Suéltame— me alejé—. Llevaré mis cosas a otra habitación.

—No. Quiero que te quedes en nuestra habitación. Yo dormiré en otro cuarto— hizo una pausa—. Fátima, vamos a nuestro viaje. Vamos a dejar atrás este episodio desafortunado.

—Eres un descarado. Te encontré teniendo sexo en un camerino con esa mujerzuela. ¿Cómo quieres que borre esa imagen asquerosa de mi mente?

—Lo reconozco, fui débil. Lo que hice no tiene perdón, pero te amo demasiado y sé que tienes un gran corazón y podrás perdonarme.

—Quieres que pretenda que no pasó nada; perdonar y olvidar. ¿Y nuestra luna de miel en Chipre? ¿Crees que me tragué la historia de que tú y Rauf tenían unos negocios pendientes? Te vi con esa mujer. Y estoy segura de que hubo otras después de eso. Pero no dije nada porque no me importaba— hice una pausa—. Entonces, algo sucedió. Poco a poco, empezamos a acercarnos y pensé... supongo que fui una tonta al pensar que eras capaz de amar a alguien más que a ti mismo. ¿Por qué Fouad? ¿Sabes qué? Ni siquiera pierdas tu tiempo. Olvídalo. No voy a ninguna parte contigo. Tengo una idea. ¿Por qué no le pides a esa sharmuta con la que estuviste anoche que te acompañe?

—Esa mujer no significa nada para mí— dijo alzando la voz.

—Significó lo suficiente como para arriesgarte a perderme. Esta conversación es inútil. No quiero hablar más de esto. Mi decisión es final. No voy.

—¿Qué le vamos a decir a nuestros amigos?

—Estoy segura de que se te ocurrirá la excusa perfecta. O mejor aún, ¿por qué no les dices la verdadera razón por la cual no vamos?

Más tarde esa mañana en la oficina de Fouad...

—Hola, querida. Te extraño. Te necesito en Antarah. Ya es hora.

—¿No te estás apresurando? — preguntó Esmaa.

—¿Detecto dudas?

—Claro que no. Pero es tan de repente… de más está decir que extraño todo de ti y odio imaginármela en tus brazos cuando debería ser yo.

—Y pronto vas a ser tú, Esmaa. ¿Cuánto tiempo te llevará atar cabos sueltos y regresar? Tengo una posición esperándote.

—La posición perfecta es tú y yo sobre el escritorio de tu oficina.

—Tendremos toda una vida para eso, querida.

—Es lo que más deseo…

capítulo 11

Declaración de independencia

Durante las siguientes semanas pude desarrollar un plan que me llevaría un paso más cerca a la libertad.

Sorprendentemente, recibí una llamada de mi padre. Era casi como si percibiera que algo andaba mal, pero no quería preocuparlo con mis problemas. Le aseguré que las cosas entre Fouad y yo iban de maravilla.

Como de costumbre, él preguntó por Jamila. También quería saber si lo íbamos a hacer abuelo. "Todavía no Baba", le respondí con dolor en el alma. Me hubiera encantado darle la noticia que anhelaba escuchar, pero ahora más que nunca eso era imposible.

Baba me informó que estaba alquilando nuestra casa y mudándose a un apartamento en el famoso e histórico Watergate. Sentía que la casa era demasiado grande para él, especialmente ahora que Samira quería volver a Antarah. También estaba rodeado de demasiados recuerdos dolorosos.

Le pedí a Baba que convenciera a Samira de mudarse a mi casa para ayudarme con la cocina y las tareas domésticas. Ahora más que nunca necesitaba una aliada; alguien de total y plena confianza. Sabía que ella me amaba como a una hija y me sería fiel. Samira aceptó mi petición sin vacilar.

Comencé a contactar a mis amigas más cercanas diciéndoles que me sentía sola y deprimida. Les dije que Fouad trabajaba y viajaba tanto que me estaba volviendo loca. Jamila, ajena a lo que me pasaba, sugirió que debería quedar embarazada. Bromeando me decía que yo era la que estaba pasando por una depresión posparto a pesar de que fue ella la que había dado a luz.

Insistí en que necesitaba darle sentido a mi vida y la maternidad no era la respuesta en estos momentos. Le recordé lo que me dijo una vez sobre poder hacer una diferencia por la gente de Antarah. También hablé con Nur y Mariam sobre mi preparación universitaria y mi deseo de usar mis talentos en la comunidad. De manera sutil, conseguí que ellas intercedieran por mí con Fouad.

Finalmente, unas semanas después, Jamila, Nur y Mariam fueron a la oficina de mi marido.

—Señoras, qué sorpresa— dijo—. ¿Dónde está mi pequeño Ramee?

—Lo dejé con Fátima— dijo Jamila—. Le dije que necesitaba hacer algunas diligencias y pensé que estar con Ramee serviría para animarla.

—Fátima no sabe que estamos aquí— afirmó Nur.

—Vinimos porque estamos preocupadas por ella— explicó Jamila—. Fátima no es la misma últimamente. Parece estar deprimida.

—Entonces, ¿qué sugieren que haga? — preguntó Fouad en un tono burlón.

—Tal vez le haga bien una distracción— respondió Mariam.

—He tratado de convencerla de que vaya a visitar a su padre en Washington o se vaya de viaje conmigo— insistió Fouad.

—Estamos hablando de una distracción más permanente— sugirió Nur.

—¿Qué quieres decir con eso? — preguntó él con curiosidad.

—Bueno, ella tiene un título en Psicología y quería ir por una maestría en trabajo social— respondió Jamila —. El hospital está corto de personal. Estoy segura de que podrían beneficiarse de sus conocimientos.

—Un trabajo.— Fouad hizo una pausa.— ¿Ella les pidió que vinieran a verme?

—No. Ella no sabe nada al respecto y preferimos que no le digas que estuvimos aquí. Sabemos que es muy orgullosa y privada con sus cosas. El hospital está buscando voluntarios para trabajar con los niños. Ella ha mencionado su deseo de formar una familia y pensamos que esta oportunidad podría despertar su instinto maternal— agregó Nur.

—¿Quién se hará cargo de la casa? — preguntó él, preocupado.

—Khale Samira está regresando a Antarah. Estoy segura de que a ella le encantaría ayudar a Fátima con los quehaceres del hogar— respondió Jamila.

—Y recuerda, sería solo unas cuantas horas, no estaría fuera todo el día— agregó Mariam.

—Todo esto me ha tomado por sorpresa— dijo Fouad —. Tendré que pensarlo seriamente y discutirlo con Fátima.

—Espero que no haya sido una imprudencia de nuestra parte— dijo Jamila.

—Claro que no. Siempre es un placer. Aprecio mucho que se preocupen por mi esposa. Me alegra saber que tiene tan buenas amigas. Mis saludos a sus esposos, en especial a Abu Ramee, y un beso a ese niño hermoso de parte de su tío— dijo despidiéndose.

—Masalame, que Dios te acompañe, Fouad— dijeron las mujeres.

—Alá isalmec, Dios esté con ustedes— respondió.

Cuando llegó a casa esa noche, me llamó a su estudio.

—Fátima, tenemos que hablar. Siento que te he dado suficiente espacio. Estoy preocupado por ti — dijo mientras trataba de acariciarme.

Me aparté y me senté.

—Escuché que Samira regresa a Antarah— me dijo.

—¿Hablaste con Baba?— pregunté.

—No.

—Entonces, ¿quién te lo dijo?

—Eso no es importante. ¿Le has dicho a alguien sobre nosotros?

—No.

—¿Ni siquiera a Jamila?

Sabía que quería que mordiera el anzuelo.

—No. ¿Crees que me gusta degradarme ante otros? Fouad, ¿qué quieres?

—Una tregua.

—Si es otro viaje, no estoy interesada.

—¿Te gustaría servir como voluntaria en el hospital trabajando con niños? — preguntó.

El ángulo de los niños fue genial; realmente creyó que esto me inspiraría a querer formar una familia.

—¿Tú, permitiéndome pasar tiempo fuera de la casa en un ambiente de trabajo? ¿Estás bromeando, verdad?

—Te has ganado mi confianza. Quiero verte sonreír de nuevo. Recuperar lo que una vez tuvimos. Uno de nosotros tiene que ceder. Lo justo es que sea yo. Quiero rectificar mis errores y reconquistarte. Te lo debo— dijo.

Por fin tiró la toalla. Su gesto de nobleza era casi creíble. Desafortunadamente ya había confirmado que la fidelidad no era uno de sus atributos. Ahora, tenía que ser realista y seguir con mis planes. No habría marcha atrás.

—Tendré que pensarlo, Fouad. Lo único que sé con certeza es que quiero que Samira venga a vivir con nosotros. Ella podría hacerme compañía, especialmente cuando te vas de viaje.

—Está bien. Tienes mi apoyo con lo que decidas — dijo sosteniendo mis manos —. Fátima, ¿cuándo puedo volver a nuestra habitación?

—Eres tan predecible — dije sacudiendo mis manos abruptamente de las suyas.

—Esto se trata de ti, de nuestro amor y de cuánto te extraño.

Quería desesperadamente creer en su arrepentimiento, pero sabía que no podía volver a confiar en él.

Todo iba según mis planes. Lo dejaría regresar a mi cama después que asegurara mi posición en el hospital. Ni un minuto antes. Yo estaba en control y la única herramienta que tenía para domarlo era el sexo.

Unos días después, organicé una cena. Invité a Jamila y Nabil, a Nur, Mariam y sus esposos, junto con algunos colegas de Fouad y sus esposas Nessreen y Manar, quienes eran nuevas en nuestro círculo íntimo. Parecían muy buenas mujeres y no tenía ningún problema en ampliar mi grupo de amigas.

Fouad estaba muy emocionado de ver a la Fátima de antes. Me veía radiante y me sentía mejor aún. No hay mejor motivación que la sed de venganza.

Mis amigas se sorprendieron al verme de tan buen humor.

—Voy a tener competencia en la cocina muy pronto. Samira, la tía de Jamila, regresa de Washington y viene a vivir con nosotros. Ella es como mi madre. Nos enseñó a Jamila y a mí todo lo que sabemos de cocina.

—Jamila siempre me dijo que nadie podía cocinar como Khale Samira — respondió Nabil —. Estoy realmente celoso de que no vendrá a vivir con nosotros.

—Entonces, es por eso que estás de tan buen humor — comentó Nur.

—Eso y el hecho de que trabajaré de voluntaria en el hospital — le dije.

Fouad por poco se ahoga. Tomó un poco de agua y se unió a la conversación.

—Sí, le sugerí a Fátima que hiciera algo para sentirse parte de la comunidad. Con seguridad Pediatría podría beneficiarse de sus conocimientos. Estoy muy orgulloso de ella— dijo Fouad.

—Gracias, cariño.

Todas las piezas estaban cayendo en su sitio.

—Estoy tan feliz por ti, Fátima. Estábamos un poco preocupadas— dijo Mariam.

—No seas tonta. Sabes que todos tenemos cambios de humor. Me estaba sintiendo un poco sola con la agenda tan exigente de Fouad: una semana en casa, tres semanas en ejercicios militares… No es una vida fácil y menos acostumbrarme a que Fouad esté fuera tanto tiempo.

¡Qué actuación! Y Fouad creyéndose cada palabra.

—Entiendo lo que dices. Todavía se me hace difícil acostumbrarme después de cinco años de matrimonio— dijo Manar.

—Bueno, alguien tiene que trabajar para que ustedes vivan como reinas— dijo su marido, Muhammad, mientras los hombres se reían.

Mientras recogía, Fouad se me acercó por atrás y me besó el cuello.

—La noche fue un verdadero éxito— dijo—. Me tomaste desprevenido con la noticia del trabajo voluntario. Pensé que querías pensarlo bien.

—Así es. Lo pensé y sabía que tenía tu apoyo. Por eso lo compartí. No estarás cambiando de opinión, ¿verdad?

—Por supuesto que no; al contrario, me encanta verte feliz— dijo alzando mi barbilla con su mano—. Déjame probar tus labios otra vez, Fátima.

Mientras nos besábamos, sentí que se estaba excitando, así que lo detuve.

—Necesito más tiempo. Buenas noches, Fouad.

En ese momento pensé que el monstruo de nuestra primera noche iba a reaparecer y obligarme a ser suya, pero aceptó mi petición. No voy a negar que todavía tenía sentimientos por él, pero era difícil no imaginarlo con otra. Parecía arrepentido, pero no tenía ninguna garantía de que no estuviera durmiendo con otras mujeres por ahí.

A la semana llegó Samira. Me alegró que ella y Fouad se llevaran bien desde un principio. Cada mañana, Samira se iba antes del amanecer a recoger el pan pita acabado de salir del horno de la panadería. Cuando lo traía a la casa, todavía estaba caliente. Después del desayuno, iba al mercado a comprar todos los ingredientes frescos para la cena de ese día. Esa era una de las ventajas de vivir en Antarah. Solo se comían las verduras, carnes, pescados y frutas más frescos. Cada artículo era cosechado o producido a mano. Los productos lácteos caseros llegaban a nuestra puerta desde el campo al otro día. Los artículos de temporada se compraban una vez cada seis meses y se almacenaban en la despensa para ser utilizados durante todo el año.

Mientras Fouad estaba encantado con la comida de Samira, yo estaba eufórica con la idea de comenzar un nuevo capítulo en mi vida.

capítulo 12

Una sorpresa refrescante

El lunes por la mañana fui al hospital. Después de que el jefe de personal revisó mis credenciales, me ofrecieron un trabajo como trabajadora social en Pediatría. No tenían suficientes empleados y necesitaban la ayuda desesperadamente. Les expliqué que solo podía trabajar a tiempo parcial. Me arriesgué al aceptar este tipo de responsabilidad sin el consentimiento de Fouad, pero no planeaba contarle sobre el ascenso de voluntaria a empleada; al menos no ahora.

Dalal, la enfermera del jefe de Pediatría, me presentó a mis compañeros de trabajo. Uno de los doctores estaba con una paciente. Cuando la paciente se fue, Dalal entró conmigo.

—Buenos días, doctor— dijo Dalal.

Estaba de espaldas llenando un expediente.

—Un momento— dijo.

—Solo quería presentarle a nuestra nueva trabajadora social.

Cuando se volteó, me quedé paralizada.

—Hola, señora Aziz. Bienvenida a nuestro equipo— dijo.

—¿Ustedes se conocen?

De inmediato respondí "no", pero al mismo tiempo él dijo "sí".

—¿No lo recuerda? Su amiga Nur Adra nos presentó. Dr. Ibrahim Al-Kateb a sus órdenes. No intentaré estrechar su mano esta vez, pero es un placer volver a verla.

—Qué mala memoria. Ahora lo recuerdo. Romeo y Julieta en el teatro. ¿Cómo podría olvidarlo?

—Enfermera Dalal, el paciente en la habitación 303 está preguntando por usted— dijo otra enfermera.

—Disculpe, doctor. Fátima, estás en buenas manos— dijo apresurándose.

Quería que la tierra me tragara. Recordé exactamente quién era el doctor y cómo me hizo sentir. Pero no podía decirle que su rostro había quedado impreso en mi memoria desde el día que nos conocimos. Me sentía como una colegiala enamorada. Sabía que estaba sonrojada.

—¿Encontró a su esposo esa noche? — preguntó.

—¿A qué se refiere? — respondí nerviosa.

—Lo siento. No quise ser entrometido, pero recuerdo que estaba distraída preguntándole a Nur si lo había visto.

—Recuerda mucho sobre esa noche. Para responderle, sí, lo encontré.

—¿Le gustó la obra?

—Supongo que sí.

—¿Por qué se fue durante el intermedio? La vi tomando un taxi.

—Creo que fue… Hace tiempo de eso. Realmente no puedo recordar.

Quería olvidar esa noche horrible. Sin embargo, tenía curiosidad por saber por qué el Dr. Ibrahim recordaba cada detalle.

—Se veía preciosa esa noche— dijo.

—Dr. Al-Kateb, no creo que a su esposa le parezca correcto que esté haciéndole halagos a otra mujer.

—Soy viudo hace más de un año, pero ella hubiese coincidido conmigo de que usted es una mujer hermosa. Casualmente nunca entendió por qué me casé con una chica americana. Ella decía que el Medio Oriente tenía a las mujeres más bellas del mundo.

—Lo siento mucho por su esposa.

—Fue una verdadera tragedia, pero tuve que seguir adelante con mi vida para honrar la de ella— respondió, con tristeza en su voz.

—Puede llamarme Fátima, doctor— dije, extendiendo mi mano.

—Ibrahim— dijo mientras alcanzaba a darme la mano.

Sentí una descarga de electricidad corriendo por todo mi cuerpo. Su apretón era firme. Sus manos eran fuertes pero suaves; manos sanadoras.

Después de unos segundos, quité mi mano de la suya. Tenía miedo de mis sentimientos. Estaba tan vulnerable por Fouad que no quería confundir a mi corazón.

—Bueno, será mejor que me vaya— le dije.

—Estoy seguro que la voy a volver a ver.

—Por favor, tutéame.

—Solo si tú haces lo mismo.

Sonreí y me fui. Pensé en Ibrahim todo el día. Cuando llegué a casa esa noche, Fouad me recibió con flores y una cena romántica a la luz de las velas.

—Realmente te esmeraste— dije.

—¿Cómo fue tu primer día en el hospital?— preguntó Fouad.

—Maravilloso. La gente es amable y amigable. Estoy rodeada de niños. Me encanta.

—¿Algún doctor por el que me deba preocupar?— cuestionó.

—Tu pregunta ofende. Dijiste que confiabas en mí— le contesté mientras le frotaba los hombros.

—El masaje de hombros se sienten bien. Solo presiona un poco más fuerte. Sí, eso es. Gracias, mi amor.

Si supiera que sí había un doctor al que no había podido sacar de mi mente desde la primera vez que lo conocí. Pero tuve que continuar la farsa.

Esa noche, invité a Fouad a nuestra habitación. Hicimos el amor, pero no fue igual. Mi cuerpo estaba ahí, pero mi mente no estaba presente. Me sentí tan vacía como en nuestra primera vez.

En el hospital, me dieron una oficina pequeña pero mía. El espacio perfecto para pensar. Ese día me reuní con varias enfermeras y médicos para obtener información sobre nuestros pacientes y sus necesidades. Teníamos niños con enfermedades terminales y sus padres necesitaban apoyo y orientación. Mi primer objetivo fue desarrollar un programa preventivo para ayudar a mantener a los niños de Antarah física y emocionalmente saludables.

Amaba mi trabajo, pero debo confesar que Ibrahim se había convertido en una de las motivaciones mayores para ir a trabajar. Lo veía casi todos los días. No hablamos mucho porque tenía una gran cantidad de pacientes y pasaba muchas horas en cirugía, pero esos momentos me llenaban de felicidad.

Una vez a la semana, el departamento de Pediatría convocaba a reuniones para intercambiar ideas, discutir problemas e informar sobre el progreso de algunos proyectos. En una de esas reuniones, el Dr. Al-Kateb planteó la urgencia de difundir información a los padres sobre la inmunización de sus hijos. Después de la reunión, me acerqué a él y le propuse que trabajáramos juntos en una campaña para crear conciencia sobre la inmunización. El Dr. Al-Kateb estaba entusiasmado con la idea, y yo estaba deseosa de embarcar en un proyecto que no solo impactaría a la comunidad, sino que también me ganaría su respeto.

Era el momento perfecto para emprender el proyecto pues Fouad se iba de viaje de negocios con Rauf por par de semanas. Esta era la oportunidad para lanzarme de lleno a mi trabajo sin distracciones.

Cuando Fouad se fue, me sentí mucho más relajada. Pasaba días enteros en el hospital. Le pedí a Samira que diera excusas si mi esposo llamaba preguntando por mí. Bajo ninguna circunstancia quería que él supiera que el trabajo estaba ocupando mis días.

—Te tengo una sorpresa— dijo Ibrahim.

—¿Qué es?

—Hoy vamos para algunos barrios pobres para vacunar a los niños. Verás las condiciones de trabajo y espero puedas aportar algunas ideas de cómo mejorar lo que tenemos.

—Estoy lista. ¿Dalal vendrá con nosotros?

—Que yo sepa, sí.

Sentí que no era correcto que el buen doctor y yo estuviéramos solos. Teníamos muchos ojos mirando y prefería evitar malas interpretaciones. Dalal se había convertido en una buena amiga y me sentía muy cómoda con ella.

Bajamos con unas cuantas cajas de suministros. Teníamos una camioneta equipada con un altoparlante. Manejamos por los vecindarios alertando a las personas que estaríamos en el área para vacunar a los niños. Después, estacionamos el vehículo y esperamos a que los padres nos trajeran a sus hijos. Al ver que nadie venía, salimos de la camioneta y nos acercamos a las personas directamente para hablarles e intentar crear conciencia sobre la importancia de las vacunas.

Fue una batalla difícil. Hicimos todo lo posible para educar y mantener a los niños sanos; sin embargo, los padres no cooperaron. Pensaban que no era necesario. Estaban más preocupados por cómo conseguirían su próxima comida.

Me enfrenté a la realidad de Antarah: pobreza extrema. No había trabajo, ni esperanza. Los ricos se hacían más ricos y los pobres no tenían ni para sus necesidades básicas. Mientras regalábamos aspirinas y medicamentos que trajimos para distribuir entre los ancianos, me pregunté: "¿Qué puedo hacer para brindarles un rayo de esperanza a estas personas?". Necesitábamos modernizar nuestro equipo médico y establecer una relación más estrecha con la comunidad. Teníamos que ganarnos su confianza, educarlos sobre medidas preventivas y mantener a sus hijos y a ellos mismos saludables. Esta tarea sería desafiante, pero con el apoyo del Dr. Al-Kateb, estaba segura de que podríamos mejorar la atención médica de las personas.

Pasaron varios meses. Había descuidado a mis amigos y a mi pequeño Ramee. Tal vez el niño me recordaba lo que quería y no podía tener. Prometí consentirlo y amarlo incondicionalmente y no estaba haciendo un gran trabajo.

Dalal y yo desarrollamos una amistad estrecha pues pasábamos mucho tiempo juntas. Cuando la conocí, ella era una recién casada. Ahora estaba embarazada y quería hacer algo especial para ella. Convencí a Fouad para que me dejara organizar un "baby shower" sorpresa. Esto no se hacía en Antarah, pero era una costumbre estadounidense que sentí que las damas disfrutarían. Les dije que trajeran a sus niños junto con sus consejos de maternidad para la primeriza. Yo estaba feliz con ser la anfitriona y saber que nos divertiríamos.

Invité a quince mujeres y les dije que trajeran a otras amigas. Éramos treinta. Nos quitamos los pañuelos y nos soltamos el pelo porque no había hombres en la casa. Escuchamos música árabe y bailamos. Jamila y yo mostramos nuestras habilidades con la danza del vientre como nos enseñó Mama. Nos reímos tan fuerte como en los viejos tiempos; los tiempos en que todo era color de rosas.

Dalal llegó finalmente. Estaba tan emocionada que pensé que iba a dar a luz en la sala. Les dije a todas que la costumbre era que las damas trajeran un regalo de bebé, algo que necesitaría la futura madre para su recién nacido. Supongo que fue la novedad, pero las muchachas hicieron todo lo posible por agradar a Dalal con regalos útiles y finos. Ella, a su vez, estaba muy agradecida, pues entre su sueldo y el de su marido no hubieran podido comprar muchas de estas cosas.

Mientras, yo estaba intrigada con una de las invitadas que no encajaba con el estereotipo de esta sociedad. Entró sin pañuelo, con mahones ajustados, un suéter con cuello de tortuga, una chaqueta de cuero y botas de cuero de taco alto. Ella tenía un corte moderno con rayitos rubios y usaba una fragancia distintiva; una mezcla de sándalo y vainilla.

—Hola. Soy Fátima. Bienvenida a mi casa— le dije.

—Fátima, he oído hablar tanto de ti. Tienes una casa acogedora— respondió.

—¿Eres amiga de Dalal?— pregunté.

—Más que amiga. Soy su cuñada, Esmaa— dijo mientras giraba su anillo con el pulgar.

—¿Comprometida?— pregunté, mirando el anillo en su mano derecha.

—¡Dios no!— respondió aliviada—. No quiero que un hombre me diga qué hacer, qué ponerme… Soy feliz como soy. Realmente no quiero ataduras con nadie. Mi trabajo consume mucho de mi tiempo y me gusta que sea así.

Su vida comenzó a sonar mejor que la mía. Nadie a quien tomar en cuenta, total libertad para hacer lo que ella quería y sin compromisos… Esmaa era una mujer llamativa, autosuficiente, segura y dueña de sí misma, atributos que la hacían lucir aún más atractiva.

—¿En que trabajas, Esmaa?— le pregunté curiosa.

—Acabo de llegar de Louisiana.

—Estados Unidos— dije emocionada.

—La última vez que vi en un mapa— se rio con sarcasmo—. Soy ingeniera nuclear y civil. Ayudé en el diseño del tanque externo del transbordador espacial.

—Trabajaste para la NASA— le contesté—. Estoy impresionada. ¿Qué estás haciendo aquí? De visita, supongo.

—En realidad, la compañía con la que trabajé está subcontratada por la NASA. Recientemente, el gobierno de Antarah me ofreció un trabajo con su división de armas— respondió—. Es una gran oportunidad y el sueldo es generoso. Como no había nada que me atara a los Estados Unidos, acepté la oferta.

Lo primero que me vino a la mente fue toda la pobreza de Antarah y cómo la gente luchaba para poder alimentar a sus familias mientras que el gobierno derrochaba el dinero desarrollando armas para matarnos unos a otros. Me decepcionaba vivir en un mundo donde el dinero y el poder tenían más valor que la calidad de vida del pueblo.

De repente, me tocaron el hombro.

—¿Le decimos a Dalal que abra los regalos? — me preguntó Nur.

—Claro— dije volteando mi cabeza y luego mirando a Esmaa—. Fue un placer conocerte. Buena suerte en tu nueva etapa. Quedas en tu casa.

Mientras Dalal abría sus regalos, recordé que me había contado acerca de una cuñada que vivía en los Estados Unidos y que había hecho de su vida un infierno, al punto de casi ocasionarle el divorcio a pocos meses de casada. Estaba curiosa por saber si se había aclarado todo entre ellas, ya que Dalal estaba muy resentida con el comportamiento de Esmaa.

Samira cocinó mejor que nunca. Hizo nuestros platos favoritos árabes y americanos. Ordenamos un bizcocho enorme de fondo verde menta y decorado con cascabeles de bebé color rosa y azul. Comimos, bailamos y hablamos hasta que cayó la noche.

Días después, Esmaa me llamó al hospital para decirme que venía a tomar una taza de té y para hablar. Nos vimos en mi oficina.

—Tenía muchas ganas de hablar con alguien que pudiera identificarse conmigo— confesó Esmaa mientras continuaba—. La transición ha sido más difícil de lo que anticipé. Los hombres de Antarah no están preparados para una mujer fuerte e independiente como yo. ¿Cómo te adaptaste a vivir aquí?

—Mi situación fue muy diferente. Tú elegiste estar aquí. Yo no tuve otra opción. Vine a Antarah para casarme. Créeme, si tuviera que hacerlo todo de nuevo, probablemente no estaría aquí hoy.

—Pero, tienes una vida perfecta. Una casa espectacular y muchas buenas amigas. Me cuentan que tienes un esposo poderoso e influyente que te adora y tienes una carrera. ¿Qué más puedes querer?

—Supongo que no debo quejarme— respondí. No era el momento de envolverme en un tema tan personal con una desconocida—. ¿Con quién has hablado de mí? — Tenía curiosidad.

—Con Rauf. Él fue quien me sugirió que te contactara. Él habla muy bien de ti. Tan bien que llegué a pensar que eres su amor imposible.

—No seas tonta. Rauf es el mejor amigo de mi esposo. ¿Te interesa? — pregunté.

—Tal vez. Es soltero, guapo y el hijo del Presidente. Pero sé que no soy su tipo. Él prefiere rescatar a mujeres mustias y débiles. Soy demasiado fuerte y terca para el Palacio Presidencial. Además, el matrimonio es lo más distante en mi mente. Mi carrera es lo primero.

—¿Conoces a mi esposo? — le pregunté.

—No he tenido el placer, pero Rauf me ha hablado de él. —En ese momento Esmaa comenzó a girar su anillo, un hábito bastante fastidioso. —Han sido amigos desde la universidad, ¿verdad?

—Sí.

—Bueno, ya he tomado mucho de tu tiempo y tengo que regresar a la base.

—La visita fue muy corta. Tenemos que hacer esto otra vez— insistí.

Realmente no sabía qué pensar de ella. Mi opinión estaba basada en la experiencia de Dalal; sin embargo, Esmaa era un enigma que despertó mi curiosidad. Me pregunté si esa mujer liberada y autosuficiente, realmente lo era. Me causó envidia que tuviera la vida que tanto había imaginado para mí.

Segundas oportunidades

Un mes después, vi a Esmaa en la base militar. Estábamos celebrando el Día de la Independencia de Antarah con un gran desfile. Hubo un espectáculo aéreo seguido por una marcha de tropas, tanques y otros vehículos militares con soldados armados. Fouad estaba sentado al frente con el Presidente, Rauf y su séquito. Me senté en la filas de atrás con Jamila, Nur, Mariam y Esmaa. No disfrutaba de este tipo de evento pero quería mostrar mi apoyo como esposa militar.

El día estaba hermoso, con el cielo despejado y el sol brillante. A la media hora, Rauf se acercó para saludarnos. De repente, escuchamos disparos. Fue caótico. Rauf ordenó que nos tiráramos al piso para evitar las balas perdidas y corrió hacia su padre. La gente alrededor estaba gritando. Se escucharon más disparos.

En ese momento vi que el Presidente estaba a salvo en su vehículo y otros dos hombres llegaron a escoltar a Rauf hacia otro automóvil. Me apresuré a los asientos del frente en busca de Fouad. Varios de los guardaespaldas del Presidente estaban muertos en el suelo. Fouad también estaba en el suelo. Pensé que estaba muerto y sentí que la vida se me iba. Sentí un gran vacío al ver a un hombre como él tan vulnerable.

Esmaa me hizo volver en mí.

—Está vivo. Le dispararon en el hombro y ha perdido mucha sangre— gritó.

Me arrodillé rápido e instintivamente tomé mi pañuelo y comencé a envolverlo alrededor de su hombro aplicando presión para detener la sangre. Cuando terminé, lo sostuve en mis brazos.

—¡¿Dónde está la ambulancia?!— grité histéricamente.

Jamila, Nur y Mariam corrieron a mi lado para ver qué había pasado. También estaban preocupadas por sus esposos, que participaban en el evento. Un grupo de soldados rodeaban la zona. Nos informaron que los demás estaban a salvo.

—Fue un atentado contra la vida del Presidente. Este hombre es un héroe. Él salvó al Presidente— afirmó un soldado con orgullo mientras miraba a Fouad.

Minutos después, la ambulancia llegó y nos dirigimos al hospital.

—¿Estás bien?— le pregunté.

—Viviré— respondió.

—Nunca he estado tan asustada en mi vida— confesé.

—¿Temías perderme?— preguntó mientras se abrían las puertas de la ambulancia.

Lo llevaron a la sala de operaciones para extraer la bala. Esperé pacientemente. Las otras mujeres llegaron poco después para dar su apoyo, seguidas por sus esposos y Rauf.

—Fouad le salvó la vida a mi padre. Siempre estaremos en deuda con él— expresó Rauf, conteniendo sus emociones.

—¿Cómo está tu papá?

—Un poco conmocionado y sorprendido de que algo así pasara, especialmente en una celebración patriótica.

—¿Atraparon a la persona que lo hizo? — preguntó Esmaa, agitada.

—Sí, está entre los muertos. También hemos detenido a otros hombres para interrogarlos. Llegaremos al fondo de este asunto. Este acto contra el Presidente no será tolerado y todos los involucrados serán ejecutados— respondió con voz firme.

Rauf siguió discutiendo el incidente del día. Yo me disculpé para tomar agua. De regreso, me encontré con el Dr. Ibrahim en el pasillo.

—Te estaba buscando. Me enteré de lo que pasó y vine a ver cómo estabas. ¿Cómo está tu esposo?

—Está en el quirófano, con una bala en el hombro. ¿Puedes preguntar sobre su condición?

—Por supuesto. Ya regreso.

Unos minutos más tarde, volvió.

—El pronóstico es bueno, ya está en la sala de recuperación.

—Eso es una gran noticia— comentó Rauf mientras se acercaba a nosotros.

—Podrán verlo como dentro de una hora. Todavía está bajo los efectos de la anestesia— nos explicó el Dr. Ibrahim —. Rauf, ¿cómo está tu padre?— inmediatamente agregó, mientras lo abrazaba y lo besaba en cada mejilla.

—Vivo, gracias a Fouad.

—Aljamda Alá, gracias a Dios.— Se dirigió a mí. —Bueno, necesito regresar al trabajo, pero si necesitan algo, me dejan saber.

El Dr. Ibrahim era un hombre bueno. Su presencia me tranquilizó. A la hora, Rauf y yo fuimos a ver a Fouad.

—¿Cómo te sientes? — le pregunté.

—Estoy bien. No hay nada de qué preocuparse. Esto es parte de mi trabajo— dijo—. Rauf, ¿cómo está el Presidente?

—Vivo gracias a ti— afirmó Rauf con alivio—. Me ha llamado dos veces para preguntar por ti.

—Dile al Presidente que solo hice mi trabajo y no dudaría en hacerlo de nuevo si fuera necesario.

—Gracias, hermano— dijo Rauf mientras apretaba su mano.

—Fátima, deja que Rauf te lleve a casa, estaré bien.

—No quiero apartarme de tu lado— le supliqué.

—Ve a casa y descansa. Regresa en la mañana— insistió.

—Eres muy terco. Estaré aquí temprano. Llama si necesitas algo, no importa la hora— le dije mientras le besaba la frente.

Rauf insistió en invitarme a una taza de té en el hospital antes de llevarme a casa. Cuando terminamos, le dije que quería ver a Fouad una vez más antes de irnos.

En el pasillo, miré a través de los cristales hacia su habitación para ver si estaba dormido. Me desconcerté al ver a Esmaa en su cuarto sujetando, su mano mientras hablaba con él. No podía entender por qué Esmaa no me había dicho que conocía a Fouad. ¿Por qué estaba a su lado mientras él estaba en una cama de hospital? Sentí un nudo en el estómago, pero no era ni el lugar ni el momento para hacer una escena. Di la vuelta y decidí buscar respuestas en otro lugar.

—¿Cómo está el paciente? — preguntó Rauf.

—Durmiendo como un bebé.

Lo distraje con una conversación simple para no levantar sospechas cuando comenzara a preguntar sobre Esmaa.

— ¿Sabes si Esmaa conoce a Fouad? — le pregunté.

—¿Conocerlo? Esmaa ha estado trabajando en el departamento de Fouad por un mes. Están organizando un seminario sobre armas— dijo.

—Suena interesante. ¿La conoces desde hace mucho tiempo?

—No mucho, pero conozco a gente que la conoce muy bien y profesionalmente tiene una reputación intachable.

—¿Y cómo persona?

—¿Por qué tantas preguntas?

—Curiosidad. Ella ha estado tratando de entablar una amistad conmigo y solo quiero asegurarme que es sincera y de fiar.

—Creo que ambas tienen mucho en común. Son mujeres inteligentes, educadas en los Estados Unidos, tratando de adaptarse a este país con otros valores y costumbres. Creo que Esmaa está buscando familiaridad y tú representas eso— insistió Rauf.

—Supongo que tienes razón. De hecho, me cae bien— dije, aunque no podía sacar de mi mente la imagen de Esmaa con Fouad.

A la mañana siguiente, me dirigí al hospital. Hablé con el médico que lo operó y me aseguró que en par de días lo tendría en casa.

Mientras caminaba hacia su habitación, me percaté que el pasillo estaba alineado con agentes del servicio secreto. La única explicación era que el Presidente estaba visitando a Fouad.

—Entra, mi querida Fátima—. Me dio la mano con respeto. —Estás casada con un hombre muy valiente. Le debo mi vida. Deberías estar orgullosa de tu marido.

—Gracias, señor Presidente. Estoy muy orgullosa de él y muy agradecida a Alá de que ambos estén vivos.

Después de una breve visita, todos se fueron y me quedé sola con Fouad. Le había traído los periódicos locales para mostrarle todos los artículos.

—Dime, ¿cómo se siente ser un héroe? — pregunté

—Solo soy un militar que cumple con su deber.

—No seas tan modesto. No es tu estilo— le dije.

—¿Temiste perderme?

—Por supuesto. Estaba histérica al pensar que…

—Acércate y dale un beso a tu héroe— dijo en un tono travieso. Nos besamos y comenzó a excitarse.

Necesitas tu descanso— le dije mientras me retiraba.

Estaba feliz de que él estuviera vivo; sin embargo, tenía la sensación de que había algo más entre Esmaa y mi esposo.

Entonces pregunté.

—¿Hace cuánto que conoces a Esmaa?

—¿Esmaa Al-Basheer?

—Sí.

—Supongo que desde que se mudó a Antarah. Esmaa trabaja para mí. De hecho, he querido que te conociera. Pensé que podrías ayudarla con la transición. Pasó por un proceso de adaptación cuando regresó.

—Eres muy considerado, pero ya la conozco. Ella estuvo en nuestra casa para el "baby shower" de Dalal y nos hemos visto un par de veces. Casualmente, estábamos sentadas juntas cuando te dispararon.

—Ella nunca lo mencionó, tal vez porque siempre estamos tan inmersos en el trabajo. Esmaa vino a visitarme ayer después de que te fuiste para ver cómo estaba.

—Lo sé. Volví para darte las buenas noches y los vi.

—¿Por qué no entraste? ¿Celosa?

—No seas tonto. Aunque probablemente debería de estarlo. Ella estaba tomando tu mano y con tu reputación con las mujeres…

—Fátima, ¿podrás confiar en mí otra vez? Lo que viste fue un gesto de amistad.

—Lo siento, Fouad, pero ese gesto te hubiera enloquecido si los papeles estuvieran invertidos. Esta conversación tendrá que continuar cuando llegues a casa— le dije molesta.

—Mi relación con Esmaa es estrictamente profesional.

—Quiero creerte.

Le di un beso de despedida y le dije que estaría haciendo algunos trámites en mi oficina y que volvería más tarde. Cuando salí, Rauf entraba a visitar a Fouad.

Me di la vuelta y discretamente me acerqué a la puerta para oír lo que hablaban, pero no pude escuchar con claridad y me fui.

—¿Cómo te sientes? — preguntó Rauf.

—Rauf, bajo ninguna circunstancia debes decirle a Fátima que Esmaa y yo salimos hace años.

—Ella me estaba haciendo demasiadas preguntas sobre Esmaa anoche— dijo Rauf.

—¿Le dijiste algo?

—Lo básico. Que trabajan juntos, pero nada sobre tu pasado.

—Ella vio a Esmaa aquí anoche y me estaba haciendo preguntas. Pude suavizar las cosas, pero no necesito esto ahora.

—¿Cómo están las cosas entre tú y Esmaa?— preguntó Rauf, curioso.

—Sabes que Esmaa significa el mundo para mí, pero ahora soy un hombre casado y ese barco ya partió hacia su rumbo.

—Nunca pensé que te oiría decir eso.

En mi oficina, revisé mis mensajes. Cuando me iba, vi al Dr. Ibrahim. Su disposición alegre puso una sonrisa en mis labios.

—Tu marido debe estar mejor— dijo.

—Sí. Gracias por preocuparte. Sé que tenemos que empezar a trabajar en nuestro proyecto. Solo necesito un poco de tiempo— le dije.

—El trabajo puede esperar. Tómate todo el tiempo que necesites para cuidar a tu marido.

—Gracias. Solo necesito ponerme al día con algunas cosas mientras él está en el hospital.

—No trabajes demasiado.

Esmaa todavía estaba en mi mente. No estaría tranquila hasta que hablara con ella. La llamé y le pedí que viniera a la casa a tomarse un café.

Comenzamos a hablar con naturalidad, hasta que no pude contenerme más. —¿Por qué no me dijiste que conocías a mi marido?

—Iba a decirte el día del desfile, pero con toda la conmoción no tuve la oportunidad— dijo Esmaa.

—Me sorprende que no me hayas llamado antes de ese día para decírmelo.

—¿Por qué habría de hacerlo?

—Simplemente me parece extraño porque hemos hablado de Fouad anteriormente y ahora descubro que has estado trabajando con él durante algún tiempo y ninguno de los dos lo ha mencionado hasta que pasó este incidente.

—¿Estás molesta? — preguntó Esmaa, preocupada.

—Decepcionada. Te vi sosteniéndole la mano en el hospital. ¿No te parecería eso un poco raro si estuvieras en mi lugar?

—Nunca me pasó por la cabeza porque nuestra relación es estrictamente profesional.

—Esas fueron las mismas palabras de Fouad.

—Fátima, no quiero entrar en lo personal, pero he oído que tu relación con Fouad es un poco turbulenta— continuó Esmaa—. Me sentía incómoda discutiéndolo contigo. No quería que me vieras como una amenaza. No conozco a mucha gente en Antarah y valoro tu amistad. Estaba tratando de evitar malos entendidos. Perdóname si no manejé la situación correctamente.

—No sé lo que has escuchado, pero Fouad y yo estamos muy comprometidos con nuestro matrimonio. No considero ni a ti ni a nadie como una amenaza. Todavía no me has dicho por qué estabas en su habitación después de las horas de visita.

—Estaba preocupada por él. Trabajamos juntos. Lo veo casi todos los días. Lo considero un amigo, eso es todo, y dejé que mis emociones se apoderaran de mí después de lo sucedido. Solo sostuve su mano como un gesto de apoyo. Te pido disculpas si te ofendí. Estoy tratando de ser una amiga para ambos.

—Tal vez has estado fuera de Antarah por mucho tiempo, pero aquí los hombres casados no pueden ser amigos con mujeres o viceversa. Mantén tus manos y tu distancia de mi esposo. Y si quieres que sigamos nuestra amistad, te aconsejo que no guardes más secretos.

Esmaa se levantó y me dio un abrazo que me hizo sentir incómoda.

—¿Podemos empezar de nuevo? — preguntó.

—Por supuesto.

Lo que me dijo Esmaa no tenía sentido. Por el momento la consideraba mi rival, así que opté por mantener al enemigo cerca. Su trayectoria personal daba mucho que desear. No podía confiar en ella y tenía que vigilarla.

Después de unos días, Fouad fue dado de alta. Me sentí más tranquila teniéndolo en casa. Deseaba que todo volviera a la normalidad. Pedí unos días en el trabajo para consentirlo.

Cambié sus vendajes y le di sus medicamentos. También le demostré cuán agradecida estaba por que estuviera vivo.

Se me hizo muy difícil abrir mi corazón y expresar mis sentimientos. Fouad había roto muchas promesas, pero quería tenerle confianza. Estaba convencida de que Alá nos estaba dando una segunda oportunidad y tal vez era hora de perdonar a Fouad.

Días después, mi esposo comenzó su rutina. Pasaba horas en su estudio trabajando en la computadora y hablando por teléfono. Estaba ansioso por volver al trabajo, pero insistí en que se lo tomara con calma. Supongo que se sentía culpable por tenerme descuidada y me animó a reanudar mi trabajo en el hospital.

Comprendí que tenía muchas cosas en su mente y muchas responsabilidades en su trabajo que necesitaban de su atención. Por eso, seguí su consejo y volví a trabajar.

capítulo 14

Haciendo la diferencia

Realmente había abandonado mis proyectos y necesitaba volver a encaminarme. También extrañaba ver al Dr. Ibrahim. Era un oasis en el desierto. Me hacía olvidar todos mis problemas en los breves momentos que pasábamos juntos. Algo sobre él era indiscutiblemente atractivo. Tal vez el hecho de que nuestra relación era platónica y que nunca iría más allá del coqueteo hacía de esto un juego simple y divertido.

El Dr. Ibrahim y yo teníamos mucho en común, en especial nuestro amor por los niños y nuestro deseo de ayudar a los menos afortunados. Nunca sentí esa conexión con Fouad, ni tan siquiera en nuestros mejores momentos. Fouad tenía dos caras: podía ser cruel y despiadado o cariñoso y tierno. El Dr. Ibrahim siempre era el mismo: una persona amable y bondadosa que quería dejar una huella positiva en la comunidad.

Cuando entré en su oficina esa tarde, lo encontré arrodillado haciendo duá, orando. Estaba casi terminando, así que esperé. Me alegró saber que era un hombre religioso, además de todas sus otras cualidades maravillosas.

—Perdona la interrupción. No sabía que estabas haciendo duá— le dije.

Dobló su msalaeeh, una alfombra pequeña tradicionalmente utilizada para orar, y la colocó en una gaveta.

—Trato de orar las cinco veces al día, aunque a veces estoy en cirugía— hizo una pausa—. Me sorprende verte tan pronto.

—O sea que no estás feliz de verme— le contesté.

—No. Quiero decir, sí. Estoy feliz de verte, solo que no esperaba verte tan pronto. Supongo que tu marido está mucho mejor.

—Sí, se está recuperando. Fue él quien me sugirió que volviera a trabajar. Así que estoy aquí y tengo la cabeza llena de ideas. ¿Tienes unos minutos?

—Por supuesto.

Fuimos a mi oficina y comencé a compartir mis ideas con él.

—Desde el día en que fuimos a inmunizar a los niños, he estado pensando en formas de mejorar nuestro programa de salud. En primer lugar, necesitamos nuevas camionetas que funcionen como unidades móviles en áreas remotas. También necesitamos abrir clínicas pequeñas en vecindarios alejados de los hospitales. Las personas necesitan saber que tienen opciones médicas. Necesitamos estar accesibles para ellos y sus hijos. Tenemos que prevenir las enfermedades y detectar problemas de salud antes de que sea demasiado tarde— dije entusiasmada.

—Tus ideas son excelentes, pero, ¿cómo vamos a conseguir el dinero para implementar estos programas?— preguntó.

—Aprovechamos las oportunidades que están a nuestra disposición. El Presidente está en deuda con mi marido. Mi padre es un buen amigo del Presidente. Eso nos abrirá las puertas. Tú y yo podremos reunirnos con el presidente Saeed para presentarle una propuesta detallada sobre las camionetas y las clínicas. También incluiremos la idea de un evento que atraiga a la aristocracia de Antarah para recaudar fondos para nuestro proyecto. Con lo que recaudemos podremos comenzar con el plan. El evento podría ser anual para tener una entrada fija de dinero y mantener nuestras instalaciones. ¿Qué opinas?

—No solo eres hermosa, sino también brillante. Cuenta conmigo.

—¿Puedes hacerme una lista de las ciudades que tienen mayor necesidad de clínicas y una lista de médicos y enfermeras dispuestos a ser voluntarios en estas clínicas? Además, ¿qué cantidad de camionetas necesitaríamos para hacer el trabajo?

—Trabajaré con Dalal para obtener toda esta información. Estoy seguro de que mis colegas contribuirán con buenas ideas para darle forma a nuestra propuesta y con mucho gusto ofrecerán su tiempo para los menos afortunados.

Estaba tan emocionada que salté de mi silla y espontáneamente abracé al Dr. Ibrahim. "Gracias", le dije. Vi confusión en su rostro y me fui avergonzada por mi reacción.

Cuando llegué a casa esa tarde, tuve la tentación de contarle a Fouad sobre mis planes, pero temía que él no los aprobara. Esto era algo que me apasionaba y quería lograr con mi propio esfuerzo. Fouad se iba de la ciudad en unas pocas semanas y eso me daría tiempo para organizar todos los detalles. Aun así, quería compartir mis ideas con alguien y llamé a Baba. Él me ofreció toda su ayuda y apoyo si lo dictaba necesario. Mientras Fouad se estaba recuperando, lo sorprendí al traer a Ramee para que se quedara con nosotros unos días. Sentí cierta distancia entre nosotros. Tal vez estábamos tan atrapados en nuestro trabajo que nos olvidamos de sacar tiempo el uno para el otro. La presencia de Ramee nos hizo bajar revoluciones y pasar más tiempo juntos. Fouad estaba encantado con el bebé. Me ilusioné al imaginarlo como papá y a mí como mamá. Estábamos felices, pero sentía que algo se interponía entre nosotros.

Exactamente tres semanas después del tiroteo, nos invitaron al Palacio Presidencial para una ceremonia oficial. Fouad todavía estaba usando un cabestrillo en su brazo izquierdo. Todos los jefes de gobierno y los colegas del departamento de Fouad asistieron, incluyendo a Esmaa.

En el evento, Fouad recibió una medalla de honor y el Presidente lo elogió por sus habilidades y valentía.

"Antarah es un lugar más seguro gracias al Coronel Mustafa. El coronel ejemplifica todas las virtudes de un gran soldado. Me siento honrado de presentarle esta medalla", dijo el Presidente. Fouad estaba muy orgulloso de sus logros. Esto no solo era una distinción, sino también una promoción de rango que lo acercaría un paso más a sus metas. Hoy, Fouad era el centro de atención rodeado por el Presidente y el resto de los funcionarios.

Aproveché esta distracción para excusarme de la actividad y llegar a casa. Le sugerí a Samira que fuera a pasar unos días con Jamila. Quería la casa para mí sola para preparar una noche especial para Fouad y poner fin a la tensión que sentía entre nosotros. Cociné algunos de sus platos favoritos y llené nuestra habitación con velas e incienso. Había comprado una ropa interior muy provocativa para deslumbrarlo en la cama. Ahora, esperaba pacientemente su llegada.

Cuando entró a la casa vio una nota con instrucciones de subir a nuestra habitación. En la oscuridad, con la luz tenue de las velas, escuchó una música árabe suave e instrumental. —Fátima, ¿dónde estás? ¿Qué es todo esto?

— ¿Te gusta?

— Mucho.

— Pensé que podríamos empezar con el postre.

Desabotoné su camisa y se la quité lentamente. En su hombro izquierdo pude ver la cicatriz donde había penetrado la bala. La besé delicadamente.

— ¿Te duele? — pregunte preocupada.

— No — susurró mientras se volteaba para besarme.

Luego, me tomó en sus brazos y me mordió los labios. Rozó con fuerza todo mi cuerpo, como un animal en celo. No habíamos tenido relaciones desde antes de su accidente, lo que explicaba su desesperación por hacerme suya. No fue tan romántico como lo imaginé, pero él estaba satisfecho y yo esperanzada de que este gesto encaminara nuestra relación.

— Estoy hambriento — dijo cuando terminamos.

—Hice tus platos favoritos— le contesté—. Estamos celebrando la distinción de hoy y tu futuro prometedor. ¿Cómo te sentiste al ser homenajeado por el Presidente con toda la alta alcurnia social y militar de Antarah presente?

—Fue tan extraordinario como lo que acaba de pasar entre nosotros— dijo acariciando mi cabello.

—Sigue con los halagos— dije en tono de broma. Luego hablé en serio. —Fouad, quiero darnos una segunda oportunidad.

—Amor, eso me encantaría— dijo mientras me besaba el cuello, olvidando la comida y enfocándose en distraerme.

Al día siguiente me levanté muy temprano. Fouad y yo desayunamos juntos. Estaba enérgica, lista para conquistar el mundo.

—¿Estás segura de que tienes que ir a trabajar?— dijo Fouad.

—Sí, mi amor. Pero volveré pronto.

Nos besamos y me dirigí al hospital. Cuando llegué a la oficina, me di cuenta de que había dejado el expediente de mi propuesta en casa. Tuve que regresar a buscarlo. Pensé que sorprendería a Fouad y tal vez lo distraería por un par de horas.

capítulo 15

La última traición

L legué a casa y no hice ruido, pues quería sorprender a mi esposo. La puerta del estudio de Fouad estaba entreabierta. Podía escuchar su voz. Pensé que estaba en el teléfono. Me pareció peculiar el sentir un aroma familiar, una mezcla de sándalo y vainilla.

—Quería que fueras tú la primera en saberlo. Acabo de colgar con el Presidente. Me han ascendido a Comandante General— dijo Fouad.

—Mabruk, ¡felicitaciones!— dijo una voz femenina.

Cuando me asomé discretamente, vi a Esmaa. Estaba sentada en las piernas de Fouad mientras él desabrochaba su camisa.

—Mi amor te he echado de menos. Estas semanas alejado de ti han sido una tortura— dijo.

—También te he echado de menos, mi Comandante General. ¿Cuándo esperas que regrese la imbécil?— preguntó Esmaa.

—¿Fátima?

—¿Quién más?

—No la espero hasta esta tarde.

—Eso nos da más que suficiente tiempo para abrir nuestro apetito quemando calorías— se rio—. Fouad, ¿por qué te quedas con ella? Esa no es mujer suficiente para un hombre como tú— agregó en un tono más serio.

—Sabes que siempre has sido la única para mí. Eso no ha cambiado. Quería casarme contigo, pero el compromiso moral que tenía que cumplir no podía esperar— dijo Fouad.

Mientras los miraba, me pregunté desde cuándo se conocían, cuánto tiempo llevaba esta relación.

Ya Esmaa se encontraba en su ropa interior de encaje. No podía creer lo que estaba sucediendo en mi propia casa. Estaba hipnotizada, estupefacta. Quería despegarme de la puerta, pero necesitaba saber lo que Fouad realmente sentía por mí. Desafortunadamente, lo que oí provocó más preguntas que respuestas.

—Bueno, al menos aproveché mi tiempo en los Estados Unidos— afirmó Esmaa—. Fue tan difícil estar sin ti todos estos años y luego saber que estabas en sus brazos.

—No te obsesiones con esas tonterías. Sabes que nunca la he amado. Eres la única mujer para mí. Fátima fue un desafío, un juego, una deuda pendiente de mi pasado. Ahora, finalmente la tengo rendida a mis pies y locamente enamorada— le aseguró.

—Es patética— dijo Esmaa—. ¿Esto termina en divorcio o tendré el placer de hacer que se arrepienta de haberme conocido?

—¿Por qué sigues perdiendo tu tiempo hablando de ella? Quiero hacerte mía. Solamente el imaginarme dentro de ti me excita. Siéntelo— dijo, guiando su mano.

—¿Cómo he vivido sin ti? Estuve loca dejándote ir. Ahora eres mío para siempre. Primero la mato, antes de que tenga que compartirte de nuevo. Lo he tolerado porque sé que al final lo tendremos todo, pero necesito saber la historia detrás de tu matrimonio.

Yo también, pensé.

—Paciencia, querida. Un día te contaré los detalles sórdidos. Por ahora, lo único que puedo revelar es que el juego no ha terminado. Todo a su debido tiempo.

En ese instante, Fouad le desabrochó el brasier y empezó a acariciar sus senos.

—Solo dime una cosa, ¿serás todo mío? — preguntó Esmaa, volteándose para besar su pecho desnudo.

—Soy todo tuyo. Estoy bajo tu hechizo, mi dulce Esmaa. Juntos conquistaremos el mundo— dijo Fouad mientras la agarraba por la cintura y levantaba su cuerpo desnudo para besar sus labios—. Muéstrame cuánto me amas.

Cuando me alejé de la puerta tratando de huir de mi casa, escuché los gemidos incontrolables de ambos mientras se entregaban a la pasión. Le pedí al taxista que me llevara de vuelta al hospital. Me encerré en mi oficina y comencé a llorar.

Un torrente de emociones invadió mi cuerpo. Estaba furiosa, devastada y herida. Me sentí usada y humillada no solo por Fouad, sino también por Esmaa. Apreté un vaso que estaba sobre mi escritorio tan fuerte que se rompió en mi mano. El dolor de los pequeños pedazos de vidrio que cortaban mi piel no se comparaba con el dolor que me desgarraba por dentro.

Mientras trataba de parar la hemorragia, en mi cabeza daban vueltas los comentarios de Fouad de querer cobrar una deuda pendiente y de nuestra relación siendo un juego. Estaba afectada. Primero, me pregunté si alguna vez me amó, aunque claramente había expresado que no. Después, me cuestioné qué tenía Esmaa que no tenía yo. Finalmente, era obvio que estaba perdiendo mi tiempo, pues me quedaba claro que Fouad estaba enamorado de Esmaa desde antes de conocerme. No fue fiel ni a mí, ni a nuestro amor. Fui una víctima de su juego; un objeto que utilizó para satisfacer su apetito sexual incontrolado, pues su corazón le pertenecía a otra.

Ahora entendía por qué sentía a Fouad distante. Las fechas coincidían. Mi esposo comenzó a cambiar cuando Esmaa llegó a Antarah. Pero, ¿por qué casarse conmigo si Esmaa es el amor de su vida? Necesitaba tantas respuestas, pero no podía enfrentar mi realidad, al menos no hoy. Una mezcla de miedo y confusión controlaba cada fibra de mi ser. ¿Esmaa sería capaz de matarme? ¿Representaba un peligro estar casada con Fouad?

Afortunadamente, Fouad se marchaba en dos días. Iba a dirigir un operativo secreto fuera del país y estaría incomunicado por los próximos seis meses. Con el traidor lejos, yo no representaba una amenaza para Esmaa. Seguramente ella formaría parte del equipo que lo acompañaría. Decidí no revelar lo que había descubierto. La distancia me daría la oportunidad de asimilar lo aprendido y decidir mi próxima movida.

Brinqué cuando tocaron a mi puerta.

—Fátima, ¿podemos hablar?

El Dr. Ibrahim era la medicina que necesitaba en este instante.

—Un momento— grité mientras intentaba cubrir mi mano ensangrentada con una toalla para abrir la puerta.

— ¿Estás bien? ¿Has estado llorando? ¿Tu marido está bien?— preguntó.

—Sí, a todas tus preguntas— le contesté con nerviosismo, tratando de ocultar mi mano.

— ¿Cómo va la propuesta?— preguntó.

—De maravilla— le dije.

—Siento que quieres decirme algo— afirmó.

De repente se dio cuenta de la toalla ensangrentada.

—Tu mano— dijo mientras automáticamente buscaba gasas, alcohol y desenvolvía la toalla.

Comencé a llorar.

— ¿Duele? ¿Te lastimo? ¿Cómo sucedió?— preguntó preocupado secando mis lágrimas.

Levanté la vista y me perdí en sus ojos.

—Necesito unas pinzas para extraer los pedazos de vidrio—, dijo.

Sin pensar, me acerqué a él y me besó. Fue un beso suave en los labios, pero sentí una corriente eléctrica de pies a cabeza. Quería entregarme por completo, pero no estaba preparada para enfrentar las consecuencias de una decisión tomada por despecho.

—No sé lo que estaba pensando. Por favor, discúlpame— dijo—. Necesito mi botiquín para curar tu mano.

—No te disculpes— le dije mientras ponía mi dedo verticalmente sobre sus labios.

Abrió la puerta y regresó de inmediato. Mientras extraía cada pedacito de vidrio, no podía dejar de pensar en nuestro beso.

—Te dejaré saber cuando la propuesta esté lista— le dije para distraerlo de lo que acababa de suceder—. Por cierto, ¿cuándo vamos a hacer la próxima ronda de inmunizaciones?— continué.

—La semana entrante, Insha Alá, si Dios quiere— respondió.

Sabía que no estaba preparada para ver a Fouad. No quería quedarme con Jamila para no comprometer a su marido, que trabaja junto a él. Le pregunté a Dalal si podía quedarme en su casa. Su esposo estaba fuera de la ciudad y sentí que podía confiar en ella plenamente después de sus conflictos con Esmaa. Llamé a Samira y le pedí que regresara a la casa para encargarse de las comidas de Fouad. También que le dijera que había intentado contactarme con él sin éxito. Le expliqué que Dalal no se sentía bien, que su marido estaba fuera de la ciudad y en su condición no debería de estar sola. Dalal no tenía un teléfono en su casa, algo común en algunos barrios. Le di instrucciones a Samira de que le comunicara a Fouad que iba a quedarme con ella y que lo vería en la mañana.

—Dile que lo amo y que lo extrañaré esta noche— fueron mis últimas palabras a Samira.

Quería ganar tiempo para sanar la herida de mi mano y de mi corazón. Estaba sufriendo. Esa noche en casa de Dalal, me desahogué. Me sentí liberada hablando con alguien que, por su propia experiencia, sabía de la crueldad de Esmaa. Desafortunadamente, Dalal no tenía respuestas. Ella no sabía nada del pasado de Fouad y Esmaa, pero no le sorprendió lo que le conté.

—Mi esposo siempre insistió que no era la típica niña musulmana. Ella era rebelde desde joven. Solía desaparecer por días sin dejar rastro. La culpa la tuvo su padre, que la consintió por ser la menor y la única hija. Su decisión de estudiar en los Estados Unidos le rompió el corazón y el bolsillo a su padre. Él le dio la mayor parte de sus ahorros para que ella cumpliera su sueño. La palabra "no" no es parte de su vocabulario y le molesta ver a otras personas felices. Realmente estoy tan decepcionada con Fouad. No pensé que caería en las redes de ese el tipo de mujer. En fin— dijo Dalal— no derrames ni una lágrima más. Esos dos se merecen. Eres demasiado buena para el arrogante de Fouad. Divórciate por adulterio.

—Quisiera que fuera así de fácil. Él no va a admitir su infidelidad. Con su alto rango y conexiones, se saldrá con la suya. Está decidido a mantenerme a su lado hasta que lleve a cabo su plan. Lo más que me aterra es que no sé quién es este hombre y por qué me odia tanto— dije agitada.

Lloré. Lloré mucho. No sé si realmente amé a Fouad, pero me esmeré por ser la mujer ejemplar. Perdoné sus infidelidades y me enfoqué en nuestra relación porque sentía que teníamos algo especial que podía convertirse en amor. ¿Cómo fui tan tonta? Supongo que nunca iba a pasar. Ahora me sentía tan vacía y frustrada como el día en que mi padre me dijo que me iba a casar con un desconocido. ¿Por qué llegué a pensar que esta historia tendría un final diferente? El único que podía aclarar mis dudas era mi padre.

A la mañana siguiente, esperé a que Fouad saliera de la casa. Era el día antes de su viaje y sabía que tenía que dirigirse a la base para atar cabos sueltos y asegurarse de que todo fluiría durante su ausencia.

Samira me saludó cuando entré. Me informó que Fouad había regresado tarde y estaba molesto por haberme quedado con Dalal sin su permiso. Le dije que tenía que hacer una llamada y que me avisara si escuchaba el automóvil de Fouad, pues no quería que me encontrara en su estudio.

Estaba frenética revisando sus gavetas, archivos, cualquier cosa que me diera una pista. No encontré nada. Fue entonces que llamé a mi padre. Desgraciadamente andaba por Nueva York en una conferencia. Al menos por hoy, no obtendría la información que necesitaba para desenmascarar a Fouad.

Me bañé y restregué mi piel tan fuerte como la primera vez que hicimos el amor. Me sentía tan sucia y usada. Después de unas horas, regresé al trabajo. Cuando llegué, Fouad me estaba esperando en mi oficina.

—Nunca pases la noche fuera de casa sin mi permiso— dijo, abofeteando mi cara—. Deberías estar agradecida de que te dejo trabajar. No abuses de tus privilegios o te encerraré en la casa. No me provoques, pues sabes que lo haré.

—No te atrevas a ponerme otra mano encima— le dije devolviéndole la bofetada. Sentí placer al escuchar el sonido de mi mano contra su piel desatando mi ira.— ¿Qué pasó con el Fouad caballeroso y dispuesto a todo por hacerme feliz? — le pregunté enfurecida.

Agarró mi brazo y vio mi mano vendada.

—¿Qué te pasó?

—Esa es la razón por la que no llegué a casa anoche— dije alejándome—. Tenía dolor, estaba medicada y no quería preocuparte.

—¿Cómo pasó?

—¿Te importa?

—¿Por qué siempre despiertas la fiera en mí, Fátima? — dijo mientras me agarraba por la cintura y me pasaba la lengua por el cuello, bajándola hacia mis senos.

—¿Por qué todo tiene que terminar en sexo?

Traté de separarme.

—No me hagas abofetearte de nuevo. Eres mi esposa y exijo respeto.

De repente se dio la vuelta y pensé que se iba derrotado. Todo lo contrario; fue a ponerle el pestillo a la puerta, y regresó hacia mí.

—¿Qué tal si lo hacemos en este escritorio? Me voy mañana por seis meses. Es lo menos que merezco después de dejarme solo anoche. Vamos a recuperar el tiempo perdido— dijo mientras subía su mano por mi falda buscando llegar entre mis piernas.

—No me toques— le exigí firme y en voz baja mientras quitaba sus manos asquerosas de mis muslos.

—¿Te atreves a rechazarme? — dijo con voz agitada mientras trataba nuevamente de deslizar sus manos por mi cuerpo.

—Basta, Fouad. No es ni el lugar ni el momento— dije mientras sentía su aliento en mi cuello.

Me di cuenta de que alguien estaba tratando de abrir la puerta y al ver que estaba cerrada con llave, tocaron.

—Fátima, ¿estás ahí? — preguntó Dalal.

—Fouad, suéltame— dije en voz baja.

Ajustó su uniforme y yo bajé mi falda, indignada.

—Dame un minuto— grité.

Fouad abrió la puerta y salió enfurecido sin saludar a Dalal. Luego, se volteó. "Espero verte en casa esta tarde", dijo tirando la puerta.

—¿Interrumpí algo? — preguntó Dalal.

—Sí, y no sabes cuánto me alegro. Te debo una.

—Solo vine para ver cómo estaban tú y tu mano.

—Lo único que puedo decir es gracias a Dios por el trabajo. Es lo único que me mantiene cuerda. ¿Has visto al Dr. Ibrahim? —pregunté.

—Estará en cirugía al menos por una hora. Sé que estás pasando por un momento difícil, pero piensa bien las cosas. No tomes decisiones precipitadas de las que te puedas arrepentir. Sabes que siempre puedes contar conmigo.

Le apreté la mano.

—Gracias. No sabes cuánto significa para mí tu amistad.

capítulo 16

Nuevos comienzos

Fui a la oficina del Dr. Ibrahim justo antes de la hora del almuerzo y vi que la puerta estaba entreabierta. Cuando la empujé lentamente, lo sorprendí secándose el sudor de su torso musculoso.

—Perdona, volveré luego— dije avergonzada.

—No te vayas. Déjame ponerme la camisa— dijo—. Acabo de terminar un par de millas en la trotadora. Es la forma en que libero las tensiones del trabajo, especialmente después de una cirugía.

—No sabía que disfrutabas de correr— le dije con mis ojos fijados en sus abdominales mientras su camisa cubría sus ojos.

¡Guau! Me sorprendí a mí misma. Estaba reaccionando como una adolescente cuando descubre por primera vez las virtudes del sexo opuesto.

—Compré la trotadora la semana pasada. He estado trabajando por largas horas, así que decidí hacer ejercicio en mi tiempo libre. ¿Qué te trae por aquí?

—Quería invitarte a almorzar, si no estás ocupado.

—¿Qué estamos celebrando? — preguntó.

—Nuestros proyectos futuros.

—Me encantaría almorzar contigo— dijo—. ¿Te gusta el falafel? Conozco el mejor sitio para comer falafel en la ciudad.

—Se me hace la boca agua.

—Solo dame media hora para ducharme, cambiarme y hacer salat, orar. Te busco en tu oficina cuando esté listo.

Ibrahim y yo disfrutamos de nuestro almuerzo. Hablamos sobre nuestro plan de trabajo para la semana próxima, pues sabía que Fouad ya no estaría en Antarah. Después de comer, regresé a la oficina por un par de horas y luego me fui a casa. Fouad no había llegado, lo cual era ideal pues iba a fingir estar enferma para evitar cualquier contacto físico. Llegó a casa bastante tarde y parecía muy cansado. Probablemente Esmaa lo había agotado.

—¿Cómo estuvo tu día? — pregunté.

—Muy ocupado— respondió—. ¿Qué te pasa?

—He estado enferma desde esta tarde. Tal vez fue algo que comí o los medicamentos que estoy tomando para mi mano.

—¿Qué me estás queriendo decir? ¿No vamos a tener intimidad en mi última noche en casa? — preguntó.

—Ya vuelvo, Fouad— corrí al baño y me quedé por un rato. Con un poco de suerte, tal vez se quedaba dormido.

—¿Estás bien? — preguntó tocando la puerta del baño.

—Dame un minuto.

Cuando salí, él estaba acostado en la cama.

—Acuéstate a mi lado. ¿Te sientes mejor? — preguntó.

Mientras caminaba hacia la cama, no podía sacar de mi mente la imagen de Fouad con Esmaa. Quería estallar de rabia, pero luché para que no me consumieran mis emociones. Recostada, abrazó mi cuerpo contra el suyo.

—Déjame sentirte— dijo.

—Lo siento—, dije en una voz triste para que quedara convencido de que me sentía culpable por no poder corresponderle como mujer.

—No te preocupes. Solo deseo que estés bien— dijo, quedándose dormido.

A la mañana siguiente, se levantó antes de que saliera el sol. Samira había empacado todas sus cosas y las había puesto en su estudio.

—¿Tienes todo?— le pregunté.

—Casi. No te llamaré por mucho tiempo. Estaré trabajando en algunas operaciones muy delicadas, así que tendré que centrar toda mi atención en lo que estoy haciendo. No habrá número de contacto, ni ubicación exacta. Si hay alguna emergencia, quiero que llames a Rauf. Si no te puede ayudar, por lo menos sabrá dónde contactarme. Te extrañaré mucho mi amor, pero sé que Samira cuidará de ti— dijo, abrazándome con fuerza.

—Claro que cuidaré de Fátima— respondió Samira.

—Todo estará bien, Fouad— insistí.

Samira le deseó buen viaje y nos dejó solos.

—Ven aquí Fátima. Dame un beso de despedida— exigió.

Le di un beso rápido en los labios.

—¿Qué te pasa?— preguntó molesto y agarrándome.

—Me estás lastimando— hice una pausa—. Supongo que estoy enojada. Tu trabajo es muy exigente. ¿Crees que disfruto que te vayas por meses a la vez y no poder contactarte? ¿Ni siquiera saber dónde estás o incluso si estás vivo?

—Sabes lo que mi trabajo implica— dijo.

—Pensé que me acostumbraría con el tiempo, pero cada vez es más difícil— dije con lágrimas en los ojos. Una actuación digna de reconocimiento. Le di un abrazo. —Cuídate.

—Gracias, cariño— respondió, seguido por un beso que no pude rechazar.

Cuando se alejó, restregué mis labios con mi mano. Me daba asco. Finalmente se había ido y deseé que nunca regresara. Todo el dolor, la ira, la desilusión… todo se fue con él. Me sentía serena, libre.

Estaba determinada a enfocar toda mi energía en mi trabajo. Eso sería mi mejor terapia. Tenía que sentirme útil de nuevo y recuperar mi vida; la vida que había destrozado Fouad con sus traiciones. Esto era importante para mi salud mental.

Desayuné como una reina y me dirigí a trabajar llena de energía y emoción. Me sentía la Fátima de antes, aunque solo fuera por algunos meses. Llamé al Palacio Presidencial y fijé una cita para nuestra presentación.

Llamé al Dr. Ibrahim y le di la buena noticia. En un par de días nos reuniríamos con el Presidente y, con suerte, obtendríamos su apoyo para avanzar con nuestro proyecto.

Fue maravilloso llegar a casa y no tener que preocuparme por Fouad y sus exigencias. Pasé horas viendo películas estadounidenses, escuchando mis cintas de Frank Sinatra, todo lo que enfurecía a Fouad. Me sentí feliz recordando mi vida en Washington, D.C. y mis días universitarios en Boston. Llamé a algunos de mis amigos de escuela para recordar los buenos tiempos. Evité hablar sobre mi vida y en lo que se había convertido. Me concentré en los aspectos positivos, como mi trabajo en el hospital y mis planes futuros.

Al día siguiente, pude hablar con Baba. Al principio trató de esquivar mis preguntas.

—Voy a tener una conversación seria con Fouad cuando regrese— dijo.

—No. No quiero involucrarlo, solo necesito respuestas. ¿Por qué arreglaste mi matrimonio con Fouad? ¿Por qué él? Mencionó algo sobre una deuda pendiente. ¿Qué está pasando? ¿Qué es lo que no sé?

—Esta es una conversación delicada que solo tendremos cara a cara— dijo Baba.

—Está bien. Iré a verte a Washington si eso es lo que necesito hacer.

—Fatme, ahora no. Dame tiempo para arreglar algunos asuntos de la embajada y te prometo que iré a Antarah y te lo contaré todo.

—Está bien, Baba. Pero no me hagas esperar mucho. Te amo y nada de lo que puedas decirme me hará amarte menos. Créeme.

Me animaba saber que en cuestión de días tendría respuestas, pero apenas dormí imaginando los secretos que escondía mi padre.

Traté de mantenerme concentrada para nuestra reunión con el Presidente.

Me puse el ajuar más fabuloso que tenía. Lo había traído de los Estados Unidos y logrado rescatar de las manos destructivas de Fouad. Me sentía en control con un juego de falda y chaqueta negra ajustada de 3 botones. La blusa sedosa color blanco de cuello chino y un collar y pendientes de perlas, las medias negras y unos zapatos negros muy altos me hacían ver como toda una profesional. Un pañuelo negro cubría mi cabello y un broche dorado en forma de camello, regalo de mi padre, fue el toque final. Estaba vestida para impresionar.

Reuní todo el papeleo, lo puse en mi maletín y me dirigí al palacio para encontrarme con el Dr. Ibrahim. Cuando llegué, él me estaba esperando. Llevaba un traje azul marino a la medida, con una camisa blanca y una corbata de rayas con los mismos colores. Se veía guapísimo.

—Eres una visión en negro— dijo.

—Gracias. También te ves muy guapo— contesté.

Pasamos por un detector de metales y seguimos caminando hasta entrar a la oficina donde nos esperaba el presidente Saeed sentado detrás de su escritorio.

—Buenos días, señor Presidente— le dije.

—Buenos días, mi encantadora Fátima— dijo mientras se levantaba para darme la mano.

—Este es el Dr. Ibrahim Al-Kateb— dije mientras se daban la mano.

—Es un honor, señor Presidente— dijo el Dr. Ibrahim.

—Mi hijo habla muy bien de ti y de tu trabajo en el hospital. Siéntate. Rauf me dice que recientemente viniste de América. Muchos de nuestros jóvenes obtienen sus visas de estudiante para ir a los Estados Unidos y otras partes del mundo con la promesa de regresar y trabajar en Antarah, pero la mayoría no vuelven. Tú eres la excepción. Estoy orgulloso de ti— expresó el Presidente.

Esto era un buen comienzo a nuestra reunión.

—Entonces, Fátima, Dr. Al-Kateb, hablen sobre esta propuesta para mejorar nuestro sistema de salud.

—Bueno, fue mayormente la idea de la señora Aziz…— dijo el Dr. Ibrahim.

Estuvimos con el Presidente más de una hora. La reunión fue un éxito. El Presidente quedó muy impresionado con nuestra propuesta. Nos dio el visto bueno de comenzar a organizar el evento para recaudar donaciones y comprometió fondos gubernamentales para poner en marcha nuestro plan.

—¿Dónde vamos a celebrar?— preguntó el Dr. Ibrahim.

—Donde quieras— le dije.

—¿Te importa dar un paseo? Conozco este restaurante de mariscos maravilloso con vista al Mediterráneo. Está a unos 30 minutos de aquí.

—Vamos. De camino, podemos hablar sobre la planificación del evento.

El almuerzo y la vista fueron espectaculares. Comimos un pescado que es autóctono de la zona y que se llama casualmente Sultán Brahim, un diminutivo de Ibrahim. Es un pez pequeño que tiene una raya color amarilla neón que corre horizontalmente en su parte superior. Lo que hace a este pez especial es que sus espinas son suaves y se pueden comer. Comimos una porción generosa de pescado y papas fritas, ensalada y hummus con pan pita.

—Dr. Ibrahim…— dije.

—Por favor, me puedes llamar Brahim, especialmente si estamos fuera del hospital.

—Brahim, gracias por este almuerzo delicioso. El lugar me encanta y es perfecto para discutir nuestro proyecto.

—Me alegra verte sonreír de nuevo— dijo —. Odio ser indiscreto, pero, ¿por qué estás tan triste la mayor parte del tiempo?

—Aprecio tu preocupación, pero prefiero no hablar del tema. No quiero arruinar un día perfecto.

—Soy tu amigo. Puedes confiar en mí— dijo.

—La verdad es que mi matrimonio es una farsa. Mi esposo me está engañando y no hay nada que pueda hacer— dije.

—Lo siento.

—Ojalá mi vida fuera diferente. Ojalá estuviera en D.C., donde las cosas eran sencillas.

—Realmente deseo que seas feliz.

—Lo sé. Eres un buen hombre. Gracias.

—Mira el lado positivo: nunca nos hubiéramos conocido si estuvieras en D.C.

—Tienes razón— respondí, con una leve sonrisa en mi cara.

En el viaje de regreso, estaba callada. Pensaba en lo bonito que hubiese sido si Brahim fuera Fouad. Si nos hubiésemos conocido en los Estados Unidos, enamorado locamente y casado. Deseé poder escapar con él y desaparecer a donde nadie nos encontrara. Pero no podía hacerle eso a Brahim. Su pasión era la medicina y su trabajo con los niños. Estaba soltero, sin compromisos y con sueños de volver a casarse y construir un futuro que incluía una familia. Para mí, él era un imposible.

Al día siguiente, encontré una docena de rosas rojas en mi escritorio con una nota. "Felicitaciones por una reunión exitosa". No había ninguna firma, pero sabía que eran de Brahim. Él era el único hombre que siempre podía hacerme sonreír.

Durante las siguientes semanas trabajamos arduamente para garantizar que nuestro evento fuera un éxito rotundo. Mantuvimos nuestra relación profesional, sin hacer alusión a mis problemas matrimoniales. Seguí refiriéndome a él como el Dr. Ibrahim.

Baba accedió a venir para ayudar a atraer a los miembros de la alta sociedad y para exponer los enigmas de Fouad. Tenía la esperanza de que Baba revelara datos que me dieran una base sólida para el divorcio y tal vez un futuro con Brahim.

La actividad benéfica se llevaría a cabo en el teatro donde conocí a Brahim por primera vez; un lugar de recuerdos amargos y dulces. Contratamos los mejores actos musicales de Antarah y países vecinos. Ya habíamos recibido varias donaciones sustanciosas que nos habían permitido comprar tres de las diez camionetas necesarias para nuestro proyecto. Profesionalmente, todo iba muy bien.

Finalmente llegó el día del evento. Nabil, el esposo de Jamila, se ofreció para ir con el pequeño Ramee a recoger a Baba al aeropuerto y traerlo a la casa. Lo agradecí, pues estaba muy atareada con los detalles de última hora. Sabía que Baba disfrutaría de su tiempo con Ramee, lo más cerca que tenía a un nieto. Llegué a casa justo a tiempo para saludarlo y prepararme para la gran noche.

Una de las mejores costureras de Antarah había confeccionado el vestido que yo había diseñado. Era largo, con una falda de color negro satinado; arriba tenía un bordado fino ajustado al torso y sin mangas. También tenía un pañuelo de la misma tela negra satinada para cubrir mi cabello y mis hombros expuestos. Llevaba una gargantilla y pendientes de diamantes para un toque sofisticado.

Estaba muy emocionada de ir del brazo de Baba, pues sentí que estaba muy orgulloso de mí.

—Mi hermosa Fatme, te pareces a tu padre. Cuando te propones algo, no tienes límites.

—Tuve un gran maestro— le dije, abrazándolo y besándolo en la frente.

Cuando llegamos, el teatro estaba lleno. Había una fila de limosinas dejando a las personas más prominentes del país. Se implementaron medidas de seguridad muy estrictas pues toda la familia del Presidente y todos los funcionarios del gobierno estaban presentes. Busqué a Brahim entre la multitud, pero no pude encontrarlo.

Baba paraba constantemente para saludar a dignatarios y colegas que a la vez ofrecían sus felicitaciones por el éxito de la actividad. Algunas personas preguntaron por Fouad. Yo opté por ignorarlos. Fouad era sinónimo de mis fracasos, no de mis logros. Hoy celebraba a la mujer que siempre quise y supe que podía ser, no a la Fátima que era víctima de un complot malicioso.

Cuando entramos al teatro, vi a Dalal y a su esposo y les presenté a Baba. También vimos a Jamila y Nabil, Nur y otros amigos cercanos. A la distancia vi al Dr. Ibrahim. Como un príncipe, caminó hacia nosotros.

—Baba, quiero que conozcas al Dr. Ibrahim Al-Kateb, mi colega y a quien también le debemos el éxito de esta noche.

—Dr. Al-Kateb, es un placer conocerlo. Ambos hacen un equipo formidable.

—El placer es todo mío, señor embajador. Su hija habla maravillas de usted.

Me percaté de que el Dr. Ibrahim me estaba admirando discretamente.

—¿Usted y su esposa van a sentarse con nosotros? — preguntó Baba.

—Solo yo, embajador— respondió.

—Fatme, adelántate con el Dr. Al-Kateb mientras yo voy a saludar al presidente Saeed y su familia.

—Te ves fenomenal— dijo el Dr. Ibrahim.

—Gracias. Tus miradas me están poniendo un poco nerviosa.

—Te ves más hermosa que el día en que te conocí por primera vez en este teatro, si eso es posible.

—Me estás avergonzando.

Mientras caminábamos hacia nuestros asientos, vimos a Rauf.

—Te pones más bella cada vez que te veo.

—Rauf, ¿cómo estás? — le pregunté.

—No tan bien como tú— respondió él, acercándose y susurrando.

—Dr. Al-Kateb, felicitaciones a los dos en esta noche espectacular— dijo, dándole la mano a Brahim.

—Gracias, Rauf.

—Por cierto, mantuve a Fouad al tanto del proyecto. Se disculpa por no poder estar aquí o llamarte, pero te envió esto— dijo Rauf, entregándome un sobre—. ¿No vas a abrirlo?

—El espectáculo está a punto de comenzar. Lo abriré durante el intermedio. Gracias— le dije.

Me alejé con el Dr. Ibrahim y comencé a romper el sobre.

—¿Estás segura de que quieres hacer eso?— preguntó Brahim mientras me dirigía a tirarlo en la basura.

—Nada ni nadie me va a echar a perder esta noche.

Cuando llegamos a nuestros asientos, mi padre y nuestros amigos más cercanos, incluyendo a Samira, estaban ahí. Fue una noche mágica.

Recaudamos más dinero de lo previsto. Esto significaba que nuestras ideas se convertirían en realidades. Los niños pobres de Antarah tendrían acceso médico hasta en regiones remotas. No paré de sonreír toda la noche.

Cuando nos despedíamos, Baba colapsó. De inmediato, el Dr. Ibrahim le aflojó la corbata y le desabrochó la camisa. Cuando se dio cuenta de que no tenía pulso y no estaba respirando, le realizó RCP, reanimación cardiopulmonar, mientras que otros llamaron a una ambulancia.

Estaba paralizada. El Dr. Ibrahim no paró tratando de revivir a Baba, pero al final no pudo hacer más nada. Vi la decepción en sus ojos.

En cuestión de segundos, mi felicidad se convirtió en desesperación. Caí al suelo y tomé su cuerpo sin vida en mis brazos y lo abracé con fuerza. No quería dejarlo ir. Tuvieron que venir varios hombres, incluyendo Brahim, para despegarme de su lado. Estaba en shock. Fue demasiada conmoción para una noche. Un pedazo de mí había muerto. Una vez más, el teatro se convirtió en el escenario de otro capítulo amargo que marcaba mi vida para siempre.

La gente a mi alrededor trató de consolarme pero el eco de sus voces resonaba en mi cabeza. En mi confusión, corrí hacia un taxi que me llevó a casa. Quería llorar, pero me consumía la rabia. Seguí reviviendo el día en que Baba me obligó a casarme con Fouad. Recordé la noche de mi boda, la forma en que Fouad me violó una y otra vez. Fue Baba quien me sacrificó como un cordero. Todo mi amor se había convertido en odio.

Me encontraba frente a frente con mi colección de camellos. Cada pieza era un símbolo de mi relación con Baba. Frustrada, barrí con mi mano las figurillas. Una a una, cayeron rompiéndose en mil pedazos de la misma forma que Baba había roto mi corazón cuando me entregó a ese monstruo que desgraciadamente era mi marido. ¿Perdonaría a Baba algún día por lo que me hizo, especialmente ahora que con él se enterraban mis esperanzas, mis sueños y mis respuestas?

El timbre del teléfono me hizo reaccionar. Era Nabil, quien sintió la urgencia de compartir su última conversación con Baba. Realmente no tenía deseos de hablar, pero no quería lastimar a Jamila colgándole a su esposo, así que lo escuché. "Mis condolencias por tu pérdida. Tu padre me comentó que había ido a Nueva York para hacerse unos estudios del corazón. Los médicos le habían dicho que necesitaba una operación de corazón abierto y decidió posponerla hasta después de su viaje. Tenía miedo de morir sin verte por última vez. Pensé que deberías saberlo".

Estaba atolondrada, pero consciente de que mis reproches sobre Fouad habían obligado a Baba a venir a Antarah y descuidar su salud. Tal vez todo esto era mi culpa, pero mi rencor me cegó.

A la mañana siguiente, Fouad llamó para darme el pésame. Supongo que esto calificaba como una verdadera emergencia. Le dije a Samira que le dijera que tomé unas pastillas para dormir. Él informó que llegaría para el funeral en la noche.

Cansada y sin ganas de ver o hablar con nadie, me obligué a vestirme para recibir a una mayoría de desconocidos que venían a ofrecer sus condolencias. Todos estaban preocupados por mí, en especial Jamila, quien también estaba afectada pues amaba a Baba como si fuera su padre. Ella pensó que era la única que podía entender mi pérdida, sin sospechar que yo era responsable de su muerte y que no sentía ningún tipo de remordimiento por ello.

Durante todo el día recibí varios telegramas y llamadas telefónicas de Washington, D.C., incluyendo una del Presidente de los Estados Unidos, que era un viejo amigo de Baba.

Fouad llegó justo antes de que los hombres salieran al cementerio.

—Mi querida Fátima, siento mucho la muerte de tu padre. Fue un buen hombre. Mi padre siempre le tuvo afecto. Es realmente una gran pérdida— expresó.

—Gracias por venir. Sé que estás rompiendo el protocolo militar para estar aquí— le dije.

—Sé lo difícil que es perder a un padre. Perdí a los míos casi uno detrás del otro— dijo mientras se le aguaban los ojos. Probablemente esta fue la única expresión sincera que emitió desde que nos conocimos.

Por unos segundos sentí lástima por él, hasta que la razón comenzó a responsabilizarlo por lo que había sucedido.

No poder ir con ellos al cementerio me llenaba de paz. No podría resistir la despedida. Al menos Baba iba a ser enterrado al lado de Mama y volverían a estar juntos. Me pregunté si Mama fue otra víctima de sus mentiras o si conocía todos sus secretos.

Cuando salían, el Dr. Ibrahim llegó a darme el pésame. Su presencia significaba mucho. Anhelaba que me abrazara y me dijera que todo iba a estar bien. En cambio, tuve que conformarme con un beso de despedida de Fouad.

—No olvides llamar a Rauf si necesitas algo.

Fouad no regresaría después del entierro.

La multitud llegó a la casa. Samira había preparado comida y café para todos. La gente exaltó los logros de Baba y recordó su relación con Mama y sus anhelos de tenerme. Me senté a escuchar lo que hablaban. Hasta el presidente Saeed contó algunas anécdotas de Baba que hicieron sonreír a todos, excepto a mí. Necesitaba que se fueran para estar sola. Estaba agotada. Me excusé y fui a mi habitación. Cuando me desvestí, me di cuenta de que había una figura de camello sobre mi tocador con una nota.

"Querida Fatme:

Le pedí a un artista de D.C. que hiciera este camello para ti Pensé que sería una bonita adición a tu colección. Sigue siempre tu corazón, porque Mama y yo estaremos aquí para guiarte.

Te amo, Baba".

Esta fue la primera vez que sollocé.

"¿Por qué?", grité desconsoladamente. "¿Por qué te llevaste a la única persona que me quedaba en este mundo?", miré hacia arriba, desafiando a Alá. Lloré por días y, aunque Jamila y Samira trataron de consolarme, durante varias semanas mi vida se consumió con la culpa y el arrepentimiento. Estaba tan deprimida que casi ni comía ni dormía.

Jamila traía al pequeño Ramee a diario para animarme mientras Dalal me mantenía informada sobre el progreso del Dr. Ibrahim con nuestro proyecto. Ella trataba de empujarme para volver al trabajo porque me extrañaban y me necesitaban en el hospital.

—Dr. Ibrahim sigue preguntando por ti. Está preocupado. Creo que le hace falta su compañera de trabajo. Está bajo mucha presión tratando de implementar el proyecto y cumplir con sus responsabilidades como médico y cirujano en el hospital. Él te necesita. No puedes abandonar tu trabajo. Tienes que volver para cumplir con tus deberes. Eso es lo que tu padre hubiera querido— dijo Dalal.

—Aprecio tus palabras. Simplemente no sé cómo seguir viviendo. Baba era el único que podía desenmascarar a Fouad. Ahora, no sé a qué me enfrento. Baba era mi salvación. Ahora se ha ido y estoy sola— dije.

—Eso no es cierto. Tienes tus amigos, nos tienes a Jamila y a mí, que somos como tus hermanas. Tienes al doctor Ibrahim…— insistió.

—Dr. Ibrahim es un imposible. Mi única esperanza de ser feliz desapareció con Baba. Llevó sus secretos a la tumba y ahora tal vez nunca descubra quién es realmente Fouad.

—Debes concentrarte en tu compromiso con la gente de Antarah. Recuerda a los pobres, a los niños, los enfermos; recuerda cómo Alá te ha bendecido con el conocimiento y los contactos para hacer la diferencia. Tienes que luchar y pedirle a Dios que guíe tu futuro. Alá nunca nos abandona.

—¿Estás segura de eso? Me siento abandonada por Alá.

—Alá está siempre contigo y Él te dará la fuerza para levantarte y comenzar a reconstruir tu vida. Solo ten fe, Fátima".

—No es tan simple. No soy buena compañía para nadie en este momento. Necesito más tiempo para ordenar mi vida. Necesito más tiempo para llorar mi pérdida. Estoy tan cansada. No me he dado por vencida, simplemente no estoy preparada para enfrentarme al mundo— dije conteniendo mis lágrimas y dándole un abrazo—. Cuídate y gracias por ser tan buena amiga.

—Él te extraña— susurró Dalal en mi oído mientras me devolvía el abrazo.

capítulo 17

El romance

Me desperté determinada a volver a vivir y a buscar respuestas a todas las preguntas que me atormentaban. Regresé a trabajar. Me sentía culpable por haber abandonado a Brahim con nuestros proyectos.

Cuando entré en mi oficina, la puerta detrás de mí se cerró.

—Bienvenida— dijo el Dr. Ibrahim mientras me abrazaba con fuerza—. Te extrañé.

—Lo siento mucho. —Intenté apartarme mientras él acariciaba mis labios con los suyos.

No entendía lo que estaba pasando y no me importaba. El beso fue mágico, como un sueño, una experiencia sublime. Me sentí como si nunca me hubieran besado hasta ese momento. Cinco, diez minutos, perdí la noción del tiempo. Fue tan extraordinario que podía haberme quedado en ese momento para siempre.

—No te detengas— le dije.

—Es demasiado riesgoso— respondió el Dr. Ibrahim.

—¿Te arrepientes de lo que acaba de pasar?

—Claro que no. He querido besarte desde la primera vez que te vi. He imaginado este momento miles de veces, pero no pensé que superaría mis expectativas— dijo con galantería.

—Ven aquí— le dije extendiendo mis brazos—. Abrázame. Te extrañé tanto. No podía soportar la idea de tenerte cerca sin poder tocarte y demostrarte lo que significas para mí. Discúlpame por no haberte agradecido lo que hiciste por Baba. No tienes idea de lo que eso significó para mí.

—Hubiera hecho cualquier cosa para evitarte ese dolor.

—Lo sé.

—Pensé que no volvería a verte. Le preguntaba a Dalal por ti todos los días.

—Me lo dijo. Solo necesitaba tiempo. Gracias por darme mi espacio.

—¿Quieres oír buenas noticias? — preguntó Brahim.

—Siempre— le contesté.

—Nuestra actividad fue tan exitosa que pudimos comprar las diez camionetas. También firmé contratos de arrendamiento para siete clínicas y esta semana recibí los fondos gubernamentales para equiparlas y comenzar nuestra labor. También tengo a varios colegas comprometidos para el trabajo voluntario. Todas las piezas están cayendo en su sitio.

—Eres realmente increíble.

—Gracias— hizo una pausa—. ¿Fouad todavía está viajando?

—¿Estás seguro de que quieres…? — intenté preguntar cuando sutilmente puso su dedo sobre mis labios para silenciarlos.

—La pregunta es, ¿estás segura tú?

—¿Por qué no vamos a ese restaurante pintoresco donde almorzamos la última vez y hablamos de esto con calma?

—Excelente idea. Despejaré mi agenda para tener la tarde libre.

De camino al restaurante, íbamos agarrados de las manos en el auto y nos mirábamos a los ojos cada vez que teníamos la oportunidad. Me sentí como si fuera mi primera cita. Estaba tan asustada y emocionada a la vez. Cuando llegamos al restaurante, pedimos que nos sentaran donde pudiéramos tener privacidad.

—Brahim.

—Me encanta cuando dices mi nombre— interrumpió.

—Realmente estamos tomando un gran riesgo. Soy una mujer casada. No sé si algún día podré divorciarme. Eres joven, guapo, médico, ¿por qué yo? Podrías tener a cualquier mujer. Veo la manera en que te miran todas las mujeres solteras en el hospital. Puedes interesarte en alguien mucho mejor que yo, sin complicaciones, que pueda dedicarse a hacerte feliz. Desafortunadamente, yo no puedo prometerte nada. No porque no quiera, sino porque no lo sé.

—No quiero a ninguna otra mujer. Solo a ti. Nunca pensé que podría sentirme así después de enviudar hasta que llegaste y cambiaste mi vida— afirmó.

—¿Estás dispuesto a morir por este amor? Porque sabes que si alguien se entera de nosotros, Fouad nos matará a los dos.

—Estaba muerto antes de conocerte. Amo mi trabajo, pero no es suficiente. Cuando nos conocimos, devolviste sentido a mi vida; me diste una razón para levantarme cada mañana.

—Hiciste lo mismo por mí. Traté de salvar mi matrimonio, pero después de tantas traiciones me rendí. Sentí que me moría y pensar en ti fue lo que me mantuvo viva.

Se escuchaba un leve alboroto, como si alguien importante hubiese llegado al restaurante.

—¡Qué sorpresa!— dijo Rauf caminando hacia nuestra mesa—. Estoy muy contento de verlos, Fátima, Dr. Ibrahim.

—Rauf, qué agradable coincidencia— le dije—. Hoy fue mi primer día de regreso al trabajo, así que el Dr. Al-Kateb me trajo a almorzar para comunicarme todo el progreso que ha hecho con nuestro proyecto durante mi ausencia.

—He oído que las cosas van muy bien con eso— respondió Rauf.

—Sí, todo va encaminado, especialmente ahora que la Sra. Aziz está de regreso con nosotros— dijo el Dr. Ibrahim—. ¿Cómo está el Presidente?

—Está muy bien, gracias por preguntar— respondió. Luego se dirigió a mí. —Hablé con Fouad ayer. Él está bien. Le diré que te vi y que volviste al trabajo. ¿Has hablado con él recientemente?

—No. Me dijo que no podría llamarme por un tiempo, solo he recibido una que otra carta. Cuando hables con él, por favor dile que lo extraño y que deseo que regrese a casa muy pronto— le dije.

—Bueno, fue un placer, pero me tengo que ir. Me están esperando— dijo Rauf.

—Cuídate, Rauf. Mándale saludos a tu padre— le dije.

Después de que se fue, continué.

—Esto es exactamente el tipo de situación de la que te hablaba. Tenemos que ser extremadamente discretos. No podemos confiarnos, pues nos pueden ver juntos y malinterpretar tus intenciones.

—Seremos cuidadosos.

Cuando regresamos al hospital, nos informaron que Dalal había dado a luz a una niña, Sarah. Madre e hija estaban bien. Su esposo la acompañó durante el parto. Estaba tan feliz de que Dalal había realizado su sueño de ser madre, pues sabía que mi oportunidad se alejaba más cada día.

Después de unas semanas de trabajo y largas horas, nuestro proyecto finalmente se puso en marcha. Brahim llevaba mucho tiempo sin tomar vacaciones y me invitó a ir con él por una semana. No sabía si estaba lista para tomar este paso. Mi cabeza me dictó todas las razones por las que no debía hacerlo, pero mi corazón quería lanzarse y descubrir el verdadero amor. Le di instrucciones a Samira de qué decir si alguien llamaba preguntando por mí, incluyendo la posibilidad remota de que fuera Fouad. También cubrí mis bases con Jamila, Dalal y algunos otros amigos cercanos. Todos estaban bajo la impresión de que iba para Washington, D.C. para poner en orden los asuntos de mi padre y porque necesitaba un cambio de ambiente para despejar mi mente.

Me comuniqué con el abogado de mi padre en D.C. y le dije que quería alquilar, y no vender, nuestra casa. No podía desprenderme de los recuerdos de mi infancia. También le dije que si alguien lo llamaba en la semana para preguntar por mí, dijera que estaba atrapada en reuniones relacionadas con los negocios de mi padre e inmediatamente me contactara a un número que solo tenían él y Samira.

Aunque el abogado de mi padre estaba ocupándose de sus últimos deseos, yo tendría que ir a D.C. para firmar y finalizar el papeleo, pero no antes de embarcarme en una aventura prohibida.

Fui de tiendas en busca de un traje de baño y algunos artículos de ropa interior atrevidos. Vi un hermoso conjunto para la danza del vientre y recordé a Mama. Pensé que sería divertido probármelo. Me encantó cómo me quedaba, así que lo compré. También necesitaba un khilbab, una túnica ancha hasta el piso con mangas largas y de color negro que usan las musulmanas muy estrictas junto con un khimar, similar a un pañuelo, pero que cubría toda mi cabeza con una redecilla fina incorporada sobre los ojos y nariz para permitirme ver y respirar. Esta era la forma más segura de esconder mi identidad.

No sabía a dónde iríamos, pero era casi verano y hacía mucho calor. Empaqué solo lo esencial y las cosas que había comprado. Le dije al chofer que me llevara al aeropuerto. Ahí, entré a un baño, me cambié para que nadie me reconociera y esperé a Brahim. Cuando lo vi, me acerqué y le dije que caminara hacia el auto y que lo seguiría. Estaba aterrorizada, pero a la vez esto me excitaba. Mantuve mi rostro tapado hasta que salimos de la ciudad, pero me dejé el pañuelo cubriendo mi pelo por si acaso tenía que cubrir mi cara rápidamente. Brahim se detuvo en el carril de emergencia varias veces a lo largo del camino para besarme.

—Siento que esto es un sueño.

—No es un sueño. Es real— dijo besándome apasionadamente.

—¿A dónde vamos?

—Vamos a mi chalet en la playa. Es mi lugar favorito en todo el mundo. Lo compré cuando volví a Antarah. Es la propiedad que siempre quise. Es modesta, tal vez no como los lugares a los que estás acostumbrada, pero es mi santuario. El sitio a donde voy a pensar, a meditar, a soñar. Es como a dos horas de aquí y es un lugar aislado. Lo suficientemente lejos como para que nadie te reconozca.

—Suena perfecto. Me conmueve que quieras compartir ese tesoro conmigo— le dije apretando su mano—. Brahim, quiero saber todo sobre ti.

—Vengo de una familia muy unida. Tanto mi madre como mi padre están vivos y tienen una relación digna de admirar. Tengo seis hermanos y tres hermanas. Soy el hijo del medio y el único que salió de Antarah, y ahora estoy de regreso.

—¿Por qué te fuiste de Antarah?

—Quería más de la vida. Mi sueño era ser médico. No sé si estás familiarizada con nuestro sistema educativo, pero aquí, el gobierno te asigna lo que tienes que estudiar en la universidad según tu promedio de escuela superior. Mi promedio estaba cinco puntos por debajo de lo que necesitaba para estudiar medicina. El gobierno había elegido ingeniería como mi carrera futura. Frustrado, me dirigí a la embajada de los Estados Unidos con la esperanza de obtener una visa. Supongo que ese era mi destino, pues dos meses después, cuando cumplí 19 años, llegué al país de las oportunidades, donde los sueños se hacen realidad.

—Qué gran historia. Estoy segura de que tu familia estaba muy feliz y orgullosa, pero al mismo tiempo triste con tu decisión de irte.

—No fue fácil para ninguno de nosotros, pero sentí que podría darles una mejor vida si lograba mis objetivos en los Estados Unidos.

—Cuéntame más.

—¿Estás segura de que no te estoy aburriendo?

—Nunca— le dije besándole la mano.

—Comencé en un pequeño colegio comunitario estudiando inglés como segundo idioma. Aquí había estudiado inglés, pero sabía que debía aprender mucho más si quería ser aceptado en la Universidad de Boston.

—¡Boston! Estudie en el Smith College en Northampton. No puedo creer que estábamos a menos de dos horas de distancia. Un fin de semana al mes, mis amigos y yo solíamos ir a Boston. ¿Quién sabe cuántas veces nuestros caminos se cruzaron?

—Eso es realmente increíble. Supongo que es verdad lo que dicen, que el mundo es pequeño. Smith, ¿esa es una universidad de mujeres?

—Solo lo mejor para una chica musulmana. Entonces, ¿qué pasó después?

—Me aceptaron en BU con una beca que cubría todos mis gastos. Después de tres años, me inscribí en la escuela de Medicina, donde me aceptaron. No es la norma, pero cumplía con todos los requisitos. Mi beca cubrió otros seis años y me convertí en médico. Durante y después trabajé en el Hospital Franciscano de Niños— dijo con modestia.

—¡Guau! ¿Por qué cirugía pediátrica?

—Amo a los niños y amo los retos.

—Entonces, ¿soy un reto?

—No, tú eras un imposible. Todavía no puedo creer que esto sea una realidad.

Ya habíamos conducido por una hora, así que paramos para comprar algo de tomar. Antes de salir del auto nos besamos varias veces. No podíamos dejar de mirarnos. No podíamos creer que por fin estábamos juntos. Después de un pequeño descanso nos montamos en el auto rumbo a nuestro destino final.

—Ahora es tu turno— dijo.

—¿Qué quieres decir? — le pregunté.

—Cuéntame de ti.

—Crecí en Washington, D.C. y viví una vida privilegiada. Siempre estudié en escuela y universidad de mujeres. Quería estudiar mi maestría en Trabajo Social, pero mis sueños se interrumpieron abruptamente cuando Baba anunció que me casaría en Antarah cuando obtuviera mi título universitario. Esa es la historia de mi vida.

— ¿Puedo preguntar por qué Fouad?

—Fue un matrimonio arreglado. Créeme, estaba sorprendida y decepcionada. Apenas había pasado un año desde que había perdido a Mama y estaba en casa para celebrar Eid. Mi padre recibió una llamada telefónica y sus próximas palabras fueron que después de graduarme me iba a casar. El simple hecho de que fuera un matrimonio arreglado era insólito. Mi padre sabía lo que pensaba de este tipo de arreglo. No me criaron acostumbrada a la idea de que me casaría con un hombre que habían seleccionado para mí.

—Entonces, ¿cómo sucedió?

—No lo sé. Solo recuerdo que Baba hablaba por teléfono y estaba muy agitado. Lo amaba y respetaba tanto que no tuve el coraje de contradecirlo. En su última visita a Antarah, prometió decirme la verdad del porqué de mi unión con Fouad, pero no tuvo la oportunidad— dije, destrozada.

—No llores, Fátima. Odio verte triste.

—Necesito sacarme esto del pecho. Nunca he podido comprender cómo sucedió todo. Ni siquiera me gusta la vida militar. Admiré a mi padre y sus logros, pero recuerdo escuchar a Mama quejarse de lo sola que se sentía y de lo exigente que era la vida militar. Afortunadamente, cuando nací él ya era embajador y tenía una vida extravagante. Esa fue la etapa cuando mi madre y mi padre comenzaron a disfrutar de su matrimonio. Se trataba más de socializar y entretener. A mi madre siempre le encantó ser el centro de atención.

—Cuéntame sobre ella.

—Su nombre era Imán. Fue una madre maravillosa y un ser humano hermoso por dentro y por fuera. Murió de cáncer. Me mantuvo al margen de su enfermedad hasta sus últimos días. Eso me dolió mucho porque sentí que me habían robado el tiempo que podíamos haber pasado juntas si tan solo lo hubiera sabido. Mi padre y yo siempre fuimos unidos, pero ya no era lo mismo sin ella. Cuando surgió lo de mi matrimonio estaba convencida que mi madre no lo hubiera permitido. Ella habría convencido a mi padre de lo contrario. Yo no pude hacerlo. Fui débil y leal a los valores familiares. Ya había perdido a Mama y no podía arriesgarme a perder a Baba. Sabía que me amaba con todo su corazón, así que creí que no permitiría que nada malo me sucediera. Realmente creo que no sabía de lo que Fouad era capaz.

—¿Tan malo es?

—Es un monstruo. Desde el primer día, me engañó. Al principio, me sentí responsable porque le dejé claro que lo detestaba. Con el tiempo, escuché los consejos de mis amigas y puse de mi parte para que funcionara la relación. Hubo un momento en que realmente pensé que estábamos encaminados. Entonces, lo sorprendí con otra mujer. Fue el día que tú y yo nos conocimos.

—Eso explica por qué te fuiste temprano esa noche.

—Sí. Después de eso, seguí con mi vida, pero renuncié a la idea de "felices por siempre". Cuando le dispararon, reflexioné sobre nuestro futuro. Estaba dispuesta a perdonar y a olvidar. Pensé que el universo nos estaba dando una segunda oportunidad. Una mañana olvidé unos papeles en casa y regresé con la intención de quedarme con él un rato y lo encontré con una de sus compañeras de trabajo, una mujer que consideré una amiga. Ellos no se enteraron de que estuve ahí, pero escuché cuando Fouad le profesaba su amor y se burlaban de mí.

—¿Los confrontaste?

—No. Tuve miedo. Hablaron de cobrar deudas y hasta de matar si fuera necesario. Necesitaba respuestas antes de enfrentarme a ellos y mi padre era el único que me las podía dar. Ahora estoy frustrada, enojada...

Brahim detuvo el auto.

—Sé honesta conmigo. ¿Lo amas?

—No. Tal vez lo quise alguna vez. Ni siquiera eso sé. Lo único cierto es que Fouad me utilizó y por ello lo repudio— hice una pausa—. Ahora sabes todo. Todavía estás a tiempo de salir corriendo. No te culparía. Mi vida es complicada, un desastre. Tu vida podría estar en peligro. No sé a lo que te estoy exponiendo— dije con miedo a ser rechazada.

—Sea lo que sea, lo enfrentaremos juntos. No te abandonaré. Hemos llegado hasta aquí y no estoy dispuesto a dar marcha atrás— respondió, mientras acariciaba mi cara y me secaba las lágrimas.

—Brahim…— comencé a decir cuando calló mis labios con un beso.

Nuestro atardecer mediterráneo

Llegamos al chalet. Estaba justo en la playa. No conocía esta área pues no era turística. Quedé impresionada con lo hermoso del lugar. La mayoría de los chalets estaban desocupados porque todavía no era verano. Me sentía relajada y en paz sabiendo que estábamos alejados de todo.

Cuando Brahim abrió la puerta, sentí el aroma de flores frescas. "¿Te gusta mi casa?", preguntó.

Mientras miraba a mi alrededor, vi flores, frutas y almendras azucaradas de colores. Después miré por la puerta doble de cristal y vi el atardecer mediterráneo más impresionante de mi vida.

—Me encanta. ¿Cuándo hiciste todo esto? — pregunté.

—No puedo atribuirme todo el crédito. Mi madre lo preparó todo según mis especificaciones.

—¿Le contaste sobre mí?

—Ella sabe que hay alguien— dijo—. Quiero que la conozcas pronto.

—Me encantaría conocerla.

—Dime si este no es el atardecer más hermoso que has visto.

—Lo es. Este lugar es mágico.

—Estoy feliz de que estés aquí.

—Contigo sería feliz en cualquier sitio.

—Ven— dijo tomándome de la mano.

Nos quitamos los zapatos y corrimos hacia la orilla. El agua estaba fría y nos hacía cosquillas en los pies. Nos besamos apasionadamente mientras el sol desaparecía lentamente en el horizonte.

—Todos los días, a la misma hora, nos veremos aquí y el atardecer mediterráneo será testigo de cada capítulo de nuestra historia de amor— dijo.

—Nunca imaginé que fueras tan romántico.

—Hay muchas cosas que no sabes de mí, pero con el tiempo conocerás todo. Vamos a la casa. ¿Te gustaría orar a mi lado?

—Sí.

Cuando entramos, hicimos wudu. Este ritual es obligatorio antes de orar. La persona debe lavarse las manos, enjuagarse la boca y luego rociarse agua en la nariz, la frente, las orejas, la cara, los brazos y los pies. Este proceso debe repetirse tres veces. La persona también puede bañarse, pero como no siempre se encuentra en su casa a la hora de rezar, lavarse apropiadamente en el baño es una opción práctica.

Cuando salí del baño, Brahim estaba colocando las dos msalaeeh en el suelo. Este momento de reflexión me trajo una gran paz interior.

Me levanté y dejé a Brahim sumido en sus pensamientos. Pude escuchar su oración. "Alá, ¿cómo algo que es prohibido puede sentirse tan bien? Sé que voy en contra de tus enseñanzas. Sé que estoy cometiendo haram, un pecado. Sin embargo, todo lo que puedo hacer es pedir que me guíes y me perdones. Simplemente la quiero demasiado y siento que la has traído a mi vida para que pueda protegerla y hacerla feliz. Por favor, muéstrame el camino". Cuando vi a Brahim guardar las alfombras, me acerqué a él y le di un abrazo fuerte. Nos quedamos así por unos minutos.

—¿Tienes hambre, habeebtee? — preguntó.

—Un poco ayunnee, mis ojos.

Todo se sentía tan natural. Después de una cena liviana en la terraza con vista al mar, salimos a caminar por la orilla. Nos tomamos de la mano como si nunca quisiéramos soltarlas.

—Habeebtee Fatme, no quiero que te sientas presionada. Lo podemos tomar con calma, sin apresurarnos. No quiero que te arrepientas de un solo momento a mi lado. Cuando tomes el próximo paso quiero que sea porque estás totalmente segura.

Acaricié sus manos y luego las besé suavemente.

—En realidad, estoy un poco cansada.

Volvimos a entrar.

—Esta será tu habitación. Tiene su propio baño. También me tomé la libertad de traerte algunas cosas, dijo.

—¡Una camiseta de dormir extra grande de la Universidad de Boston! — dije emocionada—. ¿Cómo adivinaste que me encanta dormir en camisetas gigantes?

—La traje conmigo de los Estados Unidos. Supongo que todo este tiempo la guardé esperando por ti. También te puse velas aromáticas y pétalos de rosa para la bañera, chinelas y esta bata. Quiero que te relajes y te mimes. Olvídate del mundo mientras estemos aquí y disfruta de mi compañía.

Lo besé en la frente y me llevó de la mano.

—Esta es mi habitación. Eres bienvenida a cualquier hora. Mi casa es tu casa. Quiero que te sientas en libertad de abrir la nevera, beber, comer… lo que gustes, es tuyo.

—Gracias. ¿Te vas a dormir?

—Me voy a bañar primero y luego leeré un poco del Corán— dijo.

—Vendré a decirte buenas noches.

—Te estaré esperando.

Tomé un baño de burbujas con los pétalos de rosas. Me puse mi enorme camiseta con mis pantalones cortos favoritos que había traído de la casa y la bata por encima. También cubrí mi pelo antes de entrar a su habitación.

—¿Cómo me veo? — le pregunté, posando.

—¿Puedo?— dijo mientras se acercaba, listo para quitarme el hijab.

—Necesito más tiempo— dije, dando unos pasos hacia atrás pero deseando tirarme en sus brazos.

Aunque en un momento repudié la idea de usar el pañuelo pues sentía que Fouad utilizaba esto para controlarme, había llegado a comprender que el hijab empoderaba a las mujeres. Era un símbolo de respeto propio y honor; de hecho, me sentiría desnuda y vulnerable quitándomelo frente a cualquiera que no fuera mi marido. Sin embargo, el revelar mi pelo estaría sujeto al momento en que decidiera entregarme en cuerpo y alma a Brahim.

—Tal vez creas que soy tonta, pero no quiero que veas mi pelo todavía. Creo que debemos decir buenas noches.

—Ven aquí— dijo acercando mi cuerpo al suyo con delicadeza—. ¿No habrá beso de buenas noches?

Acaricié sus labios con los míos.

—Dulces sueños, habeebtee— dijo.

—Tesbah al kher, buenas noches, ayunnee.

Fui a mi habitación. Luché para detener mis deseos carnales. No quería apresurarme a nada; necesitaba hacerlo a su tiempo. Luché con mis sentimientos de culpa y me pregunté si estaba cometiendo el error más grande de mi vida, no por Brahim, sino por las consecuencias que esto podía traer si Fouad se llegara a enterar. Mañana sería otro día.

Me levanté temprano. Apenas dormí. Seguí pensando en Brahim. Me preguntaba si él se sentía igual que yo. Sospeché que sí y admiré su control.

—Buenos días— le dije dándole un beso.

—Sí, son extremadamente buenos.

—¿Y eso por qué?

—Porque tengo a la mujer más increíble que he conocido a mi lado— dijo mientras me abrazaba con fuerza.

—Con esos halagos no llegarás lejos. ¿Dormiste bien?

—¿Y tú?

—Yo pregunté primero.

—Si la pregunta es si tuve una necesidad desesperada de sentir tu cuerpo junto al mío toda la noche, pues sí, la tuve.

—Yo dormí como una bebé. El colchón es excelente— le dije.

—Me alegro, habeebtee— dijo mientras me frotaba los hombros.

—¿Qué tienes en agenda para hoy?

—Lo que quieras, siempre y cuando volvamos a tiempo para la puesta del sol.

—No me perdería esa cita por nada del mundo.

Caminé hacia su centro de entretenimiento y eché un vistazo.

—Cintas de Sinatra— dije emocionada.

—Mi cantante favorito— me respondió.

—No puedo creerlo, el mío también. Una vez me encontré con "ojos azules" en una función en la Casa Blanca.

—¡No me digas! ¿Fue agradable?

—Era muy joven. Pero supongo que sí. Autografió mi cinta y me besó en la mejilla. Recuerdo esos ojos azules penetrantes que iluminaban el salón. Desde niña sabía que había algo especial en él. A medida que crecí y escuché su música, me enamoré de sus canciones. ¿Cuál es tu favorita?

—"Fly me to the Moon"— respondió.

—La mía también.

Caminó hasta su colección de cintas, colocó una en el sistema y la adelantó rápidamente hasta llegar a nuestra canción. "Llévame a la luna y déjame jugar entre las estrellas, quiero conocer cómo es el amor en Júpiter y Marte...".

Mientras escuchábamos, Brahim me tomó de la mano y comenzamos a bailar. Fue como un sueño. Él era muy buen bailarín. Creo que bailamos hasta que terminó la cinta. Una canción romántica tras otra, nos abrazamos y nos besamos mientras nuestros cuerpos se movían al ritmo de la música.

—¿No te parece sorprendente que tengamos tanto en común?

—Realmente sí. Gracias por regalarme estos recuerdos tan hermosos. Y por cierto, bailas muy bien.

—Tú también— dijo—. Vamos a almorzar y luego podemos ir al mercado a comprar carne y verduras frescas para cocinar esta noche.

—Me parece un muy buen plan.

En público, evité muestras de afecto. También estaba preparada en caso de tener que cubrirme la cara si alguien me resultaba familiar. No iba a ser fácil vivir este romance a escondidas. Además, era incorrecto, pero no teníamos otra alternativa. Le pedí perdón a Alá y que tuviera misericordia de mi alma. Estaba atrapada desde un principio, no planifiqué esto, pero maktub, estaba escrito; era parte de mi destino e iba a vivir este momento como nunca antes. Después del almuerzo y el mercado, nos dirigimos al chalet.

Cuando comenzó el atardecer, corrimos a la orilla y nos besamos apasionadamente hasta que el sol desapareció.

—Cada vez que vea un atardecer mediterráneo, pensaré en ti— dijo.

—Y yo pensaré en ti y en este momento y en cada recuerdo que estamos inmortalizando.

Regresamos, hicimos wudu y rezamos. Muchos pensarían que nuestras oraciones no tenían validez, pero el deber de un musulmán es orar cinco veces al día; al amanecer, al mediodía, después de las cuatro, al atardecer y una hora y media después de que desaparece el sol.

Poco a poco fui adaptando esos horarios a mi rutina. Desgraciadamente, mis padres no me inculcaron ese hábito cuando era niña. Pero no era demasiado tarde para comenzar. Después, ayudé a Brahim en la cocina.

—Médico y chef... Estoy impresionada.

—"The best is yet to come…Y lo mejor está por venir…"— dijo tarareando una melodía de Sinatra.

Nos complementamos hasta en la cocina. Brahim era tan divertido y conversador. Siempre ponía una eterna sonrisa en mis labios.

Después de cenar, recogí la cocina y nos fuimos a caminar. Cuando volvimos, nos sentamos por unos minutos.

—Regreso en un rato. Me voy a bañar— le dije.

—Aquí te espero.

Me di una rica y larga ducha. Salí en mi bata.

—Te ves relajada y radiante— dijo.

—Gracias.

Había una música suave e instrumental árabe. Las luces estaban tenues y las velas perfumadas ardían.

—Has creado un ambiente muy acogedor.

—¿Te gusta?

—Definitivamente. No me puedo quejar.

Luego se levantó, parándose detrás de mí, y comenzó a besar mi cuello. Lentamente, desenvolvió mi pañuelo.

—¿Puedo?— preguntó tímidamente.

—Sí— le contesté en voz baja.

Todavía permanecía detrás de mí mientras me quitaba suavemente el pañuelo. Los mechones gruesos de pelo caían como cascadas. Brahim acarició con dulzura los rizos que bajaban hasta la parte baja de mi espalda. Puso sus manos alrededor de mi cintura y comenzó a deshacer el nudo de mi bata.

—¿Estás segura de que esto es lo que quieres?— me susurró al oído.

—Nunca he querido algo tan ardientemente— le dije.

Dejó caer mi bata y se sorprendió al ver mi sensual, trasparente, ceñida y negra ropa interior de encaje. Giró mi cuerpo hacia él.

—Eres una diosa. La criatura más hermosa que he visto en mi vida— dijo mientras me admiraba con un ardiente deseo. Nos besamos apasionadamente. Entonces, continuó besando mi cuello y luego mis senos.—Vamos a mi habitación.

Nos seguimos besando mientras caminábamos hacia su cuarto, hasta que tropezamos con la cama. Ahí nos consumió el deseo, desbordándose toda nuestra pasión. Delicadamente, Brahim acarició todos los rincones de mi cuerpo. Estaba tan excitada que sentía que iba a estallar. Me desabrochó el brasier y sutilmente mordió mis senos.

—¿Estás bien?— preguntó.

—Estoy… en el cielo.

Devoró mis labios mientras nuestros cuerpos se convirtieron en uno. Fue un éxtasis total. Nunca me había sentido de esta manera. Escuchaba fuegos artificiales que prendían, estallaban y deslumbraban mi cuerpo.

Cuando terminamos, acarició mi pelo.

—¿Fue todo lo que imaginaste? ¿Lo disfrutaste?

—Lo fue. Me hiciste sentir mujer, deseada, viva.

Nos quedamos abrazados por unos minutos.

—Ven. Vamos a tomar una ducha caliente y luego a la cama. Quiero que te quedes dormida en mis brazos.

—Me encantaría.

A la mañana siguiente, Brahim me sorprendió al traer el desayuno a la cama.

—Eres tan dulce, ayunnee— le dije.

—Para ti, habeebtee, esto no es suficiente.

—Tú eres suficiente— dije seduciéndolo con un beso e incitándolo otra vez.

Ese día nos quedamos en la cama. Salimos solo para cumplir nuestra promesa al sol. Luego regresamos, nos relajamos y escuchamos las cintas de Sinatra.

—Brahim, me gustaría preguntarte algo. No quiero que lo tomes a mal. Comprenderé si no quieres hablar de ello.

—¿Quieres saber sobre Heather?— dijo en un tono nostálgico.

—¿Ese era su nombre?

—Sí. La conocí mientras hacíamos nuestro internado. Fue amor a primera vista. Sabía que ella era el amor de mi vida. Heather era una mujer muy generosa y llena de compasión. Siempre sacaba tiempo para los demás. Una doctora brillante que personificaba el juramento hipocrático.

—Por lo que dices, era una persona maravillosa. Y, físicamente, ¿cómo era ella?

—Rubia, con ojos azules y una sonrisa deslumbrante. Me hacía reír. Nos casamos después de graduarnos. Todas mis metas se empezaban a cumplir. Una esposa bella e inteligente, una carrera, en el futuro una familia… estaba viviendo el sueño americano. Estábamos plancando un viaje a Antarah para que conociera a mi familia. Este chalet iba a ser mi regalo para ella.

—Entonces, ¿qué pasó?

—Tres semanas antes de nuestro viaje, recibió una llamada urgente del hospital en relación a un paciente. Me dio un beso de despedida y salió corriendo. Una hora después, me llamaron para decirme que Heather nunca llegó. Había muerto instantáneamente en un accidente de auto.

—Cuánto lo siento, amor— le dije secando sus lágrimas. Su historia me conmovió tanto que no pude evitar secar mis propias lágrimas. —No tenía derecho a preguntarte…

—Quería contártelo, solo estaba esperando el momento— dijo—. Quedé destruido con su muerte. Teníamos tantos planes para nuestra vida y todo se vino abajo en segundos. Estaba tan obsesionado con los recuerdos que acabé regresando a Antarah. Mi familia me ayudó. Me acerqué más a Dios. Alá guio mi camino para encontrar mi vocación en Antarah. Por eso fui a trabajar al hospital y ya sabes el resto.

—Ayunnee— dije abrazándolo—. Lo siento mucho. Haría cualquier cosa para aliviar tu dolor.

—Nunca pensé que volvería a amar. Pensé que Heather era la única persona que podía llenar mi corazón hasta que te conocí. Trajiste esperanza a mi vida y el deseo de seguir adelante. Heather siempre estará en mi corazón, pero ahora te tengo a ti. Te amo, Fátima, y me duele saber que no puedo tenerte y que una vez más la vida me está privando de ser feliz.

— ¿Crees que no me estoy muriendo por dentro al saber que te amo y que no puedo pasar el resto de mi vida contigo?

—Huyamos. Volvamos a los Estados Unidos— dijo.

— ¿Y qué sucedería con nuestro compromiso hacia el hospital y los niños?

— ¿Y qué sucedería con nosotros?

—Tengo mucho miedo de Fouad y de lo que pueda hacerte. No podría soportar perderte. No nos apresuremos. Tomemos tiempo para pensar. Tiene que haber una forma de solucionar todo esto. Disfrutemos este tiempo como si fuera para siempre. No quiero pensar en lo que está por venir.

Por favor— dije.

—Como tú digas, habeebtee.

— ¿Por qué no vienes aquí y me demuestras cuánto me amas? — le pregunté.

Sentía como si mi vida acabara de empezar. Cada momento con Brahim era un descubrimiento de mis sentimientos. Nuestras noches transcurrían llenas de deseo y pasión. Era un amante complaciente y deseoso de satisfacerme. Cuando nuestros cuerpos se unían, nos convertimos en uno solo, cuerpo y alma.

La ternura y la comprensión de Brahim me ilusionaron; me hicieron albergar esperanzas de que algún día pudiésemos ser libres para amarnos sin escondernos del mundo.

Cuando estábamos juntos teníamos nuestro propio ritual. Cada día salimos a presenciar el atardecer mediterráneo. Era como si la naturaleza preparara este espectáculo impresionante solo para nosotros. La puesta de sol era un símbolo de esperanza para nuestro amor, una garantía de que podíamos soñar con un mañana.

En nuestra cuarta noche, hicimos el amor en la arena bajo un cielo claro y perfecto, lleno de estrellas. Fue una experiencia sublime. Después, corrimos desnudos hacia el agua tibia y permitimos que el vaivén de las olas envolviera nuestros cuerpos fogosos.

Más tarde esa noche, hablamos por horas. Brahim me habló de cómo fue su niñez en Antarah: la cultura, la gente, la política y la religión. Comparó su vida en los Estados Unidos con la vida aquí. Fue fascinante escucharlo hablar y compartir sus puntos de vista.

Brahim nunca dejaba de sorprenderme. Una tarde, mientras me duchaba, escuché lo que parecía ser una flauta. Pensé que era una cinta. Cuando salí, estaba tocando el aspeh, una flauta de madera delgada y hueca utilizada en la música árabe suave.

Era el momento perfecto para sorprenderlo con mi conjunto provocativo de la danza del vientre. El brasier estaba cubierto con lentejuelas de color púrpura brillante que hacía juego con el cinturón de la falda, que caía debajo del ombligo y consistía de una serie de pañuelos transparentes de colores brillantes. Me puse un pañuelo cubriendo mi pelo y lo aseguré con una tiara dorada de la que colgaba una piedra púrpura que caía justo encima de dónde comenzaba mi nariz. Me cubrí la cara con un velo exponiendo solo mis ojos, que había delineado dramáticamente. Me apliqué un brillo en toda la piel expuesta. Cuando Brahim me vio, casi dejó caer el aspeh. A pesar de que había estado tocando melodías melancólicas, intentó retomar el ritmo, permitiéndome mostrar mis habilidades de baile. Cuando dejé caer mi velo, le rocé la cara y los brazos con el pañuelo. Fue la primera vez que bailé la danza del vientre para un hombre. Me emocionaba el seducirlo con mis movimientos mientras él me devoraba con sus ojos. De más está decir que fue una noche apasionada.

Cada vez que hacíamos el amor, nos compenetrábamos más y más. Este era un nivel de intimidad que nunca había experimentado; una cercanía que solo se alcanza una vez en la vida con esa persona especial.

En la mañana, cuando me desperté, me di cuenta de que Brahim no estaba en el chalet. Salí a caminar por la playa y dejé que mi mente vagara. Estaba totalmente feliz. Este era nuestro lugar mágico; un lugar donde olvidamos todos nuestros problemas y vivíamos el momento. Cuando regresé, encontré una caja hermosamente envuelta en mi cama.

—¡Brahim! — exclamé.

—Buenos días, habeebtee— dijo mientras me besaba—. Veo que has encontrado tu sorpresa, ábrela.

Cuando abrí la caja, vi tres pulseras de oro.

—¡Están preciosas!

—Ellas representarán nuestro pasado, nuestro presente y nuestro futuro— dijo mientras las deslizaba en mi muñeca.

—Nunca me las quitaré. Serán parte de mí como tú siempre serás parte de mí, la parte más preciada. Te amo.

—Yo también te amo— dijo, y luego me besó.

Era difícil creer que el tiempo había pasado tan rápido.

—Unos días más y nos iremos…— me recordó.

—Tienes otra semana libre, ¿verdad? Ven conmigo a D.C. Será divertido. Nos quedaremos en la casa de mi padre. Podrás ver dónde crecí. Déjame compartir esos recuerdos contigo— dije emocionada.

—¿Estás segura de que no quieres estar sola, visitar a tus amigos? ¿No vas a estar ocupada con los asuntos de tu padre? ¿No será arriesgado?

—Tendremos cuidado. Solo quiero estar contigo. No quiero que esto que estamos viviendo se acabe. Otra semana juntos en los Estados Unidos sería increíble.

—No tienes que convencerme. Claro que iré contigo.

Me lancé en sus brazos y lo besé.

—Gracias, cariño— le dije.

Durante los próximos días nos preguntamos si nuestro viaje a D.C. nos acercaría más a la verdad sobre Fouad. Estábamos esperanzados de encontrar algunas pistas o información concreta para descubrir los secretos detrás de mi matrimonio.

Nuestro último atardecer mediterráneo fue memorable en muchos sentidos. El área había estado aislada toda la semana. Pero esta noche en particular, escuchamos a alguien gritando. Inmediatamente me tapé la cara. Brahim y yo corrimos para ofrecer ayuda.

—Mi hijo... entró al agua y no sabe nadar. Yo tampoco— dijo con desesperación.

Brahim se sumergió en el agua y reapareció con el niño en brazos. Puso el cuerpo en la arena.

—¿Está muerto? — dijo el padre en histeria.

—Es médico— le contesté —. Hará lo que sea necesario para salvarlo.

Brahim comenzó a realizar agresivamente RCP. Fue un déjà vu. Recordé cómo trató de salvar a mi padre sin éxito. Oré que esta vez fuera diferente. De repente, salió agua de la boca del niño. Estaba vivo. Corrí al chalet a buscar su botiquín. Brahim quería asegurarse de que sus signos vitales estuvieran normales. Todo parecía estar bien.

—Casi matas a tu padre de un susto— le dijo el hombre a su hijo mientras lo abrazaba, y luego miró a Brahim —. Gracias por salvar la vida de mi hijo, doctor.

—Ibrahim Al-Kateb— dijo extendiendo la mano.

—Ramsey Janoudi, a su servicio— respondió el hombre, dándole la mano a Brahim.

Inesperadamente, una fuerte brisa sopló mi pañuelo exponiendo mi cara. El hombre me miró como si me reconociera.

—¿Cómo te sientes? — le preguntó Brahim al niño.

—Estoy bien, supongo— contestó el niño.

—¿Cuál es tu nombre?— preguntó Brahim.

—Bilal.

—Bilal, le diste un gran susto a tu padre. Tienes que ser muy cuidadoso. Las corrientes son fuertes en esta época del año. No debes de alejarte de tu padre si ninguno de los dos sabe nadar bien.

—Lo siento mucho, Baba. Gracias por salvarme, doctor.

—Si su esposa o usted alguna vez necesitan algo, pueden encontrarme en la oficina de control de la frontera del este. Solo pregunten por el teniente Janoudi— dijo el hombre.

En ese momento, me disculpé y volví al chalet. Brahim llegó poco después.

—Creo que ese hombre me reconoció. No lo conozco, pero sentí que él sabía quién era— dije nerviosa.

—Fátima, relájate. Aunque te reconociera, creo que se siente en deuda con nosotros. No creo que diría nada a menos que estuviera cien por ciento seguro. No te atormentes. Solo olvídalo. No quiero que te preocupes por esto.

—Por favor, abrázame fuerte.

Un viaje a D.C.

Dejamos el chalet antes del amanecer y nos dirigimos a nuestra próxima aventura: Washington, D.C. Decidimos no sentarnos juntos en el avión. Era mejor mantener distancia. En Antarah quedamos en que llegaríamos a mi casa de D.C. en taxis separados. De esa manera nadie podría hacer ninguna conexión entre nosotros. Fue un viaje largo y solitario. Ahora teníamos cinco días para amarnos sin tener que estar constantemente preocupados de que alguien nos descubriera.

La casa se veía igual que el día que me fui. Todo estaba en su lugar. Según mis instrucciones, el refrigerador estaba surtido con todo tipo de comida. La piscina estaba cristalina. Me sentí bien de estar de vuelta en casa. Cuando llegó Brahim, le mostré los alrededores. Estaba muy impresionado con lo que vio.

—Y esta es mi habitación…— dije.

—Muy femenina— comentó.

—Nada ha cambiado, excepto por el hecho de que esta es la primera vez que un hombre, aparte de mi padre, ha entrado a mi habitación.

—Pues hagamos que esta primera vez sea memorable— dijo mientras comenzaba a desvestirme.

—Te extrañé mucho— le dije—. El viaje en avión me pareció una eternidad.

—No podía esperar a tenerte en mis brazos.

Me sentí extraña haciendo el amor en mi antiguo cuarto; el mismo cuarto donde había imaginado una vida con el hombre de mis sueños. Brahim fue la realización de esos sueños. Ahora, los dos estábamos aquí, compartiendo un momento inolvidable.

Después de nuestro encuentro, nos duchamos juntos y bajamos las escaleras en nuestras batas. Le quité la suya para darle un masaje en los hombros.

—¿Cómo te sientes de estar de regreso en los Estados Unidos?— pregunté.

—No lo he asimilado. Estar contigo es todo lo que quiero, el lugar no es importante. El masaje en la espalda es justo lo que me recetó el médico.

—Sabes que siempre sigo las órdenes del médico. Pero hay algo que ya echo de menos... nuestro atardecer mediterráneo.

—Yo también— dijo, sentándome en sus piernas y besando mis labios—. Pero recuerda que los atardeceres nos estarán esperando. Pronto regresaremos al chalet.

Esa noche ordenamos comida china y vimos televisión. Nos quedamos dormidos en el sofá, agotados después de un día muy largo de viaje.

A la mañana siguiente lo desperté con un beso.

—Buenos días, dormilón.

—Buenos días, habeebtee.

—Tengo que reunirme con el abogado de mi padre esta mañana, pero después de eso, el día es nuestro. Ayunnee, ¿cuáles son tus planes?

—Ponerme al día con mis novelas preferidas— dijo riéndose.

—Me parece fantástico. Regresaré al mediodía y te llevaré de paseo a los lugares pintorescos de D.C.

—Estaré listo.

—Por favor, no le abras la puerta a nadie. Le dije a mi abogado que le informara al agente de bienes raíces que no mostrara la casa esta semana. Por lo tanto, no esperamos a nadie. Lo siento, pero me tengo que ir. Te amo— le dije dándole un beso.

—Yo también te amo, cariño. Que tengas un buen día.

Mientras manejaba para ver al abogado, pensé en lo maravilloso que hubiese sido si Baba y Mama estuvieran con nosotros para ver lo feliz que estaba. De cierta manera, me deleitaba saber que Baba había conocido a Brahim, aunque solo por esa noche. Podía interpretar por su lenguaje corporal que Baba aprobaba al doctor, aunque fuera un encuentro breve.

Esperaba que la reunión en el despacho de abogados no tomara mucho tiempo. Sabía que estaríamos discutiendo su testamento. A mi entender, Baba tenía la casa, un automóvil y una póliza de seguro de vida. Siempre pensé que Baba derrochaba dinero. Por lo tanto, imaginé que usaría parte, si no todo el dinero de la póliza, para pagar sus deudas. Su legado para mí era nuestro hogar; el lugar donde construimos nuestros recuerdos, donde crecí, donde pasé los últimos momentos con mi madre. No me importaba más nada. Aunque siempre había vivido con lujos, el dinero no era mi prioridad. Habría renunciado a todo mi dinero con tal de pasar el resto de mi vida con Brahim.

—¿Sabe si mi padre me dejó una carta?— pregunté ansiosa.

—No— respondió el abogado—. Todo lo que tengo es su última voluntad y testamento, el cual actualizó justo antes de ir a visitarla. Recuerdo que estaba deseoso por verla.

—¿No dejó llaves para una caja fuerte…?

—Me temo que no. Solo los papeles que están delante de usted.

—Entonces, comencemos.

Cuando empezó la lectura, todos los momentos especiales con Baba vinieron a mi mente. Traté de ser fuerte, pero no pude evitar secar las lágrimas que rodaban por mis mejillas. De pronto, el abogado dijo algo que me hizo reaccionar.

—...mi villa en Toscana, Italia; el dinero en mis tres cuentas bancarias internacionales, que suman más de 20 millones de dólares, y todo el dinero de mis inversiones en el extranjero.

—Pare— dije desconcertada—. ¿Está bromeando?

—No, señorita Aziz. Su padre era un hombre multimillonario.

—¿Cómo? Con un salario de embajador no creo que se ganara tanto dinero, y menos de la forma en que gastaba.

—No sé qué decirle, pero su padre hizo buenas inversiones con su dinero para garantizar su bienestar y el de su madre, que en paz descanse. Después de que ella murió, su padre quería asegurar su futuro y el de la Sra. Jamila Musa, para quien estipuló la suma de un millón de dólares distribuidos en un período de cinco años. Siempre dijo que la amaba como a una hija.

—¿Alguna vez Baba habló sobre mi esposo, Fouad? ¿Cree que Fouad sabía del dinero?

—El tema de su marido nunca se tocó.

—Simplemente no entiendo cómo mi padre acumuló tanto dinero y cómo estuve ajena a todo esto.

—El embajador era un hombre privado. Usted es joven, se mudó a Antarah y probablemente él pensó que tendría muchos años por delante para dejarle saber de sus inversiones. Debe considerarse afortunada— dijo el abogado.

—Lo sería, si la riqueza pudiera comprar la felicidad...

Me fui con más preguntas que respuestas. Siempre había visto a Baba como un diplomático, no como un hombre de negocios. No podía entender cómo había acumulado esa fortuna. Tenía muchas dudas sobre cómo llegó el dinero a sus manos. Me pregunté si Fouad sabía de los secretos detrás de ese dinero. ¿Cuál era la conexión?

Cuando regresé a casa, corrí a los brazos de Brahim.

—¿Qué pasa? — preguntó.

—Todo.

—¿Qué pasó con el abogado?

—Descubrí que soy millonaria y mi intuición me dice que el dinero no es limpio.

—No sé qué decirte. Tienes que creer que Alá tiene un plan para cada uno de nosotros. Piensa en todas las cosas que podrás hacer para ayudar a los necesitados. Míralo como una bendición.

—O una maldición... Lo siento, tal vez tengas razón. Estoy tan confundida. Tengo demasiadas dudas sobre mi padre y cómo acumuló esa fortuna. Y tengo la sensación que Fouad sabía de esto.

—¿Qué piensas? ¿Qué se casó contigo por tu dinero?

—No sería el primer hombre que se casa por interés.

—Creí que él estaba bien económicamente.

—No conoces a Fouad. Él no tiene límites. Probablemente soy una póliza de seguro adicional.

—¿El abogado mencionó a Fouad en la conversación?

—Me dijo que mi padre nunca habló de él. La única persona a quien mencionó fue a Jamila.

Ella ha sido como una hermana para mí.

—Tal vez Fouad no esté al tanto de los negocios de tu padre.

—Ya no hablemos más y salgamos de aquí. Necesito aire fresco. No quiero pensar en Fouad.

Nos llevamos el auto de Baba y una cámara. Quería documentar nuestro viaje y poner todos mis problemas a un lado por el resto del día. Me solté el pelo y decidí no usar mi pañuelo mientras estábamos de vacaciones. A Brahim no le importaba si no cubría mi pelo. Sentía que era una decisión personal. Quería sentirme libre en todos los aspectos, como en los viejos tiempos: esos días en que nunca hubiera pasado por mi mente que Baba pudiera estar involucrado en actividades ilícitas.

Dimos un paseo y llegamos al Monumento a Washington y a los monumentos de Lincoln y el de Vietnam. También montamos el carrusel en la Explanada Nacional. Durante los próximos días, fuimos a la Casa Blanca, el Capitolio, el Monumento a Jefferson, la Galería Nacional de Arte y el Centro Kennedy. Había visitado todos estos lugares con Baba cuando niña y, ahora como adulta, estaba reviviendo mis recuerdos con Brahim. Nuestros días estaban llenos de actividades. Quería que Brahim se divirtiera y me conociera más a fondo, compartiendo un pedazo de mi pasado. También deseaba escapar de todos mis pensamientos negativos y mis temores de descubrir que mi padre no era el hombre que creía.

Una tarde, preparé una canasta para un pasadía y nos dirigimos a la orilla del río Potomac. La vista era espectacular. Después de almorzar, alquilamos un par de bicicletas y las manejamos a lo largo del río. Era una aventura, conociéndonos día a día. Parábamos a extraños por el camino y les pedíamos que nos tomaran fotos.

—¿La estás pasando bien? — le pregunté.

—Eres una gran guía turística. D.C. es un lugar divino. Hay tanto que hacer y tanta historia. Me encantaría quedarme más tiempo— dijo.

—Lo sé. Primero, el chalet y ahora D.C. Han sido momentos intensos en tan poco tiempo.

—Esto podría ser nuestra vida si nos arriesgamos.

—Tenemos que seguir buscando evidencia que pueda librarme de ese canalla. Nadie desea eso más que yo.

—Te amo, Fatme, y no puedo dejarte ir.

—No voy para ningún lado. Siempre estaré contigo.

Nos besamos como la primera vez, perdiendo la noción del tiempo. Nos besamos con la intensidad de dos amantes que temen despertar y descubrir que todo era un sueño.

Cada noche rebuscábamos cada habitación tratando de encontrar respuestas. Encontramos un diario, pero le faltaban páginas que podrían tener las claves de la información que queríamos encontrar desesperadamente. Estábamos frustrados, pero no perdimos la esperanza.

Para nuestra última noche en la ciudad, hice reservaciones en The Prime Rib. Era el restaurante donde mis padres solían ir en ocasiones especiales. Compartieron este lugar romántico conmigo en mi adolescencia. Hoy lo iba a compartir con Brahim.

Cuando llegamos a casa esa tarde, Brahim me sorprendió con un regalo. Cuando abrí la caja, encontré un vestido rosa pálido.

—Nunca te he visto en colores claros. Pensé que el rosado se vería bien con tu piel bronceada y tus ojos oscuros, resaltando más aún tu belleza. —Cuando vio mi expresión, se detuvo. —¿Hice algo mal? — dijo, secándome las lágrimas.

—Este fue el color del vestido de mis dulces dieciséis. Fue una noche mágica. Todos esos recuerdos con Baba inundaron mi mente cuando vi el vestido. Está hermoso. Eres muy detallista. Gracias— le dije, dándole un fuerte abrazo—. ¿Cuándo tuviste el tiempo de...?

—Un hombre no revela sus secretos.

—Te dejaré con tus secretos mientras me preparo.

Cuando lo volví a ver, llevaba un traje negro de rayas con una camisa azul y una corbata de seda con rayas rosa pálido. El vestido me quedaba como un guante. Lucíamos elegantes. Antes de salir de la casa, coloqué la cámara en un trípode y terminé el rollo. De camino a cenar, lo dejé en un revelado de una hora para garantizar que las fotos estuvieran listas en la mañana antes de irnos al aeropuerto.

Cuando entramos al restaurante, Oscar, el maître d' por más de veinte años, nos saludó. Inmediatamente me reconoció y ofreció sus condolencias por mis padres. Oscar siempre había querido mucho a Baba y era extremadamente discreto.

Era una locura estar en público en una cita, asumiendo el riesgo de que alguien nos reconociera. Pero estábamos a miles de kilómetros de Antarah y solo queríamos comportarnos como una pareja normal.

El restaurante no había cambiado. Todavía tenía la alfombra dramática con manchas de leopardo, los enormes arreglos de flores frescas, los detalles en negro y dorado y la mesa que siempre le preparaban a mis padres en un rincón aislado. Tantos recuerdos. El pianista y el bajista creaban el ambiente perfecto para una velada romántica.

—¿Te gusta el lugar?— le pregunté.

—Es tal como lo describiste. Entiendo por qué tus padres venían aquí en ocasiones especiales. El amor está en el aire. Y, si olvidé mencionarlo antes, te ves preciosa y radiante esta noche.

—Solo me lo has dicho un millón de veces y me encanta escucharlo. Gracias, ayunnee.

El mozo nos trajo el menú y nos sirvió agua mineral. Oscar ya le había advertido que no se molestara con la lista de vinos porque no tomábamos alcohol.

Nuestra experiencia culinaria comenzó con ostras, seguido de una cena de cuatro platos. Mientras comíamos, Brahim se excusó y se acercó a los músicos. Minutos después nos estaban tocando algunos clásicos de Sinatra. "Fly me to the Moon" se oía en el fondo mientras nos dábamos de comer sensualmente. Entre bocados, lo acariciaba con mi pie entre las piernas hasta excitarlo. Era un juego muy estimulante que vislumbraba lo que sucedería luego en la intimidad.

—Espero que estés lista para esta noche. Ya sabes lo que dicen de las ostras— dijo, mientras se disculpaba para ir al baño.

—Tendremos que comprobar si es cierto— le dije mientras se alejaba.

Segundos después, escuché mi nombre.

—¿Fátima?

Voltee para mirar.

—Rauf, ¿qué estás haciendo aquí?— le pregunté con incredulidad.

—Podría preguntarte lo mismo— dijo Rauf.

—Estoy en D.C. por asuntos de mi padre— le contesté.

—El Presidente me pidió que estuviera durante la transición del nuevo embajador. ¿Por cuánto tiempo estarás por acá?

En ese momento, recé porque Brahim se diera cuenta de lo que estaba sucediendo. Lo vi de reojo acercándose a la mesa.

—Me voy mañana muy temprano— le dije.

Cuando levanté la vista, me di cuenta que Brahim se había ido.

—Esperaba que pudiéramos pasar un tiempo juntos— dijo Rauf.

—Sabes que eso es imposible.

—Somos amigos, ¿verdad?

—Técnicamente, soy la esposa de tu mejor amigo. No creo que Fouad apruebe que socialicemos sin él.

—¿Dónde está tu acompañante?— preguntó Rauf al ver varios platos.

—Mi amiga se fue— le contesté rápidamente.

—¿Vestida tan bella para una amiga?

—Fouad no está aquí y estoy segura de que no estás insinuando que estoy con un hombre— le dije molesta.

—Lo siento si te ofendí— dijo Rauf, disculpándose—. ¿Puedo acompañarte?

—Es tarde y tengo que irme. Mi avión sale temprano.

—Compláceme.

Cuando se acercó a mí, su aliento olía a licor.

—Deberías tomarte una taza de café, Rauf— le dije.

—Mozo, una taza de café para la dama y un whisky en las rocas para mí. Entonces, ¿qué harás el resto de la noche?— preguntó, sosteniendo mi mano.

—Empacar—le dije en tono brusco y soltando mi mano.

—Sabes, Fouad estaría muy molesto si supiera que estás en público sin tu pañuelo— me reclamó.

—Te agradecería que no le dijeras nada.

—Eres más hermosa de lo que me imaginaba. ¿Cómo fue que Fouad tuvo tanta suerte?— preguntó, mientras tomaba su trago.

—Rauf, estás borracho. ¿Por qué no te llamo un taxi?

De repente, una mujer joven se acercó a la mesa.

—Rauf, te he estado buscando por todas partes— dijo.

—Missy, esta es Fátima, la esposa de mi mejor amigo.

—Encantada de conocerte— dijo la mujer.

—Igualmente. Tengo que irme. Por favor, asegúrate de que Rauf no conduzca en estas condiciones. Creo que ha bebido demasiado. Adiós Rauf, Missy.

—Fátima, tu secreto está a salvo conmigo— dijo Rauf.

Mientras me marchaba, me pregunté si Rauf se refería solo al pañuelo o si había visto a Brahim. Estaba muy preocupada. Oscar me informó que mi acompañante había pagado la cuenta y se había ido. Tomé un taxi a casa. Cuando llegué, Brahim estaba afuera.

—Siento mucho lo que pasó— le dije.

—¿Era Rauf?— preguntó.

—Sí, está en D.C. por asuntos de trabajo— le conteste mientras abría la puerta.

—¿Esos asuntos incluyen coquetearte?— preguntó sarcásticamente.

—Rauf es un picaflor y estaba borracho. ¿Estás celoso?

—¿Y si así fuera?

—Rauf es un playboy. No niego que tal vez esté interesado por que soy fruta prohibida, pero conoce sus límites. Nada de qué preocuparte, mi corazón te pertenece sólo a ti. Te ves tan sexy cuando estás celoso.

Él me apretó contra su cuerpo.

—¿Te gustan los juegos?— preguntó mientras me besaba.

—Me gusta que me celes. Por cierto, ¿pensé que me dijiste algo de las ostras?

—Me alegro que lo recuerdes— dijo mientras guiaba mi mano por debajo de su cinturón—. ¿Te gusta esto?— susurró mientras besaba mi cuello y desabrochaba mi vestido.

—Pensé que lo que decían sobre las ostras era un mito, pero veo que me equivoqué— dije mientras le quitaba la corbata y desabotonaba su camisa.

No sé si fueron las ostras o el incidente con Rauf, pero sentí que me deseaba más que nunca. Hicimos el amor toda la noche, dejándole saber que yo era solo suya.

Cuando llegó la mañana, fui a recoger las fotos. Mientras las miraba, sonreí. El lente había captado cada momento mágico de nuestra aventura. Por un instante me puse triste, pues regresábamos a vivir una mentira. No sabía cuánto tiempo Brahim iba a poder continuar esta farsa. Ahora todo era color de rosas porque Fouad no estaba en el panorama. Pero eso no perduraría. Dudaba de que Brahim fuera a tolerar que otro hombre me tocara, y yo no podía soportar esa idea.

Brahim quedó encantado con las fotos. Ambos guardamos una para recordar nuestros momentos maravillosos. Guardamos las demás en una caja fuerte que solamente yo sabía la combinación. La foto representaba un riesgo, pero necesitábamos algo a qué aferrarnos.

Dormimos la mayor parte del viaje de regreso a Antarah. Estábamos agotados después de unas semanas tan intensas y unas noches tan apasionadas. El viaje también me dio demasiado tiempo para pensar en Baba y en la cantidad obscena de dinero que había dejado. Mi mente imaginó lo peor. Me sentí traicionada por su vida pasada y culpable por llegar a conclusiones.

Finalmente estábamos en Antarah, donde todo empezó. Nos fuimos por separado; ni un beso, ni un adiós. No teníamos otra alternativa. Esa noche dormí con la foto debajo de mi almohada. Solo quería sentirme cerca de él.

De vuelta a la rutina

Volví a ver a Brahim al día siguiente, en el trabajo. Dalal estaba conmigo.

—Buenos días, doctor— le dije.

—Bienvenido— dijo Dalal.

—Me dijeron que estabas de vacaciones. ¿La pasaste bien?— le pregunté, preocupada de que Dalal hiciera la conjetura de que estuvimos fuera los mismos días.

—Sí, un descanso bien merecido. ¿Cómo está la bebé?— preguntó mirando a Dalal.

—Grande y hermosa, gracias por preguntar. Se ve que las vacaciones le sentaron bien— dijo Dalal.

—Entonces, ¿estás listo para volver a trabajar en nuestro proyecto?— pregunté.

—Definitivamente— respondió.

—Pasaré por tu oficina más tarde— le dije mientras se alejaba.

—Cuéntame sobre tu viaje— me dijo Dalal.

—Disfruté estar de nuevo en D.C. No voy a negar que enfrenté momentos difíciles, pero a la misma vez recordé tiempos maravillosos que pasé con mis padres. Visité algunos sitios turísticos y descansé alrededor de la piscina.

—¿Extrañaste al Dr. Ibrahim?— me preguntó.

—Pensé en él, pero estaba tan ocupada con los asuntos de mi padre que no tuve tiempo de fantasear con un imposible.

—Supongo que a estas alturas es mejor evitar problemas— dijo Dalal.

—Sí, realmente tengo las manos llenas.

Dalal no podía imaginar que ya estaba locamente enamorada e involucrada en una relación con el doctor. No quise compartir mis intimidades con nadie, especialmente Dalal o Jamila. Mientras menos supieran, mejor estarían. No quería que se convirtieran en cómplices de mis pecados si Fouad los descubriera.

—¿Te ha llamado Fouad?— Dalal preguntó.

—No— le dije con indiferencia—. Dalal, necesito llevar estos papeles a la oficina del Dr. Ibrahim. ¿Podemos hablar después?

—Por supuesto.

No podía soportar ni un minuto más alejada de las caricias de Brahim. Corrí a su oficina justo antes de que se dirigiera a una cirugía.

—Hola— dije cerrando la puerta detrás de mí.

—Ven aquí, habeebtee— dijo.

—No pude dormir en toda la noche, pensando en ti.

Nos besamos apasionadamente.

—Yo tampoco pude dormir. Necesito estar contigo— dijo.

—Te están esperando en la sala de operaciones. Búscame cuando termines. Estaré pensando en ti.

—Yo también— dijo, besándome la frente.

Cada hora que pasaba parecía una eternidad. Se me hizo difícil concentrarme en el trabajo. Lo único en lo que podía pensar era en nuestro próximo encuentro en el chalet. Tres horas más tarde, nos encontramos en mi oficina.

—Tenemos que parar de vernos de esta manera— dijo besando la parte posterior de mi cuello.

—Lo sé— le dije mientras me daba la vuelta para mirarlo a los ojos—. Te eché de menos todo el día.

—¿A dónde podemos ir para estar solos?— preguntó.

—No lo sé. Tal vez tengamos que esperar hasta el fin de semana, cuando volvamos al chalet.

—No creo que pueda esperar tanto.

—Ven esta noche— le dije.— Trabajaré hasta tarde. Cuando todos se vayan, puedes regresar.

Eran poco más de las siete. Todos en el turno de día se habían ido. Yo esperaba impaciente a Brahim. Escuché un golpe suave en la puerta.

—Entra— le dije—. He estado esperándote.

Cerró la puerta y se acercó a mí. Me sujetó contra la pared con una mano y comenzó a besar mi cara, cuello y senos mientras acariciaba mi cuerpo con la otra mano. Luego, deslizó su mano debajo de mi falda y procedió a quitarme la ropa interior y a darme placer. Mientras gemía en éxtasis, él me levantó y me colocó en el frío escritorio de acero. Procedí a bajarle los pantalones y calzoncillos y apreté sus nalgas con fuerza mientras me penetraba. Nos gratificamos mutuamente de forma simultánea.

La idea de que alguien podía sorprendernos intensificó nuestra vida sexual.

—Guau, ¿cómo te las arreglas para hacerme sentir de esta manera?— preguntó.

—Podría preguntarte lo mismo— le dije.

—Cuando hacemos el amor, es mágico. Nunca es suficiente contigo.

—Me siento igual.

Nos abrazamos unos minutos y nos vestimos. Abrí la puerta lentamente para asegurarme de que el área estuviera despejada.

Al rato, me fui a casa y soñé despierta con nuestro amor.

Prometimos que no habría más encuentros físicos hasta el próximo fin de semana en el chalet. Fue una semana difícil, pero cada día aprendimos a controlar nuestras emociones y a estar agradecidos de tener un lugar para estar juntos de nuevo.

Esa misma semana recibí una carta de Fouad, la primera en dos meses. Él escribió todo lo que una mujer separada de su esposo quería escuchar: cuánto me extrañaba, que no podía esperar para verme y abrazarme, cuánto me necesitaba y me quería. Me revolvió el estómago. La única razón por la cual la leí fue para asegurarme de que Rauf había cumplido su promesa de no mencionar nuestro encuentro en D.C.

Probablemente estaba tan avergonzado por su comportamiento estando ebrio, que decidió olvidar esa noche.

Finalmente fui a visitar a Jamila. Había descuidado nuestra amistad desde que comencé mi relación con Brahim. Era muy difícil estar cerca de ella y no poder hablar sobre todo como solíamos hacerlo. También extrañaba al pequeño Ramee. Había crecido mucho.

—Hola, extraña— dijo Jamila mientras me daba un gran abrazo—. Me has hecho falta.

—Lo siento. Sé que he sido una amiga descuidada, pero he estado tan consumida con el trabajo, después el viaje a Washington...— dije.

—Estás perdonada. ¿Cómo fue volver a D.C.?

—Extraño y maravilloso al mismo tiempo. Estaba triste, pero mis recuerdos me llenaron de alegría. La mejor parte fue enterarme de la sorpresa que te dejó mi padre.

—¿A mí?

—Sabes que te amaba como a una hija. Ten, esta es la primera de las cinco cuotas anuales— le dije, entregándole un cheque.

—Tiene que haber un error. Esto es mucho dinero.

—Y es todo tuyo. Disfrútalo.

—Esto no puede ser. ¡Alhamda Alá!, gracias a Dios— comenzó a llorar —. Esto es un milagro.

—Estoy tan feliz de que mi padre compartiera parte de su riqueza contigo. También he establecido un fondo de ahorros para Ramee y todos los bebés que tengas. No tienes que preocuparte por sus futuros. Baba pensó en todo. Usa este dinero para ti y Nabil. Váyanse de viaje, compren otra casa... Recuerda que viene otro cheque igual a este cada año por los próximos cuatro años.

—Esto es suficiente para todos nosotros.

—Permíteme hacer esto por Ramee y sus hermanos. Te amo, y esta fue la última voluntad de mi padre. No pelees conmigo. De ahora en adelante, no tendrás más preocupaciones financieras.

Jamila me abrazó con fuerza y me dijo que ya estaba esperando a su segundo hijo. Esta era una noticia maravillosa. Ella siempre dijo que su relación con Nabil era todo lo que había soñado. Estaba muy feliz por ellos. Por primera vez, podía empatizar con ese sentimiento de plenitud total.

—Tengo que preguntar, ¿cómo están las cosas entre tú y Fouad?

—Fantásticas, porque está fuera de la ciudad.

—Estoy hablando en serio.

—Lo digo en serio. Mi relación con Fouad es un callejón sin salida. No puedo aceptar sus infidelidades y él no está dispuesto a cambiar.

—Sin embargo, pareces estar feliz. ¿Hay algo que deba saber? ¿Has hecho una locura?

—Por supuesto que no. ¿Cómo podría? Aunque quisiera, sería demasiado peligroso. Solo hice las paces con mi situación.

—Me preocupé por un segundo.

Esta era otra razón por la cual mi discreción era crucial. No podía dejar que se preocupara por mí y no podía arriesgarme a que discutiera mi situación con su marido. Mi comportamiento podría poner en peligro nuestra amistad e incluso poner en peligro sus vidas. Era un riesgo demasiado grande.

Después de varias horas de hablar con Jamila y jugar con Ramee, me fui a casa. La visita había sido una distracción necesaria. El resto de la tarde la pasé pensando en Brahim y mirando nuestra foto, en anticipación a nuestro próximo encuentro. Me quedé dormida y a la mañana siguiente, desperté con una sonrisa en mis labios.

Un asunto de familia

Finalmente llegó el fin de semana y estaba camino a encontrarme con Brahim en nuestro nido de amor. Llegamos por separado. Brahim ya se encontraba en el chalet. Un camino de pétalos de rosas me guió a la habitación. Sobre la cama encontré una prenda íntima acompañada de una nota: "Este será un día inolvidable". La bañera estaba llena de burbujas y rodeada de velas. Me desnudé y me sumergí al escuchar sus pasos. Su pelo estaba mojado y peinado hacia atrás, su cuerpo cubierto con una bata; olía a su loción de afeitar, fresco y limpio. Se arrodilló y comenzó a besar mi cuello mientras delicadamente restregaba mi espalda.

— Te extrañé tanto — susurró a mi oído.

— Te extrañé más, mi amor — le contesté.

Cuando el agua comenzó a escurrirse, me puse de pie y Brahim secó mi cuerpo lentamente. Me excusé para ponerme mi regalo: un camisón suave y sedoso que me hizo sentir como de la realeza durante los pocos segundos que tocó mi cuerpo.

Este preludio a lo inevitable hizo incontrolables nuestros deseos. Sin embargo, nos contuvimos y disfrutamos de la fantasía mientras Brahim besó mi cuerpo desde el dedo meñique de mi pie hasta la punta de mi frente. Finalmente, perdí el control y comencé a hacerle el amor hasta que ambos llegamos al clímax.

—Estuviste increíble— dijo, poniendo mi cabeza sobre su pecho mientras escuchaba los latidos de su corazón.

—Prometiste que iba a ser un día inolvidable.

—Me sorprendiste. Me encanta sentir tu pasión desinhibida.

—Tú eres el único que puede desatar estos deseos irrefrenables que desconocía en mí— dije, besando su pecho.

—Es el amor. Cuando nos unimos somos uno. Me completas en todos los sentidos. Te amo, Fatme— dijo mientras levantaba mi cabeza y unía nuestros labios en un beso—. Esta noche quiero que te veas radiante. Tengo una sorpresa para ti.

—Dame una pista.

—Sé paciente.

En la noche teníamos planes. Después de nuestro ritual del atardecer mediterráneo, regresamos a la casa, donde me sorprendió con un hermoso vestido. Me preparé y me cubrí antes de salir. Veinte minutos después, llegamos a una casa.

—¿Dónde estamos?— le pregunté.

—En un lugar donde estarás segura— dijo.

Una señora abrió la puerta.

—Habeebee Brahim— dijo ella besándolo.

—Mama, esta es Fátima— dijo.

—Ajala usajala, bienvenida.

Me saludó con besos y me caminó a un patio interior lleno de familiares.

—Fátima es más hermosa de lo que describiste.

—Esta es mi familia— dijo.

Estaba realmente abrumada. Había al menos 20 personas, extraños, pero me sentía como en mi casa. Todos fueron muy atentos y amables. Las mujeres inmediatamente me aislaron para elogiar a Brahim. Minutos después, su madre me tomó de la mano y me llevó a la cocina, donde nos sentamos.

—Fatme, gracias por devolverle a mi hijo el brillo de sus ojos y la sonrisa de sus labios. Le has dado una razón para vivir— dijo con lágrimas en los ojos.

—No llores, Mama— dijo Brahim mientras caminaba y le secaba las mejillas—. Hoy es un día feliz— afirmó, besando su frente.

—Mi hijo maravilloso, gracias por compartir esta mujer tan dulce con nosotros— dijo ella, mirándome.

Mientras su madre le daba los toques finales al banquete que había preparado, hablé con Brahim.

—¿Qué les has dicho?— pregunté.

—Solo lo que necesitan saber— respondió—. Que estoy enamorado, que eres el amor de mi vida...

—¿Y de mi matrimonio?— le pregunté susurrando mientras nos movíamos hacia fuera de la cocina.

—No quise compartir los detalles desagradables, pero creo que mis padres sospechan.

—¿Qué te hace pensar eso?

—No han hecho muchas preguntas.

—Realmente no sé qué decir. Estoy encantada y honrada de estar con tu familia, pero no sé si podría soportar su rechazo cuando descubran la verdad. No quiero ser juzgada, pero lo entendería si lo hicieran. Tú te mereces algo mucho mejor que yo— dije mientras él besaba mis labios con ternura.

—Estás aquí porque te amo. Estoy orgulloso de ti y quiero compartirte con las personas más cercanas a mí. Sé que te aceptarán con los brazos abiertos. Deja que todas tus inseguridades se vayan y vive el momento. Ya te adoran— respondió, tomándome de la mano y llevándome a la mesa llena de delicias árabes.

—Masha Alá— le dije.

Su madre me agarró del brazo y me dio un plato para que me sirviera.

—No seas tímida. Come todo lo que quieras. Esta es tu casa— insistió su mamá.

Brahim nos siguió y el resto de la familia se unió al banquete.

—Está delicioso. Es una excelente cocinera— le dije.

—No puedo tomar todo el crédito. Abu Jamal, el padre de Brahim, también ayudó— dijo su madre.

—Pues también salió a su padre— le contesté—. Brahim heredó su amor por la cocina de ambos lados de la familia.

—Cuando era niño, Abu Hasan siempre venía a ayudarnos en la cocina. Reunía todos los ingredientes y me asistía con la preparación de ciertos platos— agregó su padre.

—Abu Hasan— pensé para mí misma.

Abu Hasan, padre de Hasan, lo que significa que el nombre del padre de Brahim es Hasan. Tradicionalmente, los varones le ponían a su primogénito el nombre de su padre. Por lo tanto, Brahim y sus hermanos son apodados Abu Hasan en anticipación a ese hijo.

Era lógico que imaginara y soñara con la posibilidad de tener un hijo de Brahim. Hasan es un nombre precioso que significa bueno, guapo y hermoso. Esas son todas las cualidades de Brahim reflejadas por dentro y por fuera. Mi futuro ideal se presentó ante mí: el nacimiento de Hasan, una familia feliz, ver crecer a nuestro hijo y a nuestro amor...

—¿En qué pensabas?— preguntó Brahim mientras me sacaba de mi hechizo.

—Estaba imaginando nuestro futuro— le contesté.

—¿Cómo era?

—Lleno de alegría, esperanza y más amor del que jamás imaginé.

Después de la cena, la madre de Brahim sacó su primer aspeh e insistió en que tocara. Todos se sentaron en el patio para escuchar el sonido melancólico de este instrumento tradicional. Era como si la triste melodía narrara la historia de nuestro amor prohibido; un amor ansioso por florecer, pero destinado a marchitarse.

A su madre se le salían las lágrimas mientras admiraba con orgullo uno de sus muchos talentos. Recordé a Mama y la forma en que me miraba. No pude evitar sentirme profundamente conmovida por el momento.

Después de unas cuantas canciones, el padre de Brahim puso fin al ánimo sombrío y sacó un instrumento más alegre para tocar música de baile. La fiesta estaba realmente animada. Los hermanos y hermanas de Brahim saltaron de sus asientos y comenzaron a bailar mientras los demás aplaudían. Brahim insistió en que me levantara y me uniera al baile. Nos reímos y nos divertimos muchísimo. La velada fue un éxito total. Me sentí cómoda entre todos ellos, como parte de la familia.

Cuando nos despedimos, la madre de Brahim insistió en que volviera pronto, con o sin su hijo, y añadió que siempre era bienvenida en su hogar. Sentí que Brahim estaba muy contento con la forma en que su familia me acogió.

—No estuvo mal, ¿verdad? — preguntó.

—Realmente lo pasé muy bien, gracias — le dije —. No he sentido esa unidad familiar desde mis días en D.C.

Cuando regresamos al chalet, nos cambiamos y caminamos por la playa. Intercambiamos historias familiares y hablamos de nuestros padres y todo lo que habían hecho y sacrificado por nosotros. Reflexionamos sobre nuestras vidas y hacia dónde nos dirigíamos. Incluso compartí mis sueños sobre el bebé Hasan. Esto realmente conmovió el corazón de Brahim.

—Si es una niña, la llamaremos Imán, en memoria de tu madre — dijo.

—Eres tan dulce. Eso me encantaría.

Nos sentamos en la arena húmeda durante incontables horas. Conversamos y nos abrazamos hasta que salió el sol. Fue un comienzo glorioso para un nuevo día. La única nube negra en el horizonte era la existencia de Fouad; una realidad inevitable que frenaría nuestra capacidad de vivir nuestros sueños.

Esa tarde, le dije a Brahim que quería volver a la casa de sus padres. Sentí que había estado descuidando a su familia desde que empezamos a vernos. Era importante para los dos pasar tiempo con ellos. Brahim estaba encantado de que quisiera compartir nuestro tiempo especial con su familia.

—Dile a tu mamá que vamos solo por una taza de té. Que no se moleste en hacer comida pues ayer trabajó duro— le grité mientras caminaba hacia el teléfono.

Cuando llegamos a la casa de sus padres, tenían una mesa llena de frutas, ensaladas y bandejas de postres árabes. La cantidad de comida sobre la mesa la hacía parecer una cena completa. Desde el momento en que llegamos hasta el momento en que nos fuimos, sus padres y hermanos siguieron insistiendo en que comiéramos. Quedé encantada con cada bocado.

—Nos alegramos mucho cuando Brahim llamó diciendo que estaban en camino— dijo su madre.

—Estoy conmovida por su hospitalidad— le dije.

—Brahim nos ha contado acerca de todos los proyectos maravillosos que han desarrollado como equipo— agregó su padre.

—Hemos sido muy afortunados al obtener los fondos para las clínicas— le contesté.

—Estás haciendo un gran trabajo, especialmente para los niños. Alá te bendecirá por este trabajo de amor— dijo su madre.

—No podría haberlo hecho sin el apoyo de Brahim. Él involucró a todos sus colegas en el proyecto y eso fue una parte integral del éxito.

—Estamos orgullosos de ambos— dijo su padre.

Al final de la noche, insistí en ayudar a recoger.

—Me siento muy en casa con su familia— le dije a su mamá.

—Sentimos que eres parte de nuestra familia— dijo.

—Después de que mi padre murió, pensé que nunca experimentaría este sentido de pertenencia, pero ustedes han cambiado eso. Gracias— dije mientras se me salían las lágrimas.

—No llores, Fatme, eres como una hija para mí— dijo.

—Y usted como una madre para mí— le dije mientras nos abrazábamos.

La puerta de la cocina se abrió.

—¿Interrumpo?— preguntó Brahim.

—Claro que no, estábamos teniendo conversaciones de mujeres— le dije.

Me alegré de que la mamá de Brahim y yo tuviéramos ese tiempo para estrechar vínculos.

Me sentí muy cómoda con su familia. Ahora tenía dos razones para anhelar mi libertad: estar con Brahim y pasar tiempo con su familia.

Las siguientes semanas fueron muy especiales. Una vez a la semana, Brahim y yo trabajábamos de voluntarios en algunas de las clínicas que habíamos ayudado a establecer. Era maravilloso ver cómo nuestro proyecto había cobrado vida. Fue gratificante ver cómo los vecindarios acogieron nuestra misión y cómo las personas parecían más conscientes de su salud. Los padres traían a sus hijos para sus vacunas y tomaban medidas preventivas para su bienestar. A nivel personal, ese día nos daba una excusa para pasar la noche fuera de casa y juntos.

—La ausencia de Fouad te sienta bien. Te ves increíble— dijo Dalal.

—Una vida libre de presiones rejuvenece.

—Por cierto, ¿cómo te las arreglas para trabajar tan estrechamente con el Dr. Ibrahim una vez a la semana?— preguntó Dalal.

—Bien. Estamos muy orgullosos del trabajo que se está realizando en las clínicas.

—¿Y tus sentimientos hacia él?

—Eso es cosa del pasado.

—¿Y los sentimientos del doctor? Me doy cuenta de cómo te mira.

—Es solo un coqueteo. Todo está bajo control. Solo somos colegas, nada más.

—Eso me alegra. No me gustaría que salieras lastimada.

Odiaba mentirle. Tantas veces me sentí tentada de decirle cuánto nos amábamos, pero no podía hacerlo. Extrañaba tener una amiga con quien conversar, pero no podía involucrar ni a Dalal ni a Jamila.

Los siguientes dos meses me dieron mucha satisfacción. Me había acercado a la familia de Brahim y los extrañaba casi tanto como lo extrañaba a él. Se habían convertido en mi familia adoptiva y realmente me sentía parte de su clan. Me había acercado mucho a su madre. Me avergonzaba que nuestra situación no fuera lo que ella deseaba para su hijo, pero nunca me rechazó ni me juzgó. Ella me amaba incondicionalmente.

Una tarde, le dije a Brahim que me dejara con su madre mientras él hacía algunas diligencias. Cuando la vi, le di un gran abrazo y la besé en cada mejilla.

—Me siento muy en paz en esta casa. Me han dado tanto amor y calidez— le dije.

—Fatme, te amamos como a una hija.

—Me importa mucho su hijo. Él me ha enseñado el significado del amor. Por eso le estoy agradecida: por dar vida al ser humano más maravilloso que he conocido— dije con lágrimas en los ojos.

Minutos después, me quité el brazalete de mi madre con el medallón. Había puesto una foto de la cara de Brahim sobre la mía con mi padre.

—Quiero que tenga esto. Mi madre me lo dio antes de morir. Ahora, es suyo porque es lo más cerca que tengo a una madre. Brahim me ha contado todos los sacrificios que ha hecho por sus hijos y todo el amor que siempre ha tenido por todos. Me sentiría honrada si acepta mi regalo. Este corazón ha sido testigo del verdadero amor y usted da amor puro.

—Habeebtee— dijo ella mientras se le salían las lágrimas—. No tienes que darme nada. Saber que Brahim es feliz es suficiente. Abrió el medallón y vio la foto. Entonces la besó y me besó. — Este es el regalo más hermoso que alguien me ha dado. Realmente eres una joya.

La abracé con fuerza. Nuestro vínculo se fortalecía cada vez más. Probablemente fue un error construir este mundo perfecto que nunca iba a durar. Necesitaba tanto pertenecer y sentirme amada, que estaba cayendo en mi propia trampa.

Las cosas entre Brahim y yo estaban tan bien, que casi había olvidado que estaba casada con Fouad y que pronto volvería a casa. A veces, me preocupaba que nos sintiéramos demasiado cómodos y estuviéramos tomando riesgos innecesarios.

Una tarde, salimos juntos del hospital y almorzamos en un café al aire libre. No estábamos siendo afectuosos en público, pero nuestro lenguaje corporal hablaba por sí mismo. Tuve la sensación de que alguien nos estaba mirando.

—Solo relájate y disfruta de la comida— dijo Brahim—. Para cualquiera, solo somos dos personas almorzando.

Aun así, sabía que a pesar de la distancia, no podía confiar en Fouad. No había tenido noticias de él por un tiempo, lo que me hizo sospechar aún más. Nunca intenté contactarlo ni enviarle ningún mensaje con Rauf, lo que probablemente fue un error. A Fouad le gustaba la idea de controlarme y mi falta de comunicación solo podía significar que estaba disfrutando de mi independencia y estábamos distanciándonos.

A millas de distancia en una instalación de operaciones militares...

—Esmaa, ¿cómo van las cosas?— preguntó Fouad.

—¡Hola, amor! Se siente bien estar de regreso en casa. ¿Adivina a quién vi?— preguntó Esmaa.

—¿A Fátima? Dime que no te vio.

—Relájate, no me vio. Supongo que mientras el gato no esté...

—¿Qué me quieres decir? ¿Estaba con alguien?

—No te agites mi vida, no quiero que te suba la presión.

—Basta de juegos Esmaa, te conozco.

—No me digas que estás celoso, querido. Aunque, tal vez deberías estarlo. La vi almorzando con un hombre guapísimo y se veían bastante...

—Tal vez alguien del trabajo...

—No lo creo.

—¿Se estaban tocando, o besándose? ¡Sharmuta, puta!— gritó Fouad con ira.

—Si no te conociera mejor, pensaría que estás celoso.

—No voy a permitir que me haga quedar en ridículo como un estúpido en público. Tengo una reputación que cuidar.

—¿Decepcionado de que tu princesa perfecta no es tan perfecta después de todo? Sé que tu orgullo está herido, pero supéralo. No olvides que tenemos un acuerdo. Nadie, ni siquiera tu preciosa Fátima, se interpondrá entre nosotros. Pero, para que estés tranquilo, investigaré un poco más hasta tener respuestas.

—Es imperativo que Fátima no sospeche que la estás siguiendo. No quiero que nadie se entere que regresaste a Antarah. Necesito que entres a la casa cuando ella y Samira no estén y encuentres cualquier documento relacionado con el testamento de su padre. Llámame tan pronto sepas algo. Ya te echo de menos, amor.

—Haré que mi ausencia valga la pena— dijo Esmaa antes de colgar el teléfono.

Después de mi almuerzo con Brahim, me dirigí a la oficina para terminar algunos asuntos pendientes. Cuando llegué a casa, comí una cena ligera y me preparé para irme a dormir. Esa noche, mientras estaba acostada en la cama pensando en Brahim, sonó el teléfono.

—¿Hola?— contesté.

—Buenas noches, querida— dijo.

—Fouad.

—¿Te sorprende que te llame?

—Sí, no te has comunicado en meses.

—¿Me has extrañado tanto como yo a ti?

—Probablemente más— dije, disimulando mi indiferencia.

—¿Estás en la cama?— preguntó—. ¿Qué tienes puesto? ¿Recuerdas cuando hicimos el amor en mi estudio?

Continuó con todos esos detalles explícitos de uno de nuestros encuentros sexuales.

—¿Me deseas?— preguntó.

—¿Cómo no podría?— Tenía que seguir su juego.

Podía escuchar su respiración acelerada. Fingí que todo lo que me decía me estaba excitando. En realidad, lo que me provocaba era colgarle para soñar con Brahim. Cuando finalmente Fouad llegó al clímax, simulé algunos gemidos y le aseguré que estaba ansiosa por tenerlo junto a mí. Aunque físicamente no había pasado nada entre nosotros, me sentí sucia.

—Ha pasado demasiado tiempo Fouad. ¿Cuándo vas a volver a casa?

—Más pronto de lo que imaginas.

Distancia entre los amantes

Mis días de felicidad estaban llegando a su fin. No estaba preparada para tener a Fouad en mi cama. El solo pensarlo me daba asco. ¿Cómo iba a evitar tener sexo con mi marido? ¿Cómo iba a poder seguir mi relación con Brahim? No podía dormir en las noches pensando en el dilema en el que me encontraba. A la mañana siguiente, fui a la oficina de Brahim.

—Tenemos que hablar— le dije.

—¿Qué pasa?— preguntó.

—Fouad, eso es lo que pasa. Llamó anoche e insinuó que volvería a casa pronto. ¿Qué pasará con nosotros?— le pregunté mientras caminaba hacia sus brazos para sentir su cuerpo.

—Habeebtee, vámonos de Antarah ahora mismo.

—Fouad nos encontrará. Tiene demasiados contactos. Y cuando nos encuentre, nos matará. No estoy dispuesta a poner tu vida en peligro y me niego a vivir con miedo el resto de mi vida.

—Entonces, ¿qué me estás tratando de decir? ¿Quieres acabar con nuestra relación?

—Estoy aterrada. Tal vez no hemos pensado en todas las repercusiones. Tal vez sea hora de terminar esto. No sé cuánto tiempo más pueda vivir esta mentira. Nunca podremos estar juntos. Debí suponer que esto era un error antes de arrastrarte conmigo.

—Sabía lo que estaba haciendo. Sabía que habría consecuencias. No estoy arrepentido y menos dispuesto a renunciar a nuestro amor. Nunca pensé que te darías por vencida tan fácilmente. Entiendo tus temores, pero tienes que saber que no estás sola. Estoy aquí para protegerte.

—¿Y quién va a protegerte a ti? Y, ¿cómo puedes protegerme cuando regrese Fouad? ¿Y si nunca te vuelvo a ver? Necesito tiempo para pensar. Necesito…

—¿Espacio? No voy para ninguna parte. Sé que tienes miedo. Te escucho y estoy dispuesto a arriesgarlo todo por nuestro futuro, pero no puedo hacerlo solo. Tienes que tomar una postura y no mirar atrás. Cuando estés lista, estaré aquí esperándote.

Esa tarde le dije a la gerencia del hospital que tomaría una semana para visitar las clínicas y asegurarme de que todo estuviera funcionando debidamente. Necesitaba poner distancia entre nosotros. Extrañaba tanto a Brahim que sentí que me moría, pero no tenía otra alternativa. Me reuní con la comunidad y me aseguré de que llevaran a sus hijos para que se vacunaran y distribuí folletos que explicaban la importancia de prevenir enfermedades. Me sentí útil. La gente me invitaba a tomar café o té en sus hogares y yo aprovechaba para enfatizar la importancia de la medicina preventiva y los buenos hábitos alimenticios. Pasé muchas horas enseñando a los niños a cepillarse los dientes, a limpiarse las orejas y a mantenerse saludables. Me distraje tratando de olvidar mi dolor.

Después de visitar la última clínica, me despedí para regresar a casa y Brahim apareció.

—Sube al auto— me dijo.

—¿Qué estás haciendo aquí?

—Vine a buscarte para ir al chalet.

—¿Por qué estás haciendo esto?

—Dame un último atardecer mediterráneo. Si después de esta noche juntos quieres renunciar a nosotros, respetaré tu decisión.

De camino al chalet, estaba muy callada. Sabía que esto era un error. Necesitaba ser firme, pero no podía, pues lo amaba demasiado.

Todavía era de tarde cuando llegamos al chalet.

—¿Qué quieres hacer?— preguntó.

—Caminar por la playa— le dije.

—Me dijeron que hiciste un trabajo excelente en las clínicas esta semana.

—Fue una semana enriquecedora al ver que las clínicas estaban cumpliendo su función y que la comunidad estaba respondiendo a los servicios.

Nos quitamos los zapatos y caminamos hacia el mar.

—Te extrañé— dijo mientras sostenía mis manos.

Brahim, esto es un error.

—El error fue pensar que podíamos vivir el uno sin el otro— dijo acariciando mi rostro.

Lentamente, movió sus manos para sostener mi barbilla y acercó mi cara suavemente hacia sus labios. Cuando se tocaron, toda la pasión que fluía por nuestros cuerpos estalló. Fue inevitable. Caímos en la arena y nos seguimos besando. Después caminamos de regreso al chalet y a la habitación, donde hicimos el amor hasta agotarnos. No hablamos mucho. Solo queríamos estar cada uno en los brazos del otro. Cuando se acercó el momento, nos dirigimos a ver nuestro atardecer mediterráneo. Era más hermoso de lo que recordaba. Los tonos brillantes de rosa, naranja y amarillo mezclados sobre un cielo azul profundo eran un recordatorio de la creación de Alá.

Nunca me había sentido tan conmovida y bendecida en mi vida. A medida que el sol ardiente y color naranja desaparecía, todos mis problemas parecían desaparecer y me sentía realmente feliz, aunque solo fuera por última vez.

A la mañana siguiente, tomé un taxi y me fui antes de que Brahim despertara. No pude decir adiós. Quería quedarme, pero tenía que irme. No quería terminar lo nuestro, pero no sabía cómo mantenerlo vivo. Camino a casa, solo pensé en Brahim y en lo que probablemente había sido nuestra última noche juntos. También recordé la leyenda de Antarah y Ablah. Me pregunté cómo pudieron sobrepasar tantos obstáculos y superar las adversidades para que al final su amor triunfara sobre todo.

Cuando llegué a casa, tomé una siesta. Estaba exhausta de tanto pensar. Me desperté unas horas después y decidí darme una ducha. Mientras enjabonaba mi cuerpo, mis lágrimas rodaron por mis mejillas, confundiéndose con el agua. Pensé en todas las cosas que siempre había anhelado y en lo distante que habían resultado de mi vida. De repente, sentí un par de manos vagando sobre mi espalda. Salté de miedo.

—¿Temerosa? Solo soy yo, cariño. Tu amante esposo— dijo Fouad.

—No vuelvas a hacer eso— le dije irritada—. Podrías al menos haber llamado mi nombre y hacerme saber que estabas aquí.

—¿Y arruinar la sorpresa? ¿Por qué estás tan agitada? Pensé que estarías encantada de verme después de mi ausencia por más de cuatro meses.

—Disculpa. Me asustaste y reaccioné abruptamente.

Procedió a tomar mi esponja para enjabonar mi cuerpo.

—Extrañé cada fibra de tu cuerpo perfecto. ¿Me crees?

—Claro, pues yo también te extrañé.

—Vamos cariño, que quiero hacerte el amor.

—¿Ahora? ¿Aquí?— tartamudeé.

—No esperarás que pasen otros cuatro meses, ¿verdad? ¿No quieres esto tanto como yo?

—Sí, por supuesto.

No había marcha atrás. Estaba atrapada contra el mármol. No podía escapar. Me hizo suya a la fuerza, como le gustaba. Me tomó con la desesperación de un hombre que no había tenido sexo en meses, aunque sabía que eso era imposible. Él tenía a Esmaa.

Luego de tenerme, insistió en llevarme a cenar.

—Quiero que te pongas esto esta noche— dijo mientras me mostraba un vestido impresionante que me había comprado.

—Está hermoso, gracias.

Mientras me vestía, Fouad vino por detrás y me puso un collar en el cuello.

—¿Te gusta?— preguntó.

—Mucho. No tenías que traerme todo esto.

—Es lo menos que puedo hacer por mi bella esposa.

—Cuando te fuiste, ni siquiera estábamos en buenos términos.

—El tiempo cura todas las heridas— dijo—. ¿Y esas pulseras? Estoy un poco sorprendido, considerando que el día de nuestra boda te llené de pulseras de oro y casi nunca las usas.

—Las pulseras pertenecían a mi madre. Las traje conmigo de D.C. — respondí nerviosamente y las sostuve recordando el día en que Brahim me las regaló en el chalet.

—¿Y la pulsera de tu madre con el medallón de corazón?

—Regresaste muy observador. Está en la joyería porque el cierre se rompió.

—¡Ah!— hizo una pausa—. ¿Cómo te sentiste al regresar a la casa de tu padre?

—Estuvo bien, supongo.

—Lamento que no pude acompañarte durante ese tiempo. ¿Lograste resolver todo con el abogado?

—Sí.

—Me alegro. ¿Lista para irnos? Te ves preciosa.

Me sorprendió que no insistió acerca del testamento de mi padre.

Llegamos a un restaurante lujoso y exclusivo para militares.

—Nuestra próxima casa estará en esta área— dijo.

—No sabía que querías mudarte de tu casa.

—Nuestra casa, querida. Solo creo que mi reina se merece lo mejor y eso es lo que quiero darle.

Me pregunté si se refería a Esmaa.

—¿Tienes el dinero para comprar en este vecindario? — pregunté, tratando de que mordiera el anzuelo y mencionara mi herencia.

Fouad no respondió. Era demasiado astuto.

En el restaurante, nos sentaron y Fouad se excusó para hacer una llamada. Estaba segura de que llamaba a su amante, pero quería corroborarlo. Discretamente, lo seguí, pero no pude escuchar su conversación, así que volví a la mesa mientras él seguía en el teléfono.

—¿Qué descubriste, hermosa espía? — preguntó Fouad.

—Sé a ciencia cierta que tu esposa se está acostando con un tal Dr. Al-Kateb — dijo Esmaa —. Tu Fátima no es ningún ángel. Los seguí hasta su nido de amor, un chalet en la playa. ¿No te parece romántico? Pasaron la noche juntos.

—Esa sharmuta va a pagar por su traición.

—Ese es el Fouad que conozco y amo. Mantén el enfoque. Tienes veinte millones de razones para sonreír. Eso será más que suficiente para financiar nuestra operación.

—Te veo en mi oficina en una hora. Has hecho un trabajo minucioso y mereces tu recompensa.

—Ahí estaré.

Fouad volvió a la mesa.

—Lo siento, Fátima. El deber llama. Tengo que volver a la oficina. Quédate y cena. Te veré más tarde en casa — dijo, besando mi mejilla.

Justo después de que se fue, cogí un taxi con la intención de seguirlo a su oficina para confirmar su encuentro con Esmaa. Tal vez quería justificar mi propia infidelidad. Pero lo que tenía con Brahim iba más allá de sexo; eran sentimientos profundos. Estaba enamorada. Tenía tantos deseos de ir a ver a Brahim, pero no podía enfrentarlo. Sentí que lo había traicionado por no poder evitar tener sexo con Fouad. Así que finalmente regresé a casa para pensar en mi futuro. Un futuro que incluía un matrimonio sin amor y la pérdida de la felicidad absoluta.

Fouad llegó a casa muy tarde esa noche. A la mañana siguiente, me fui a trabajar. No quería encontrarme con Brahim. Iba a tratar de evitarlo.

Unas horas después, tuve una visita desagradable.

—Buenos días— dijo Fouad mientras entraba en mi oficina y cerraba la puerta—. ¿No vas a besar a tu amado esposo?

Le planté un beso rápido en los labios.

—Quería disculparme por lo de anoche. Pensé que me despertarías para ducharnos juntos y repetir lo de ayer.

—No quería despertarte. Supuse que estabas muy cansado después de viajar la mayor parte del día y luego trabajar hasta tarde.

—Eres tan considerada.

De repente, la puerta se abrió.

—¿Qué te pasó ayer?— Brahim levantó la voz mientras caminaba hacia mí.

Entré en pánico.

En cuestión de segundos, se dio cuenta de que no estábamos solos.

—Disculpen la interrupción. Debería haber tocado la puerta— nos dijo.

—No se preocupe doctor— respondió Fouad—. Asumo toda la responsabilidad si mi esposa faltó a alguna reunión que tenían programada, pero estábamos recuperando el tiempo perdido.

—¡Fouad!— interrumpí avergonzada—. ¿Recuerdas al Dr. Al-Kateb?

Se dieron las manos.

—Por supuesto— dijo—. Nunca olvido a los compañeros de mi esposa.

—Realmente olvidé la reunión. Lo siento— le dije—. Si puedes, la movemos para un día de la semana entrante.

—Suena bien— dijo Brahim—. Los dejo solos. Estoy seguro de que tienen mucho sobre qué ponerse al día.

Podía ver la ira y la decepción en sus ojos.

—Al fin solos— dijo Fouad mientras cerraba la puerta detrás de Brahim.

—¿Qué fue todo eso?— pregunté.

—¿Qué?

—Recuperar el tiempo perdido…

—¿Te avergoncé?— preguntó volteando mi cuerpo hacia él—. No es un extraño. Además, estoy seguro de que él sabe que he estado fuera por varios meses— dijo mientras intentaba besarme y apretarme—. Él debe entender que un hombre tiene necesidades.

—Fouad, este es un lugar de trabajo, no una habitación— dije mientras caminaba hacia mi silla, preguntándome qué estaría pensando Brahim.

—Me encanta cuando te pones seria. Me excita— dijo mientras trataba de sentarme en la silla y empujaba su cuerpo sobre mí.

—Basta— dije, empujándolo.

Se acercó y me besó, mordiendo apasionadamente mis labios.

—Te veré esta noche en casa. Espero que termines lo que empezamos, mejor dicho, lo que no quisiste empezar aquí— dijo.

Me sentí menos tensa cuando se fue. Todo lo que podía pensar era en Brahim y por lo que estaba pasando. Me quedé mirando al espejo durante unos minutos. Traté de reponerme antes de dirigirme a su oficina, pero él se me adelantó.

—Brahim, iba camino a verte— le dije.

—¿Te fuiste ayer por la mañana porque sabías que Fouad regresaba?

—No, su regreso fue totalmente inesperado. Pensé que estaría fuera al menos un mes más.

—¿Estás bien? ¿Te lastimó?.

—Estoy bien.

—Quiero protegerte, ¿pero cómo? Si él es tu marido. Me torturo con la idea de otro hombre deseándote; acariciando tus senos, besando tus labios y cada rincón de tu cuerpo, tocando tu pelo, perdiéndose en esos ojos hermosos y grandes color marrón.

—Lo siento mucho, pero tienes que creer que lo desprecio y que mi corazón te pertenece solo a ti. Desearía que las cosas fueran diferentes. Ojalá hubiera podido detener esto antes de que empezara para evitarte este dolor. Espero confíes en que él no significa nada para mí y que tú eres el único hombre al que amaré.

—Te creo, habeebtee. Pero eso no cambia los hechos. Nuestras manos están atadas y no hay luz al final de este túnel. Me sostengo en mi palabra; cuando estés lista para dejar a Fouad, estaré aquí. Siempre te protegeré y hasta moriría por ti— dijo dándome un fuerte abrazo—. Solo quiero que estés a salvo. No quiero perderte y sacrificaré nuestro amor si eso representa tu bienestar.

Estaba sin palabras. Paralizada. Sabía que mi relación con Brahim estaba condenada antes de empezar, pero había orado por un milagro. Ahora, el hombre al que amaba estaba tratando de aferrarse a un imposible y el hombre al que odiaba había regresado para acosarme y destruir mi felicidad.

capítulo 23

Rumores y revelaciones

Pasaban las semanas. Brahim y yo nos veíamos en el trabajo esporádicamente. Tratábamos de evitarnos. Me dolía demasiado verlo, pues ya había renunciado a él. Todavía miraba nuestra foto a diario. La tenía bien escondida y la sacaba cuando estaba a solas para soñar con lo que pudo haber sido. También ponía mis cintas de Sinatra para recordar el chalet y nuestro atardecer mediterráneo. A menudo visitaba a Jamila para sentarme en el balcón y mirar nuestra puesta del sol. Anhelaba que Brahim también estuviera mirándola y pensando en mí.

Fouad pasaba más tiempo en casa y me exigía más intimidad. Me preguntaba si su aventura con Esmaa había fracasado o si solo era un depravado. Desafortunadamente, ya no lo amaba.

Fouad tenía mi cuerpo, pero mi corazón y mi alma eran de Brahim, el hombre que cambió mi vida para siempre.

Una vez a la semana, Fouad invitaba a Rauf y a varios compañeros de trabajo a jugar cartas, fumar la hooka y tomar café. Mi marido se había convertido en un hombre hogareño, lo cual hacía mi vida un poco más intolerable.

Mi trabajo se había vuelto muy rutinario. A veces, sentía que tenía que arrastrarme fuera de la cama. Había perdido mi entusiasmo. Mi motivación para ir a trabajar era alejarme de Fouad.

—Hay un rumor circulando en el hospital— dijo Dalal.

—¿Qué es?— pregunté con curiosidad.

—Al Dr. Brahim lo han visto varias veces con una mujer— hizo una pausa cuando me notó preocupada—. ¿Qué pasa?

—Nada, solo estoy sorprendida. ¿Quién es? ¿Trabaja aquí?

—Todo lo que sé es que supuestamente es una mujer impresionante. No esperaría nada menos. Él es un buen partido, y muy guapo.

—Me alegro por él. Merece ser feliz. Mantenme informada. — Puse una sonrisa forzada, pues los celos me estaban devorando.

Cuando Dalal se fue, golpeé mis manos sobre el escritorio con tanta fuerza que pensé que me había roto algunos dedos. Quería gritar, enfrentarme a él, pero, ¿cómo? Mi corazón estaba hecho pedazos. Era difícil pensar que Brahim ya se había olvidado de mí. ¿Dónde estaba todo ese amor que me juraba? Pero, ¿qué esperaba? Brahim sabía que no tenía un futuro conmigo. Yo le había destrozado sus sueños. Esto no debería sorprenderme. No lo culpo. Estaba haciendo lo correcto. Aun así, me encontraba emocionalmente destruida. Que se involucrara con alguien más fue la estocada final. Me pregunté si la llevaría al chalet y compartiría todos nuestros lugares especiales con ella. ¿Quién era esta mujer afortunada que estaba ocupando mi lugar en el corazón de Brahim? La envidiaba. Ahora sabía cómo él se sintió cuando descubrió que Fouad había regresado para reclamar su lugar como mi marido: vacío, asqueado, frustrado y derrotado. Sentí unas fuertes náuseas y corrí al baño a vomitar.

Por dos días estuve fuera del trabajo. Todavía me sentía enferma. Probablemente fue psicológico. Estuve acostada la mayor parte del primer día. Al segundo día, llamé al hospital disfrazando mi voz. Pedí hablar con Brahim. Tenía que averiguar si era su día libre. Lo confirmaron. No pude resistir la loca idea de ir al chalet para atormentarme con la posibilidad de que pudiera estar allí con su nuevo amor. Tomé un taxi y confirmé mi sospecha. Había dos autos estacionados junto a la casa. Casi me desmayo. Regresé a casa deprimida y me tiré en la cama hasta la mañana siguiente. Afortunadamente, Fouad había estado demasiado ocupado para notar mi comportamiento extraño. Probablemente estaba trabajando en su próxima conquista.

Cuando me estaba preparando para ir a trabajar, Fouad comenzó a ponerse juguetón. Definitivamente no estaba de humor para sus avances.

— ¿Por qué no me has dado un hijo? — preguntó Fouad de la nada.

—Deberías hacerle esa pregunta a Alá.

— ¿Por qué no lo intentamos ahora?

—Tengo que estar en el trabajo en menos de una hora.

—No nos tomará mucho tiempo— dijo mientras trataba de desabrochar mi vestido.

—Dije que no puedo ahora.

—Me has estado rechazando con bastante frecuencia. El trabajo está empezando a interponerse en nuestra vida.

—Por favor, Fouad. Hemos estado juntos casi todas las noches esta semana. ¿No es suficiente para ti?

—Nunca podría estar satisfecho de ti. ¿Estás tomando algún tipo de anticonceptivo?

— ¿De dónde sacaste eso?

—No estás respondiendo a mi pregunta.

—No. No estoy evitando un embarazo. Simplemente no ha sucedido.

—Quiero que vayas a ver a un médico y averigües qué es lo que pasa.

—Así que ahora el problema es mío. No hay ni una pequeña posibilidad de que seas tú el que tiene el problema.

—Lo dudo.

—¿Por qué? ¿Ya tienes un hijo que desconozco?

—Fátima, no me están gustando tus insinuaciones. Simplemente compláceme y ve a ver a un médico.

—Me tengo que ir.

Estaba enfurecida. Sabía cuál era el problema. Había estado tomando la píldora, pero no lo iba a admitir. No podía imaginar traer a un hijo a esta farsa de matrimonio.

Mis días en el hospital pasaron lentamente. Todo en lo que podía pensar era en Brahim y la mujer de su vida. En un intento desesperado de averiguar si los rumores eran ciertos, fui a su oficina. Él no estaba, pero encontré una tarjeta en su escritorio con su nombre. No pude resistir la tentación, así que la abrí.

"Gracias por la pasión insaciable que compartimos en el chalet. Fue inolvidable. Espero tu llamada para que se repita". Firmada: "E".

Pensé en todos los nombres femeninos posibles que comenzaban con "E" y seguí preguntándome quién podría ser esta mujer. De repente oí ruidos, así que puse la tarjeta en mi bolsillo. Sé que no debería haberlo hecho. No había necesidad de seguir atormentándome. Tenía que seguir adelante, pero, ¿cómo? Estaba perdiendo al hombre que amaba.

Cuando comencé a salir apresurada de su oficina, él entró y me agarró del brazo.

—Fatme.

—Déjame ir— le dije, mientras trataba de liberarme de su brazo.

Estaba herida, y era inevitable toparme con él. Trabajamos en el mismo hospital y participamos en los mismos proyectos. Probablemente hubiera sido más fácil renunciar a mi trabajo. Fouad definitivamente lo habría aprobado. Pero ya me había ganado el respeto de mis compañeros y estaba haciendo una buena labor comunitaria. No iba a abandonar todo por lo que luché, así que no me dejé vencer. Le di a demostrar a Brahim que mi vida estaba mejor sin él.

A partir de ese día, comencé a lucir más hermosa, poniéndome los colores y la ropa que sabía que le encantaba, desde los tacones altos hasta su perfume predilecto. Quería hacerle recordar de lo que se estaba perdiendo. Pasé de ser invisible a hacerle saber que estaba ahí. Esperaba que fuera en mí en quien pensara cada vez que le hacía el amor a ella. Los rumores seguían girando alrededor de Brahim y esa mujer misteriosa. Eso me motivó a seguir adelante. Durante las próximas dos semanas, volví a sentirme fuerte y confiada. Mientras caminaba hacia la cafetería del hospital, escuché la voz de una mujer que me llamaba por mi nombre.

—Fátima, ¿cómo has estado?

—Hola, Esmaa. ¿Qué estás haciendo en el hospital?

—Solo estoy esperando a que mi prometido salga de una cirugía.

—No sabía que estabas saliendo con un médico— "además de mi marido", me dije a mí misma —, y mucho menos que estuvieras comprometida. —Esto explicaba por qué Fouad y ella tal vez se habían distanciado. —¿Qué pasó con toda esa conversación sobre el trabajo antes de la familia? — le pregunté sarcásticamente.

—Apareció el hombre de mis sueños y no pude resistirme.

—¿Cómo se llama el galán con el poder de cambiar tu manera de pensar?

—Estoy segura de que lo conoces. Trabajaron juntos en ese proyecto de las clínicas...

—¿Dr. Al-Kateb? — la interrumpí con incredulidad.

—Brahim— dijo ella.

No podía dejar que mi cara revelara lo que sentía en ese momento. La "E" de la tarjeta era de Esmaa. De todas las personas en Antarah, Brahim iba a casarse con la antigua amante de mi marido. Esto no podía ser. El destino me estaba jugando una broma cruel.

—Voy tarde para una cita. Hablaremos en otra ocasión— dije, saliendo de la cafetería.

Estaba derrotada y deshecha. No había vuelta atrás al reloj. No había más futuro con Brahim. Él había elegido a otra, pero tenía que verlo una vez más. Irónicamente, tenía puesto el vestido que usé la primera vez que nos besamos.

—No te hagas de ilusiones por mi presencia— le dije—. Solo vine a devolverte esto.

Me quité las tres pulseras que me había regalado. Necesitaba hacer una ruptura clara.

—¿De qué se trata todo esto?— preguntó Brahim.

—¿Tienes el descaro de preguntar?— dije agitada—. Se acabó.

—Cálmate, Fatme.

—No me pidas que me calme. ¿Cómo pudiste hacerme esto, y con ella, de todas las personas? ¿No hay suficientes mujeres en Antarah que tienes que conformarte con las sobras de Fouad? Me das asco. ¿Cómo creí en ti? ¿Cómo pude haber estado tan equivocada contigo?

—¿De qué estás hablando?— exclamó, agarrándome y acercando mi cuerpo al de él.

—No me toques. Me repugnas.

En ese momento, Brahim se acercó y me dio el beso más apasionado que habíamos compartido desde que nos conocimos. Era una combinación de amor, odio, lujuria y dolor. Intenté separarme, pero el momento me consumía. Quería que el tiempo se detuviera. Finalmente, lo aparté y lo abofeteé.

—Esta es la última vez que algo así sucederá— le dije tirando su puerta.

Mientras caminaba por el pasillo, me encontré con Esmaa. "Tu prometido ya salió de cirugía", le dije, y seguí caminando.

Fui directamente a mi oficina y cerré la puerta. Me quedé allí por horas, llorando y sintiendo lástima por mí misma. Me sentía débil y sola. Todavía podía sentir su piel y su olor estaba impregnado en mi cuerpo. Quería deshacerme de todos estos sentimientos, pero seguí pensando en ese último beso. Tocaron mi puerta.

—Fátima, ¿estás bien?— preguntó Dalal.

—Espera— me sequé las lágrimas y puse una sonrisa cuando abrí la puerta.

—Te ves pálida.

—No me he sentido bien en los últimos días. Mi estómago ha estado alterado.

—¿Fouad te está causando ansiedad?

—Siempre. Su última obsesión es que quiere que tengamos un hijo.

—No estás embarazada, ¿verdad?

—De ninguna manera. He estado tomando precauciones. Un bebé es lo último que necesito.

—Podrías sorprenderte. La maternidad te llenaría de felicidad.

—Si tuviera a un hombre decente a mi lado, tal vez.

—¿Has estado llorando?

—Sabes qué, estoy agotada. Creo que me voy a casa. Gracias por preocuparte, Dalal. Eres una buena amiga.

Comencé a caminar y me desmayé. Cuando desperté, estaba en una cama de hospital con una inyección intravenosa en el brazo y Dalal a mi lado.

—Buenas noches dormilona.

—¿Qué me pasó?

—Supongo que Alá escuchó las oraciones de Fouad— dijo Dalal.

—¿Qué quieres decir con eso?

—Estás embarazada.

—Eso es imposible. ¿Dónde está el doctor?— le pregunté frenéticamente—. Necesito hablar con él. Fouad no puede saber. Por favor, dime que no le has dicho a nadie.

—No, relájate. El Dr. Hazem hizo el examen y yo personalmente trabajé en el análisis de sangre.

—¿Has llamado a Fouad?

—Le dejé un mensaje para que llamara referente a su esposa.

—Dalal, llama al doctor ahora. Por favor.

La puerta se abrió.

—Dr. Hazem, precisamente iba a buscarlo en este momento.

—Doctor, necesito su completa discreción en este asunto—interrumpí—. Nadie debe saber que estoy embarazada, ni siquiera mi esposo.

—Respeto sus deseos, pero ya lleva dos meses y medio de embarazo, y pronto no podrá ocultarlo.

—Gracias, doctor. Tomaré eso en cuenta. Solo prométame que no le dirá a nadie sobre mi condición.

—Tiene mi palabra— dijo el doctor. Luego salió de la habitación.

—Fátima, este bebé es de Fouad, ¿verdad?

—Dalal, esta conversación no puede salir de aquí— dije llorando.

—Puedes confiar en mí. Cuéntame.

—Este bebé no puede ser de Fouad. El padre de mi bebé es un hombre al cual amo con todo mi corazón. No puedo creer que esto esté sucediendo ahora. Estoy desesperada. No sé qué hacer.

—¿Quién es el padre?

—No te puedo decir su nombre. No puedo ponerte en riesgo. Cuanto menos sepas, mejor. Si Fouad se enterara, esto sería peor que el infierno.

—¿Qué vas a hacer? El tiempo se te está acortando.

—Necesito pensar cuidadosamente. Cuando Fouad te devuelva la llamada, dile que tuve una emergencia en una de las clínicas fuera de la ciudad y como era tarde regresaré en la mañana. Eso me dará tiempo para aclarar mi mente. Sé que debería estar feliz. Sé que esto es una bendición de Alá, pero no es el momento. No quiero que nadie sepa que estoy aquí, especialmente el Dr. Brahim.

—¿El Dr. Brahim? ¡No! Él es…

—Dalal, ve y asegúrate de que Fouad reciba el mensaje antes de que venga a buscarme.

—Lo haré ahora mismo.

Lloré. Lloré de angustia, pero sobre todo, lloré de alegría. Alá había traído un rayo de sol a mi vida patética. Este fue el regalo más hermoso que pude imaginar. Este bebé fue el producto de un amor tan profundo y puro que no tuve más remedio que desearlo. Todo lo que podía hacer era pensar en Brahim. Anhelaba que las cosas entre nosotros hubieran sido diferentes. Quería compartir esta increíble noticia con él y su familia. Si nos hubiésemos perdido en ese atardecer mediterráneo cuando tuvimos la oportunidad, hoy estaríamos compartiendo el día más feliz de nuestras vidas. Yo fui una cobarde. Brahim estaba dispuesto a arriesgarse, pero mi miedo a Fouad nos separó. Ahora, debo tomar una decisión muy difícil; una decisión que no solo me afectará a mí, sino también al hijo que está por nacer. ¿Qué iba a hacer? Fouad deseaba desesperadamente un heredero y Brahim estaba rehaciendo su vida. La decisión era obvia. Le haría creer a Fouad que el bebé era suyo, no tenía motivos por qué dudar. Pero necesitaba más tiempo para asegurarme que eso era lo que quería.

Dalal se quedó a mi lado la mayor parte de la tarde.

—Háblame— dijo ella.

—No hay nada que decir. El hombre que amo, el padre de mi hijo, se va a casar.

—¿Qué? ¿Cuánto hace que conoce a esa mujer?

—Poco, pero eso no es lo peor. Descubrí quién es ella.

—¿Quién? ¿La conozco?

—Demasiado bien. Esmaa.

—De ninguna manera. ¡Esa anaconda! No hay forma de que el doctor Brahim se haya enamorado de ella.

—Pero lo hizo. No negaré que es muy atractiva y ambiciosa. No cabe duda de que se sienta atraído por ella, pero, ¿matrimonio? ¿Cómo pudo…? — pregunté mientras me secaba las lágrimas.

—Todavía no puedo creerlo.

—Ella misma me lo dijo y encontré una tarjeta en el escritorio de Brahim que lo confirmó.

—¿Le preguntaste a Brahim?

—No directamente.

—Entonces, no lo sabes con certeza.

—¿Por qué Esmaa mentiría? ¿Qué ganaría con ello? Ella no sabe de nosotros.

—Tienes razón, pero aun así pensé que el Dr. Brahim era más inteligente que eso.

—No voy a justificarlo, pero está vulnerable y creo que se hacen estupideces cuando nos sentimos traicionados. Habíamos hablado de irnos juntos antes de que volviera Fouad, pero yo tenía miedo de las repercusiones. Entonces, mi marido regresó inesperadamente y Brahim nos vio en la oficina. Fouad le insinuó a Brahim que habíamos tenido intimidad la noche anterior. A partir de ese momento, nos distanciamos.

—¿Quien más lo sabe? ¿Jamila?

—Nadie más, y tiene que seguir siendo así. No puedo negar que me siento liberada al poder hablar con alguien sobre esto, pero la situación es demasiado delicada para involucrar a más personas.

—¿Cómo están las cosas entre tú y Fouad?

—Igual. Ha pasado más tiempo en casa, pero ya no puedo confiar en él. Él ha sido infiel tantas veces que le he perdido la confianza. Ahora mi corazón le pertenece a otro y Alá me ha bendecido con su hijo. Nunca podré amar a Fouad. Puede que me quede con él hasta que la muerte nos separe, pero él nunca tomará el lugar de Brahim.

—Una relación con el Dr. Brahim es un callejón sin salida. Mi consejo para ti es que lo olvides y sigas con Fouad. Tal vez el bebé los una y haga que Fouad cambie y se dedique a su familia.

—¿Cómo podría olvidar a Brahim cuando voy a tener un recordatorio constante de nuestro amor?

—Tendrás que intentarlo, día a día. El tiempo sanará tu corazón. Debes considerar tomarte unos días de descanso para poner distancia entre los dos.

—Lo pensaré. Probablemente es lo más sensato.

—Ahora, descansa un poco. Tienes que cuidar de ese pequeño. Volveré en la mañana.

Pude dormir unas horas. Tenía tanto en mi mente. Dalal regresó muy temprano.

—Fouad me llamó. Le dije que estarías en casa al mediodía. Pensé que ganarías un poco más de tiempo para tomar una decisión.

—Gracias, pero prefiero irme a casa. Ojalá Fouad esté en el trabajo y pueda relajarme hasta la noche.

—Buena suerte mi amiga. Llama si necesitas algo.

Me dirigí a casa, esperando no encontrarme con Fouad. Era demasiado temprano para una confrontación. Me llamó la atención un auto cerca de la casa. Me recordó al que había visto junto al chalet. Entré en silencio y escuché voces. Era el día libre de Samira, así que sabía que Fouad tenía que estar hablando con alguien más.

—¿Estás segura de que no pasó la noche con su amante? — preguntó Fouad.

—Segurísima. Probablemente fue a algún lugar a curar sus heridas. Deberías de haber visto su cara cuando le dije que el Dr. Brahim y yo estamos comprometidos. Fue como si le hubiese caído encima un balde de agua fría.

—Me alegro. Esa sharmuta merece sufrir.

—El plan fue perfecto. Solo tuve que pagarles a unas cuantas enfermeras para que regaran la voz, luego estacioné el auto en el chalet por un par de noches. La tarjeta llena de pasión sobre su escritorio fue un golpe genial, y para colmo, nuestro encuentro accidental en el hospital donde mencioné la boda. Realmente fue brillante.

—No esperaba nada menos— dijo Fouad mientras la besaba—. Eso es lo que amo de ti, tu cerebro maquiavélico y un cuerpo que ningún hombre podría resistir.

—Gracias, me siento halagada. ¿Qué tal si ponemos este cuerpo a trabajar?

"¡Bastardos!", me dije a mí misma. Había oído más que suficiente. Salí silenciosamente de la casa y los dejé para que disfrutaran de su victoria. Realmente eran perfectos el uno para el otro. De alguna manera, sentí que el peso del mundo había sido levantado de mis hombros.

Estaba eufórica de que Brahim me fuera fiel, de que nuestro último beso fue tan real como lo sentí. Él me amaba tanto como yo lo amaba a él. El problema era que Fouad sabía de nuestra relación. Comencé a sospechar que esto era solo el comienzo de un plan mucho más elaborado para destruirnos.

¿Cómo se enteraron? Obviamente, Esmaa fue la autora intelectual de esta producción. Ahora entendía por qué Fouad había vuelto a casa de repente y había insinuado a Brahim en mi oficina que nuestro matrimonio había vuelto a encaminarse. Desafortunadamente, sabía que esto solo era el comienzo para Fouad. Una relación entre Brahim y Esmaa no sería venganza suficiente para su ego herido. No descansaría hasta hundirnos.

Esta revelación dejó claras mis opciones. Era imposible que este monstruo criara a mi hijo. Fouad tendría serias dudas sobre su paternidad. Por lo tanto, era imperativo que no supiera sobre mi embarazo. Era más que capaz de intentar hacerle daño al bebé. Me sentía atrapada.

Necesitaba tiempo para poner en marcha un plan.

capítulo 24

Muerte y sospecha

Era jueves en la noche, el día de la reunión semanal de Fouad con sus amigos en la casa. Me sorprendió que le había dado el día libre a Samira.

Llegué a casa un poco tarde, anticipando que los hombres estarían allí y así evitaría una discusión. Dudé que hiciera una escena delante de sus amigos. Además, estaba segura de que todavía estaba regocijándose del éxito de su plan, por lo que probablemente no se molestaría en acosarme.

Entré a la casa, en silencio para pasar desapercibida. Escuché una voz en el estudio y me tranquilizó saber que alguien estaba con él. Cuando me acerqué a ver quién era, me di cuenta de que estaba hablando por teléfono y decidí escuchar su conversación. "Lo haremos esta noche. Lo distraeré aquí un poco más de lo usual y te llamaré cuando se vaya", lo escuché decir.

Ahora que sabía que estábamos solos, no podía escapar una confrontación. Me dirigí de nuevo hacia la puerta principal y comencé a sacudir mis llaves, alertándolo de que había llegado. Cuando pasé por el estudio, Fouad me detuvo.

—¿A dónde crees que vas?

—Fouad, ¿esto de nuevo? ¿No te llamó Dalal y te explicó la emergencia?

—Sí, pero te estaba esperando en casa porque este comportamiento es inaceptable. ¿Recuerdas lo que pasó la última vez que no dormiste en casa?

—Sí, y espero que no se repetirá. Lo siento. Todo sucedió de repente, y sabía que Dalal te había hablado…

—Estuve fuera por cuatro meses y ahora resulta que una clínica es más importante que yo— dijo enfadado, listo para el ataque.

Esta iba a ser otra forma de liberar su ira por mi traición. Por suerte, sonó el timbre y me apresuré para abrir la puerta. Era Rauf.

—Hola, hermano— dijo Fouad, componiéndose.

—Déjame ayudarte con esas bolsas— le dije a Rauf mientras nos dirigíamos a la cocina.

—Pensé que podríamos darle un descanso a Samira hoy y probar la comida de este restaurante griego que acaba de abrir en la ciudad.

—Muy considerado de tu parte, Rauf— le dije.

Fouad se dirigió al estudio para buscar algunos papeles que quería mostrarle a Rauf. El teléfono sonó y pude escuchar a Fouad en el fondo.

—Aprecio que no le hayas dicho a Fouad que nos vimos en D.C.

—No he tenido la oportunidad de disculparme por esa noche. No fue mi mejor momento. Espero que me hayas perdonado.

—Todo está olvidado. Siempre has sido muy amable conmigo. Te considero un amigo.

—Recibí los informes que querías ver— gritó Fouad desde el estudio para que Rauf se uniera a él.

Me quedé en la cocina preparando todo para el resto de los invitados. Las voces del estudio se hicieron cada vez más fuertes, como si Fouad y Rauf estuvieran discutiendo, pero no lograba entender lo que estaban diciendo. Minutos después, Fouad llegó a la cocina.

—¿Todo bien?— pregunté.

—Quiero que subas a la habitación ahora mismo.

—¿Y la comida?

—Me haré cargo de eso. Nuestra conversación no ha terminado. Me encargaré de ti después de que mis invitados se vayan.

Mientras subía las escaleras, Rauf me habló.

—¿No vas a comer con nosotros?

—No, estoy cansada. Piqué un poco mientras calentaba la comida. Está delicioso, gracias. Estaré arriba si me necesitas— dije, dirigiéndome a Fouad.

Me quedé en mi habitación la mayor parte de la noche, pero me las arreglé para bajar y escuchar otra conversación misteriosa. Los hombres estaban bebiendo whisky, fumando puros cubanos y jugando a las cartas, pero Fouad estaba perdido en acción. Parecía estar tramando algo y eso me preocupaba.

En silencio, fui al pasillo y escuché la voz de Fouad desde la habitación de huéspedes. Estaba en el teléfono y la puerta estaba entreabierta. "Todos están todavía aquí. Sé paciente, solo un poco más. Después de esta noche, estaremos más cerca que nunca de nuestro objetivo. Esta noche marcará el comienzo de nuestro imperio".

Definitivamente estaba planeando algo, pero, ¿qué? Regresé a la habitación y logré conciliar el sueño hasta que me despertó un trueno a la 1:30 am. Estaba diluviando. Escuché a Fouad hablar con Rauf. Me sorprendió que todavía estuviera aquí. Fouad insistía en que pasara la noche. Estaba preocupado porque los caminos de la montaña eran oscuros y con muchas curvas. Rauf era muy terco e insistió en irse.

Tan pronto se fue, Fouad estaba de nuevo en el teléfono. Ya era obvio que las conversaciones anteriores tenían que ver con Rauf. Volví a la cama y fingí estar dormida, aunque mi cabeza seguía dando vueltas tratando de descifrar qué significaba todo esto.

A las 3:45 am, el teléfono sonó. Fouad comenzó a caminar de un lado a otro mientras hablaba. Progresivamente se puso más y más emocional. Colgó y comenzó a vestirse.

—¿Qué pasó?— pregunté.

—Es Rauf.

—¿Qué pasa con Rauf?

—Está muerto— dijo Fouad con lágrimas—. Estaba conduciendo y hablando por teléfono con Abdul. Cuando se cortó la comunicación abruptamente, Abdul y otros guardaespaldas decidieron dirigirse hacia nuestra casa para asegurarse de que Rauf estuviera bien. Mientras subían la montaña, vieron su Ferrari en llamas.

—¿Pero cómo? ¿Se fue de nuestra casa borracho? Por favor, dime que no lo dejaste conducir borracho.

—Por supuesto que no. Incluso le pedí que pasara la noche aquí por el mal tiempo. Ya conoces a Rauf. Él es testarudo. Al parecer, su auto se salió de la carretera y explotó en el impacto. Su cuerpo quedó irreconocible.

—¿Están seguros de que era Rauf?

—Sí, el anillo de platino que siempre usaba todavía estaba en su dedo. Era su favorito desde la universidad. Su madre se lo regaló cuando cumplió veinte años. Estaba grabado con sus iniciales— dijo Fouad rompiendo en llanto—. Debería haber escondido sus llaves y no dejarlo salir de esta casa.

Fouad parecía estar muy angustiado con la noticia, casi vulnerable. De hecho, sentí pena por él. Esta noticia me devastó. Rauf era un buen hombre. Tan joven, tan lleno de vida; fue realmente una tragedia.

—No es tu culpa. ¿A dónde vas?— le pregunté mientras agarraba las llaves de su auto.

—Tengo que estar allí cuando llegue el Presidente. Necesitará mi apoyo.

—Iré contigo.

—Ahora no, Fátima. Necesito hacer esto solo.

Mientras Fouad caminaba hacia la puerta, sentí la tensión. Estaba nervioso y preocupado. Esto no era usual para un hombre que siempre mantenía la compostura en situaciones tensas. Su mejor amigo acababa de morir, pero mi instinto me decía que algo no estaba bien.

—Ten cuidado por ahí. Por favor, dales mis condolencias al Presidente y su familia.

Cuando Fouad se fue, dejé que todas mis emociones se desbordaran y comencé a llorar desconsoladamente. Ahora que me estaba preparando para ser madre, podía comenzar a entender por lo que los padres de Rauf tenían que estar pasando. Realmente lo sentí por el presidente Saeed y su esposa. Habían perdido a su único hijo, el joven al que habían preparado desde su infancia para un día asumir la presidencia. Muchas esperanzas, sueños y expectativas habían llegado a un final sin sentido y sin previo aviso. Solo podía imaginar la angustia de su madre. Su primogénito había muerto a los treinta y dos años y teniendo tanto por qué vivir. Sobrevivir la muerte de un hijo tenía que ser un dolor desgarrador. Me pregunté si su fe era lo suficientemente fuerte como para superar esto. Solo Alá tenía las respuestas a todas mis preguntas. Tenía que creer que había una razón divina para que todo esto sucediera, pero era muy difícil darle sentido a su pérdida.

No pude pegar los ojos, así que fui a la cocina para hacer una taza de baboonesh.

Esperaba que el té de manzanilla me calmara los nervios. Cuando abrí la alacena y saqué la caja de té, una pequeña botella de plástico cayó al suelo. Cuando la recogí, me di cuenta de que era una botella de gotas para los ojos. Me pregunté qué hacían las gotas en la cocina, cuando de pronto sentí escalofríos y tuve la sensación de que algo andaba mal. Las conversaciones misteriosas de Fouad, Rauf... Seguí mis instintos y procedí a poner algunas gotas de la sustancia en un algodón para llevarla al laboratorio para analizarla. Después, coloqué la botella en el lugar donde la encontré.

Fouad no había vuelto a casa. Al amanecer, llevé la muestra al laboratorio del hospital. Estaban muy ocupados, así que no pude obtener los resultados de inmediato. Me aterrorizaba confirmar mis sospechas de que mi marido, el hombre con el que alguna vez imaginé un futuro, podría ser un asesino.

Más tarde ese día, me encontré con Fouad en el Palacio Presidencial. Hubo una ceremonia íntima para los familiares y amigos más cercanos a Rauf. Me acerqué a un presidente Saeed consternado y a una primera dama pálida y débil para expresarles mi profunda pena por su pérdida. El estado de ánimo era muy sombrío. Su madre casi estuvo por desmayarse un par de veces. Sus hermanas estaban al lado de sus padres, dándoles fuerza. Fouad estaba detrás del Presidente y su esposa como un hijo. Tomó la mano de la Sra. Saeed como un signo de solidaridad en este momento tan devastador.

Todo el país estaba de luto. El presidente Saeed era amado por la mayoría. No era un hombre perfecto, pero había gobernado bien e hizo una diferencia para su pueblo. Todos esperaban que Rauf gobernara la nación algún día. Ahora con su muerte y sin hermanos para llenar sus zapatos, había un aire de incertidumbre. Todos los ciudadanos de Antarah salieron a las calles para rendir tributo a Rauf y ofrecer apoyo a la familia presidencial.

Las carreteras estaban repletas de vehículos militares. Una caravana escoltó el vehículo que llevaba el cuerpo por la ciudad capital. En todo el país, las personas mostraron su compasión por una vida que se perdió demasiado pronto. Fouad viajó con el Presidente y su séquito. Yo seguí en un auto separado con la primera dama y las hermanas de Rauf. Mientras recorríamos toda la ciudad, la gente llevaba pancartas escritas a mano con fotos de Rauf y lemas como "Dios bendiga a nuestro héroe", "Nuestras almas y nuestra sangre para nuestro héroe", "Un palacio en el cielo le espera a nuestro héroe". La madre de Rauf se conmovió al observar cómo una nación entera se había unido para recordar a su hijo. Compartía su dolor con todo un pueblo.

Mientras las mujeres esperábamos a las afueras del cementerio, vi a lo lejos una pequeña loma donde descansaría el cuerpo de Rauf y un santuario donde los hombres se dirigían para orar por la vida eterna del difunto. Todo fue tan grandioso. Después de todo, era el único varón del Presidente. Un momento extremadamente triste. Ver las imágenes amplificadas de Rauf me hizo remontarme al día en que lo conocí. Era tan encantador y carismático. Probablemente hubiera sido un buen Presidente y estoy segura que un buen esposo y padre con la mujer ideal a su lado.

Cuando salieron los hombres, vi a Brahim. Inmediatamente, Fouad vino a mi lado y puso sus brazos alrededor de mí. Toda esta experiencia me recordó que la vida era demasiada corta y que había perdido demasiado tiempo siendo infeliz.

Fouad se encargó de que alguien me llevara a la casa mientras él acompañaba al Presidente.

Allí, lloré un rato pensando en mis padres. Les hablé y les dije que pronto serían abuelos. Habría dado cualquier cosa por tenerlos delante de mí y ver su reacción alegre al darles la noticia. Desafortunadamente, estaba sola. Había sido un día largo y deprimente.

Unos días más tarde, recibí la llamada del laboratorio. Habían encontrado rastros de diazepam, mejor conocido como Valium, en el algodón. Esto me daba mala espina. No había mucha gente en la que podía confiar, pero sabía que podía contar con Brahim. Estaba en cirugía, así que esperé pacientemente en su oficina. Finalmente, entró.

—Sé que no hemos estado hablando y sé que me equivoqué al darte una bofetada, pero necesito tu ayuda— le dije—. Dime todo lo que sabes sobre una droga llamada diazepam.

—Tranquilízate. ¿De qué se trata todo esto?

—Por favor, Brahim, solo dime.

—El diazepam se usa para aliviar la ansiedad, el insomnio y el nerviosismo, así como ciertos tipos de convulsiones y espasmos musculares. En los Estados Unidos, la mayoría de las personas lo conocen como Valium y se necesita de una receta porque es altamente adictivo. Aquí, por otro lado, está disponible en cualquier farmacia.

—¿Cuáles son los efectos secundarios de una sobredosis?

—Me estas asustando, Fátima. ¿Tomaste…?

—No. Por favor responde a mi pregunta.

—Somnolencia, adormecimiento, mareos, alucinaciones, confusión severa. La persona puede parecer borracha o inconsciente. Fátima, ¿esto tiene algo que ver con la muerte de Rauf?

—Gracias, Brahim. No puedo hablar de eso ahora.

Mi pesadilla estaba confirmada. Desde el principio sentí que algo andaba mal. Rauf era un ferviente corredor de autos. Aunque amaba la velocidad, era un conductor muy diestro y conocía ese camino como la palma de su mano. Él no era persona de tomar riesgos innecesarios. Sabía que su padre dependía de él para asumir el liderazgo del país. Tomó esa responsabilidad muy en serio. Sé que no habría hecho nada para comprometer su bienestar.

Estaba asustada. Si Fouad fue capaz de asesinarlo, mi vida corría peligro.

—Fátima, espera— dijo Brahim mientras me seguía a mi oficina.

—Cierra la puerta— le dije frenéticamente—. Fouad sabe de nosotros. Creo que mató a Rauf y podríamos ser próximos en su lista.

—Con calma. ¿Cómo se enteró de nosotros? ¿Le dijiste?

—No. Al parecer mandó a su amante de espía. Ella les pagó a algunos empleados del hospital para que corrieran rumores de que tú y ella estaban comprometidos...

—¿Por qué no me preguntaste? Pudimos haber aclarado todo esto desde un principio.

—Me cegué por los celos. Fue más fácil abofetearte. Estaba enloquecida, enfurecida. No estaba pensando con claridad. Lo siento. Ahora estoy aterrorizada. No podemos descartar nada cuando se trata de Fouad.

Brahim me tomó en sus brazos y me abrazó fuerte.

—Te amo y te juro que no dejaré que ese bastardo te haga daño. Una vez te prometí que cuidaría de ti y eso es lo que pienso hacer. Lamentablemente, todo lo que tenemos es especulación. Necesitamos encontrar pruebas concretas para vincularlo al crimen.

—La codicia, el poder, esos son los motivos. Fouad es el segundo en mando de la posición más poderosa después de la presidencia. La muerte de Rauf deja la puerta abierta para que Fouad se deslice y ocupe no solo el puesto de Jefe de Defensa, sino también el lugar del hijo de un Presidente que necesita llenar un vacío. Fouad ha trabajado duro a lo largo de los años para ganarse la confianza del Presidente y él lo considera parte de su familia. Creo que ve al Presidente como una especie de padre sustituto porque perdió al suyo cuando era muy joven. Sin embargo, Fouad sabía que siempre jugaría un papel secundario mientras Rauf estuviera vivo. La única forma en que podía lograr su objetivo era asesinándolo. La noche del accidente, Rauf estaba en nuestra casa. Estoy segura de que Fouad envenenó su bebida para garantizar que se quedara dormido detrás del volante y perdiera el control del vehículo. Todo tiene sentido.

—Supongo que es muy posible. ¿Cómplices?

—Tal vez Esmaa, su amante. Ella parece compartir su pasión por el engaño. No lo sé. Todo lo que sé es que tenemos que ser muy cuidadosos. No pueden vernos juntos. Fouad tiene la impresión de que te abandoné para siempre. Te necesito ahora más que nunca.

Nos abrazamos de nuevo.

—Quiero estar contigo tanto que lastima— dijo Brahim.

—Yo también mi amor, pero tendremos que esperar el momento oportuno.

capítulo 25

Juego de espías

Los siguientes pasos que tomé eran imperativos para vincular la participación de Fouad en la muerte de Rauf y desenmascararlo. Decidí colocar una grabadora activada por voz en su estudio, con la esperanza de grabar una conversación que lo incriminara. Mientras Fouad pasaba tiempo con el Presidente tratando de asegurar la posición de Rauf, husmeé y tendí mis propias trampas.

—¿Qué es tan importante? ¿Estoy mirando al nuevo Jefe de Defensa de la Guardia Republicana o no? ¿Qué diablos pasó? Pensé que el nombramiento era solo una formalidad— dijo Esmaa.

—Yo también— contestó un Fouad enfurecido, rompiendo todo a su alrededor—. ¡Ese viejo infame! He sido como un hijo para él y así es como me paga.

—Entonces, ¿a quién le asignó ese miserable tu posición?

—A su hermano.

—¡Su hermano! Su hermano es un fracasado, el inepto más grande en esta ciudad. Y tiene la misma experiencia militar que yo tengo en cirugía cerebral. Todos saben que se la pasa seduciendo mujeres y tratando de ganar dinero fácil. La única razón por la cual ha llegado lejos es por su apellido. No lo puedo creer, esto es insólito. Supongo que la sangre es más espesa que el agua, después de todo.

En ese momento, se escuchó un pedazo de vidrio romperse contra una superficie.

—Saeed y su familia van a pagar por esta traición.

—No me cabe la menor duda de que pagarán. Solo tienes que decir la palabra, mi amor. Todos nuestros jugadores claves están en posición esperando tus instrucciones. Estamos listos cuando tú digas.

—Paciencia, querida Esmaa. Pronto, muy pronto, el presidente Saeed se arrepentirá de haberme conocido. Lo juro por la memoria de mi padre — dijo golpeando con su puño el escritorio.

Había escuchado la primera en una serie de cintas que me ayudaron a acumular la evidencia necesaria para enterrar a ese canalla. Aun así, necesitaba pruebas más tangibles para poder exponerlo a él y a su amante. Como era de esperarse, Fouad andaba siempre de mal humor. No pudo superar el hecho de que no heredó el puesto de su mejor amigo. Hasta su apetito sexual había disminuido. No me estaba quejando. Cada noche, se encerraba en su estudio durante horas, probablemente planificando su próxima movida. Estaba a la expectativa de que trajera a casa expedientes explícitos de lo que tramaba. Durante días busqué en su estudio, pero no hallé información valiosa. Al día siguiente, fui a su oficina pues sabía que tenía una reunión de almuerzo.

—Buenas tardes, señora Aziz. Ha pasado mucho tiempo desde que la he visto por aquí— dijo su secretaria.

—Hola, Leila, vine a invitar a mi esposo a almorzar— le dije.

—El mayor general está en una reunión.

—¿Tomará mucho tiempo?

—Realmente no lo sé.

—Entonces esperaré en su oficina. Con suerte, regresará dentro de poco.

Entré en la oficina de Fouad y cerré la puerta. Podía oler a Esmaa. Ese olor a vainilla y sándalo se había convertido en repulsivo.

No tenía tiempo que perder, así que comencé a buscar en sus gavetas, archivos, en cualquier lugar que pudiera darme respuestas. Detrás de una mesa pequeña, encontré una caja fuerte. Me acerqué y me di cuenta de que necesitaba una llave. Regresé a su escritorio, donde había visto varias llaves, con la esperanza de que una de ellas abriera la caja. Cuando estaba lista para comenzar a probar las llaves, vi girar la manija de la puerta. En ese momento puse las llaves en mi bolsillo.

—Fátima, ¿qué estás haciendo en la oficina de Fouad? —preguntó Esmaa.

—Soy su esposa, ¿recuerdas? — respondí.

—Cómo olvidarlo. Solo me sorprende verte aquí.

—Fouad ha estado trabajando muy duro últimamente, quería entretenerlo un rato. Sabes a lo que me refiero. Ahora, si me disculpas, tengo que prepararme para mi marido.

Podía ver el fuego de los celos en sus ojos. Me di el gusto de verla verde de envidia. Ella sabía que yo era su contrincante y que Fouad no me resistiría. Esto era solo el comienzo de mi revancha por todas las traiciones que me ocasionaron tanta desdicha.

Esmaa se fue. Ya había perdido demasiado tiempo y era muy arriesgado intentar abrir la caja fuerte. Devolví las llaves y me fui esperando que surgiera otra oportunidad.

—Me dijeron que fuiste a verme a la oficina— dijo Fouad cuando llegó a casa.

—¿Quién te lo dijo, Esmaa? — pregunté —. Te protege demasiado.

—Es solo su forma de ser. ¿Qué estabas haciendo en mi oficina?

—Pensé que podríamos almorzar. Últimamente, apenas nos vemos.

— ¿Me has echado de menos? — preguntó.

— ¿Es tan difícil de creer?

— Déjame llevarte a cenar.

—Acepto.

No tenía más remedio que seguir el juego. En el restaurante, me quejé de sentirme mal para evitar cualquier intimidad esa noche. Afortunadamente, funcionó. A la mañana siguiente, me levanté muy temprano. Fouad tenía en agenda salir de la ciudad. Le preparé el desayuno en la cama y le di un masaje en los pies. Intenté distraerlo prometiéndole una noche de pasión a su regreso. Dio resultado. Se le hizo tan tarde, que se fue sin su maletín. Estaba esperanzada de que mi visita a su oficina lo hubiera impulsado a traer a casa documentos de interés. Me apresuré al estudio para revisar su maletín. Encontré lo que estaba buscando. Fouad llevaba un diario detallado desde su adolescencia. Era extraño que un hombre como él expresara sus emociones en un papel. Intuí que esto revelaría muchos secretos. El más importante para mí era saber por qué se casó conmigo. Y por último, pero definitivamente no menos importante, por qué asesinó a Rauf.

Revisando las páginas, encontré entre dos hojas un sobre amarillento que contenía una carta. Lo abrí de inmediato, esperando que tuviera una clave del pasado.

"Mi querido Fouad:

Si estás leyendo esta carta, es porque estoy muerto. Si hay algo que puedo decir con certeza es que los amo con toda mi alma, a ti, a tu madre y a tus hermanas. Ahora eres el hombre de la casa y espero que tomes esta responsabilidad muy en serio. El responsable de mi muerte es el general Gaffar Abdul Aziz, el jefe de la policía militar y mi asociado. Su posición se encuentra entre las más poderosas del país. Puede hacer que las personas desaparezcan sin dejar rastro y hacer lo imposible. Él controla las fronteras y sus patrullas. Yo soy su enlace. Organizo el transporte de más de 500 kilos de hachís en camiones de dieciocho ruedas que vienen de Jordán a Antarah. El general se asegura de que estos camiones crucen la frontera desapercibidos.

Hemos hecho muchas de estas operaciones juntos y lo he convertido en un hombre muy rico. Esta última se suponía que fuera rutina, como las demás, pero hubo un accidente. Otro camión golpeó el nuestro en la parte trasera y se volcó, ocasionando una ruptura que expuso las drogas. Había hachís por todas partes y demasiados testigos que presenciaron los hechos. Esto provocó que se presentara un informe completo. Esta era una situación que el general no podía controlar.

El conductor fue interrogado y se llevó a cabo una investigación. Todo se mantuvo oculto de la prensa. Los involucrados se sintieron intimidados y no hablaron nunca del incidente. Desafortunadamente, alguien tendrá que pagar por este error y probablemente yo seré quien pague. Prefiero suicidarme que ir a la cárcel y avergonzar a mi familia.

Es tu deber utilizar esta información con prudencia y hacerle pagar al general por su traición. Sé que me harás justicia.

Tu padre,

Hussein Mustafa".

No podía creer lo que acababa de leer. Una gama de emociones, desde la ira hasta el desprecio, invadió mi ser. Era difícil creer que mi padre había puesto en marcha esta cadena de acontecimientos. Finalmente entendí lo que escuché cuando Fouad le contó a Esmaa que estaba ajustando cuentas. Yo solo había sido una ficha en su juego. No pude comprender cómo mi propio padre me había sacrificado a mí, su única hija, para salvarse de la humillación y el escándalo. Estaba destruida por lo que me acababa de enterar. De repente, oí que se cerraba la puerta de un auto. Instintivamente, puse la carta de vuelta en el diario y en su maletín. Me sequé las lágrimas y me compuse antes de que entrara alguien. Salí del estudio justo a tiempo.

—¿Regresaste tan pronto? Pensé que ibas a salir de la ciudad— le dije.

—Olvidé mi maletín. ¿Dónde está?— preguntó Fouad molesto.

—Asumo que contigo.

—¿Crees que hubiera regresado si lo tuviera conmigo?

—¿Estás insinuando que te lo oculté a propósito?

—No lo dudaría— hizo una pausa —. Debe estar en el estudio. Maldita sea, no puedo permitirme este tipo de distracciones antes de un ejercicio.

—Una nunca gana contigo.

—Necesito irme. No tengo tiempo para esto.

Lo acompañé hasta la puerta y la tiré. Lo quería fuera de mi vista. Estaba tan furiosa que solo deseaba gritar. Odiaba a Fouad y odiaba a mi padre. Este hombre había sido el centro de mi universo toda mi vida. Fue mi héroe, mi modelo a seguir. Ahora, su imagen estaba arruinada para siempre. Sentí que nunca conocí a ese hombre al que llamé Baba.

Tuve que preguntarme si mi madre estaba al tanto de la doble vida de mi padre, y si ella apoyaba su decisión de casarme con mi verdugo. Pensé en todo el dinero que heredé; dinero de las drogas, dinero deshonesto… dinero que resultó en dolor, muerte y miseria para muchas personas, incluyendo a Fouad.

Tal vez Fouad tenía el derecho de hacer de mi vida un infierno y usarme como lo hizo. Después de todo, el general Aziz era el responsable de la muerte de su padre y de su oportunidad para una vida feliz. Fouad fue producto de su entorno; de un odio que corría tan profundo por sus venas que lo había convertido en un ser despiadado. Era incapaz de amar a nadie, ni siquiera a sí mismo.

Rauf probablemente había sido su blanco desde un principio. Fouad estaba resentido por la buena fortuna de su amigo. Al ocasionarle la muerte, pensó que ocuparía su lugar en el palacio y en el corazón del Presidente pero no fue así. Cuando su plan fracasó, decidió traicionar al Presidente, un hombre que también era responsable, hasta cierto punto, de la muerte de su padre. Me sentía tan deprimida. No podía pensar en nada más que estar con Brahim. Fui al hospital para hablar con él. Ya se había ido, así que me arriesgué y fui al chalet. Su auto estaba allí.

—Fátima, no puedo creer que estés aquí— dijo Brahim mientras me abrazaba con fuerza.

—Sé que te dije que teníamos que mantener nuestra distancia, pero tenía que verte. Necesitaba sentir tu abrazo. Necesitaba alguien con quien hablar. No sé por dónde empezar…

Le conté a Brahim sobre las conversaciones grabadas y el diario de Fouad. Se sorprendió al aprender todos los detalles sórdidos.

—Lo siento mucho, Fátima. Sé cuánto amabas a tu padre. Pero la gente comete errores.

—No el tipo de errores que destruyen las vidas de otras personas. No el tipo de errores que convierten a alguien en un asesino.

—Fouad tomó sus propias decisiones.

—Aun así, si el padre de Fouad estuviera vivo, tal vez hubiera sido otro hombre.

—Nunca lo sabremos. ¿Y ahora qué hacemos? Estás en una situación muy delicada.

—Lo sé, pero todavía no tengo pruebas suficientes para alejar a Fouad. Estas son acusaciones serias. Sin pruebas concretas, realmente estoy cavando mi propia tumba. Fouad podría manipular la situación para hacerme la responsable.

—¿Cómo puedo ayudarte?

—Escuchándome y dándome fuerzas y coraje para vencer mis miedos.

—No quiero que tengas miedo. Solo quiero que te liberes de todo tu pasado, de todo este dolor que está endureciendo tu alma.

—Brahim, hazme el amor. Hazme el amor como si fuera la última vez que nuestros cuerpos se volverán uno. Hazme olvidar todo lo ruin en mi vida. Hazme feliz aunque solo sea por una última vez.

Lenta y suavemente, me desnudó. Besó todo mi cuerpo, acarició mi piel con la ternura de nuestra primera vez hasta que me sentí relajada. Me besó profunda e intensamente. Tocó mis senos con la punta de su lengua, haciéndome estremecer con una sensación encantadora. Anticipé el momento que él había construido cuidadosamente para darme placer. Finalmente, nos entregamos por completo. Fue una experiencia sublime que nos satisfizo a ambos y nos hizo sonreír. En ese momento, quería decirle de nuestro bebé. Sabía que esta noticia llenaría su vida de ilusión y alegría. Pero no pude. Tenía que seguir adelante con mi plan y lograr una separación definitiva de Fouad, para alguna vez tener la oportunidad de ser feliz. Necesitaba a Brahim alejado de los colmillos venenosos de mi marido.

—Nunca me he sentido más cerca de ti que en este momento— dijo.

—Me haces olvidar toda mi tristeza con tu amor. Brahim, te amo más que nunca. Sé que pronto estaremos juntos, lo siento. Dame un poco más de tiempo…

—Te amo, habeebtee. Mi vida es nada sin ti. Esperaré todo el tiempo que sea necesario para estar contigo. Solo necesito que tengas cuidado y que sepas que puedes contar conmigo para cualquier cosa.

Se estaba acercando la noche. Ambos caminamos tomados de la mano hacia nuestro atardecer mediterráneo, preguntándonos si este sería el último.

—Me tengo que ir. Gracias por hacerme feliz— le dije mientras le daba un beso de despedida.

De camino a mi casa, pensé en Brahim. Él era la calma antes de la tormenta; me daba fuerzas. Era el amor de mi vida, mi roca, mi razón de vivir. Ahora cargaba en mi vientre a nuestro hijo, un rayo de luz para alumbrar un sendero largo y oscuro.

capítulo 26

Vidas en peligro y secretos revelados

Mi saga comenzó cuando llegué a la casa. Al abrir la puerta, Esmaa iba de salida.

— ¿Desde cuándo haces visitas a domicilio? — le pregunté.

— Te he estado esperando.

— ¿A mí? ¿Para qué?

— Necesitaba que me aconsejaras con respecto a los hombres. En realidad, un hombre en particular, Brahim — dijo Esmaa.

— ¿Problemas en el paraíso? Tal vez deberías olvidarte de los médicos y limitarte a militares. Creo que encajan mejor con tu personalidad. Lo siento, pero estoy agotada. Tendremos que hablar en otro momento— dije mientras subía las escaleras hacia mi habitación.

Me alegré de saber que Esmaa y Fouad habían estado juntos. Esto significaba que tendría nuevas conversaciones grabadas que podrían tener lo necesario para hundirlos.

—¿Por qué no viniste al estudio cuando llegaste?— preguntó Fouad.

—Estabas ocupado con Esmaa— le contesté.

—Esmaa me trajo unos papeles que dejé en la oficina.

—Eso no fue lo que ella me dijo.

—¿Podemos dejar de hablar de ella y hablar de lo que pasó esta mañana?

—¿Qué pasó esta mañana?

—Sé que fui un poco grosero contigo. Necesitaba estar en el campo realizando unas pruebas de armas. Ya estaba tarde y luego tuve que regresar a buscar los documentos que había dejado en mi maletín. Fue una de esas mañanas y me desquité contigo injustamente.

—Y ahora quieres besarme, reconciliarte y que cumpla con las promesas que te hice antes de irte. Siento decepcionarte, pero estoy cansada y quiero irme a la cama. La próxima vez piensa antes de actuar.

Fui muy firme. No podía acostarme con él después de todo lo que había descubierto y menos después de haberme entregado a Brahim. Esperaba que aceptara lo que le dije y me dejara tranquila. Afortunadamente, regresó a su estudio.

Al día siguiente, se despertó muy temprano y se fue con el maletín en la mano. Lo vi desde la ventana mientras su auto se alejaba. Corrí al estudio ansiosa por escuchar las conversaciones grabadas del día anterior.

—Esmaa, ¿qué estás haciendo aquí? Ya te advertí que no regresaras a la casa.

—Tenía que saber si esta noche era la noche.

—No será esta noche— dijo Fouad.

—Estás enamorado de esa perra, ¿verdad? ¿La vas a matar o tendré que hacerlo yo?

—Esmaa, aquí el que da las órdenes soy yo. Ella morirá cuando yo lo diga— respondió Fouad.

—Sin sus veinte millones, no tenemos futuro.

—¿Crees que no lo sé, Esmaa? Pronto lo tendremos todo. En cuestión de días, Antarah será nuestra. Juntos seremos indestructibles.

—Entonces, ¿qué esperas? ¿Por qué no has eliminado a tu dulce Fátima?

—Sé lo que estoy haciendo. Tiene que ser en el momento preciso. ¿Ya colocaste las pruebas?

—Por supuesto. No quedará ninguna duda de que el buen doctor asesinó a su amante en un arrebato de celos. Y tú, ¿te deshiciste del diazepam que usaste con Rauf?

—Sí, la casa está limpia de cualquier substancia que pueda incriminarme. Piensas en todo. Por eso es que te amo.

—Con Fátima muerta y el médico en la cárcel, habrás cumplido tu venganza.

—El médico tendrá que morir para que eso suceda, pero unos años de cárcel le harán bien. Después, será ejecutado. Cuando me convierta en el presidente de Antarah, el Dr. Al-Khateb pagará por el asesinato de mi esposa.

Detuve la cinta, temblando incontrolablemente. Nunca imaginé el alcance de la maldad de Fouad. Respiré profundo varias veces. Luego, llamé a Brahim al hospital.

—Nuestras vidas corren peligro, tenemos que irnos de Antarah ahora— dije en pánico.

—¿Qué pasó?— preguntó.

—Tengo la cinta. Está todo aquí.

—Cálmate, mi amor. Prepara una maleta y reúnete conmigo en el aeropuerto.

—Estoy segura de que Fouad y Esmaa han pensado en todo. Nuestros nombres deben de estar en cada punto de control del país: aeropuertos, estaciones de trenes, las fronteras… No podemos alertarlos. Tenemos que escondernos. ¿Qué vamos a hacer?

—El hombre de la frontera, el teniente Janoudi.

—Sí. Tú salvaste a su hijo. Estoy segura de que nos ayudará.

—Creo que podemos confiar en él. Date prisa, Fátima, no tenemos mucho tiempo.

Mientras empacaba mis cosas, pensé en todo lo que estaba dejando atrás: una Jamila embarazada, su pequeño Ramee, Dalal, Samira, la familia de Brahim… Me pregunté si alguna vez los volvería a ver. Necesitaba dejarles saber que Fouad planeaba un golpe de estado. Tenían que estar preparados para una posible guerra civil.

Llamé a Jamila y le expliqué brevemente lo que podría deparar el futuro.

—Jamila, esto te parecerá insólito, pero tienes que jurar por Alá que no llamarás a Fouad ni repetirás lo que te voy a decir.

—Me estás asustando, Fátima.

—Júramelo— le dije con voz firme.

—Lo juro por Alá.

—Fouad está planeando derrocar al gobierno. Los próximos días serán caóticos. Quiero que Samira se quede contigo. Llama a Dalal para que también esté preparada, pero no le des muchos detalles. Tomen las medidas pertinentes para estar seguros. Los amo.

—Fátima...

Colgué.

Sentí que Jamila estaba preocupada por mis palabras y mi comportamiento extraño. No era para menos. En el Islam está prohibido jurar, pero si una persona lo hace solo puede jurar por Alá. Romper esa promesa sería algo muy grave. Me incomodó poner a Jamila en ese dilema, pero era mi única garantía de que mantendría su palabra y protegería a las personas que amaba.

Cuando terminé de empacar, me percaté de la estatuilla de camello que me había traído mi padre en su último viaje a Antarah. Impulsivamente, la coloqué entre mi ropa con mi pasaporte y dinero. Me puse la ropa negra con la que podía ocultar mi identidad.

Antes de reunirme con Brahim, le envié una carta al presidente Saeed por mensajero explicando las intenciones de Fouad. Adjunté los resultados del laboratorio y las grabaciones de las conversaciones entre Fouad y Esmaa como evidencia. Dejé muy claro que ni Brahim ni yo estábamos involucrados en este plan siniestro.

En todo a mi alrededor, taxis, tiendas, restaurantes… se desplegaban las imágenes de Rauf. Esto era un recordatorio de que le debía a él y a la gente de Antarah el exponer a mi esposo por lo que era: un asesino despiadado.

Mi única esperanza era que la carta llegara al Palacio Presidencial antes de que fuera demasiado tarde. A pesar de mi resentimiento hacia Baba, traté de rescatar su imagen tras sus errores y ofrecerle a la familia de Rauf respuestas por su muerte inesperada. Oré para que Alá protegiera al líder de la nación y a su familia y lo guiara en los tiempos difíciles que se aproximaban.

Cuando llegué al hospital, Brahim estaba esperando impaciente en su auto.

—Fátima, entra. Gracias a Dios que estás bien. Fouad estuvo aquí buscándote— dijo Brahim.

—Tenemos que irnos.

Me pregunté si Jamila había roto su promesa.

Manejamos por más de dos horas. Brahim me aseguró que todo estaría bien, pero me sentía nerviosa. Había puesto en marcha una reacción en cadena volátil. Ahora, no había vuelta atrás.

—¿Qué pasaría si Fouad ganara el control de Antarah? ¿Qué pasaría con nuestros amigos y familiares? No podría vivir conmigo misma si algo le pasara a alguno de ellos.

—Fátima, tu vida está en peligro inminente. Si te quedas y mueres, ¿qué lograrías? ¿Cómo ayudaría eso?

—Estoy tan confundida.

—Confío en que el teniente Janoudi nos ayudará.

Cuando nos acercamos a la frontera, notamos mucha actividad. Me tapé la cara, temiendo que alguien me reconociera. Brahim fue a la oficina para hablar con el teniente. Momentos después, volvió.

—¿Estás lista? Coge tus cosas— dijo Brahim.

—¿Está todo bien?

—Como sospechabas, nuestros nombres están en la lista de los más buscados en todos los puntos de control de Antarah.

—Janoudi, ¿nos ayudará?

—Sí, pero hoy solo puede ayudar a uno de nosotros. La oficina está plagada de la policía militar. Te esconderá en su vehículo, cruzará la frontera y te llevará a un pueblo cercano en Jordán. En unos días, hará lo mismo por mí. Esto me dará tiempo para cuidar de mi familia y asegurarme de que estén a salvo. Es lo mejor.

—No me puedo ir sin ti— le dije aferrándome a él—. Eres mi vida.

—Aquí están tus pulseras. Cuando las mires, piensa en mí.

Al ponerlas en mi muñeca, dijo: "Esta es para recordar nuestro atardecer mediterráneo, los momentos más bellos de nuestras vidas. Esta es para que nunca olvidemos los tiempos difíciles que vivimos lejos el uno del otro. Esta es mi promesa del futuro que construiremos juntos, donde nada, ni siquiera la muerte, se interpondrá entre nosotros. Estaremos juntos, Fatme. Lo juro, habeebtee".

En ese momento, lo abracé con todas las fuerzas de mi alma. No quería dejarlo ir. Nos besamos a través de la delgada malla que cubría mi rostro.

—Te amo con todo mi ser, ayunnee— le dije.

—Te amo más— respondió.

—Brahim, tengo algo que decirte…

En ese momento, el teniente se acercó a nosotros pues había creado una distracción para que entrara en su auto sin ser vista.

—Tenemos que irnos ahora— gritó el teniente—. Algo está sucediendo y esta podría ser nuestra última oportunidad. La distracción deberá darle suficiente tiempo para abandonar esta área. Adiós y buena suerte.

Mi corazón estaba destrozado. Estaba angustiada porque no pude decirle que estaba embarazada y que iba a ser padre. Todo sucedió tan rápido. Cuando comenzamos a cruzar la frontera, escuchamos disparos. Cuando miré hacia atrás, un hombre vestido de civil caía al suelo. Mi instinto me dijo que era Brahim. Grité de angustia e intenté abrir la puerta para correr hacia él. El teniente aguantó mi brazo con fuerza. Por un momento, pensé que nos había traicionado.

—Tengo que estar con él— dije sollozando—. Por favor déjeme ir.

—No podemos volver. Estaría arriesgando nuestras vidas. La llevaré a un lugar seguro.

—Necesito saber lo que pasó con Brahim— dije con voz temblorosa.

—Alguien debe haber escuchado su nombre y reconocido de la lista. Probablemente no llegó a tiempo al auto o intentó resistir al arresto. Sé que la amaba mucho. Lo vi en sus ojos, incluso la primera vez que lo conocí. Estaba dispuesto a sacrificar su vida por la suya.

Lloré desconsoladamente.

—Sé que quería que fuera feliz y siguiera su corazón— dijo apoyando una mano en mi hombro.

—¿Cree que está muerto? ¿Qué le va a pasar?

—No tengo las respuestas. Solo sé que le debo la vida de mi hijo. Si él está vivo, haré todo lo que pueda para ayudarlo.

—Cuando lo vea, dígale que lo estaré esperando todo el tiempo que sea necesario. Dígale que lo amo— le confesé nerviosamente mientras secaba mis lágrimas, tratando de convencerme de que todo iba a estar bien.

Finalmente llegamos al pueblo. Me dejó en la casa de un pariente, a una hora de la frontera.

—No es mucho, pero aquí estará a salvo por un tiempo— dijo.

—Gracias. Por favor cuide a Brahim y no olvide decirle que lo amo, que lo extraño y que lo veré pronto.

A medida que pasaban los días, escuchábamos en un radio de banda corta las noticias de Antarah. La familia del teniente

Janoudi me consolaba mientras escuchaba los informes devastadores que contribuían a mi desesperación.

Fouad y sus partidarios habían tomado varias ciudades pequeñas donde amenazaban con usar armas químicas si el Presidente no se rendía. Estallaban bombas por todas partes, en oficinas gubernamentales, autobuses, mercados y museos. Ningún sitio era seguro. Estaban destruyendo todo en su camino con tal de lograr su objetivo.

Fotos en los periódicos jordanos detallaban la inmensa destrucción. Mi hermosa Antarah ahora estaba en ruinas. Más de cien mil muertes, civiles y militares, habían sido reportadas. Entre ellos estaban el teniente Janoudi y su familia. Estaba destrozada por la noticia. El teniente era un hombre noble y de principios que había arriesgado su vida por nosotros y ahora estaba muerto. También era mi único vínculo para averiguar el paradero de Brahim. ¿Cómo sabría si estaba vivo o muerto? Me atormentaba este pensamiento. Mi vida era incierta y mi destino era cruel.

Después de la muerte del teniente, recibimos noticias alentadoras. Parecía que los días de Fouad estaban contados. Su plan había fracasado. Al parecer, algunos de sus aliados eran infiltrados. Hombres leales al presidente Saeed que tenían una misión: descubrir todos los detalles complejos de su operación y ponerle fin. Fouad y sus cómplices fueron llevados ante la justicia y pagaron el precio más alto por su traición. Todos los involucrados en el golpe de estado fueron ahorcados en la plaza pública.

Me sentí aliviada al saber que Fouad estaba muerto y completamente fuera de mi vida. Era difícil creer que alguna vez tuve sentimientos por un hombre capaz de tal maldad.

Ahora que la guerra había terminado, esperé pacientemente a Brahim. El país seguía en caos. Surgieron pequeños grupos contra el régimen y todavía existía una atmósfera de inestabilidad.

Ya mi embarazo empezaba a notarse, así que me instalé en un pequeño apartamento en el pueblo. Allí, con la ayuda de una partera, di a luz a mi precioso bebé, a quien llamé Hasan, el nombre del padre de Brahim. Estaba tan emocionada con su llegada. Él era mi pedacito de cielo; mi recordatorio diario del amor intenso que Brahim y yo vivimos.

Pasaron los minutos, las horas, los días, las semanas y los meses sin tener noticias de Brahim. Asumí lo peor, pero seguí esperanzada. Necesitaba creer que tendría una segunda oportunidad de ser feliz; que mi hijo conocería a su padre y tendríamos la familia con la que habíamos soñado.

Al pasar el año, decidí dejar Jordán. Había estado inquieta con toda la situación en Antarah. Necesitaba distanciarme de mi pasado.

Viajé con Hasan a la villa toscana que había heredado de mi padre en Maremma. Era una ciudad mágica. Los paisajes me recordaban a Antarah. Entendí por qué mi padre había escogido este lugar para retirarse.

Estaba frente al mar y tenía el encanto del viejo mundo. Se respiraba aire fresco y el verde brillante de las montañas era relajante. Un lugar tranquilo y aislado de la realidad.

La villa no era nuestro chalet en Antarah, pero compartía su mejor recuerdo: el atardecer mediterráneo. Mientras miraba hacia el horizonte y veía el sol desaparecer, anhelaba que en algún lugar Brahim también lo estuviera mirando y pensando en mí.

Todos los días orábamos para que Brahim regresara a nosotros. Hasan imitaba todos mis movimientos y repetía lo que decía. Era mi obligación educar a nuestro hijo con las enseñanzas del Corán y alentar la oración como un aspecto obligatorio del Islam. Eso fue el legado más valioso que Brahim trajo a mi vida.

Había traído el único recuerdo que tenía de Baba, la estatuilla de camello. Cuando la fui a poner en la mesa, se cayó al piso partiéndose por la mitad. Mientras trataba de pegarla, me di cuenta de que había un papel adentro. Era la última pieza del rompecabezas que llenó los espacios en blanco para cerrar el capítulo más horrible en mi vida.

"... Al día siguiente, fui con algunos oficiales de alto rango, que estaban involucrados en el trato, a la casa del hombre que organizó esta y todas las demás operaciones del transporte, Hussein Mustafa, el padre de Fouad.

Fuimos a exigir nuestra parte del dinero. No éramos responsables por el percance. Hicimos nuestra parte y queríamos nuestra paga.

El señor Mustafa se excusó para ir al baño. Unos minutos después, escuchamos un disparo. Se había suicidado porque no tenía el dinero para pagarnos. Él estaba consciente de que lo íbamos a arrestar, a dejar podrir en la cárcel y eventualmente, a matarlo.

Ahora, teníamos un cadáver y tuvimos que inventar una historia convincente del por qué estábamos ahí. Explicamos que nos llegó una confidencia sobre su posible conexión con la redada de drogas y por eso fuimos a investigar. La historia no cuadraba, pero nadie iba a desafiar mi autoridad.

Quería distanciarme del escándalo, así que solicité que me reubicaran. Fue el momento perfecto. El Presidente estaba listo para nombrar un embajador en los Estados Unidos. Yo era un amigo de confianza y una excelente selección.

Hussein Mustafa fue sobrevivido por una esposa, un hijo y tres hijas. La madre de Fouad murió poco después que su padre. Sus tías y tíos ayudaron con la crianza, pero no fue suficiente.

Un día, Fouad encontró una carta. En ella, su padre contaba la historia y mencionó mi nombre. Fouad tenía el arma perfecta para chantajearme. Le envié dinero mensualmente para ayudar a su familia, financié su educación militar e incluso le hablé bien de él al Presidente. Nunca sospeché que Fouad seguía cada paso de mi vida tan de cerca, especialmente en lo que concernía a ti. Entonces, esa noche me llamó y exigió tu mano en matrimonio. Amenazó con exponer los secretos del pasado si no accedía.

Acepté y reconozco que fui un cobarde. Tenía tanto miedo de empañar mi reputación intachable y de convertirme en una vergüenza para mi país que cedí. No podía aceptar ese final después de todos los años que trabajé para ganarme el respeto y la admiración del Presidente y mis colegas. No quería traerle deshonra a mi familia. No podía soportar la idea de que te avergonzaras de mí. Reconozco que fui más un político que un padre. Por favor, no dudes de mi amor por ti. Realmente pensé que Fouad te haría feliz después de todo lo que había hecho por él. Me apresuré a tomar tantas decisiones y me arrepiento de tantas cosas. Espero que encuentres en tu corazón el perdón. Te amo más que la vida misma. Ojalá me hubiera sacrificado por tu felicidad. Este es un error con el que tendré que vivir por el resto de mi vida".

Después de leer esto, entendí todo. Por unos días estuve frustrada y enojada, hasta que comprendí que no podía cambiar el pasado. Acepté que mi padre no era perfecto. ¿Quién lo es? Pagué por muchos de sus errores. Ese era mi destino. Ahora, tenía que dejar el odio a un lado, perdonar a Baba y comenzar a sanar.

Algo positivo salió de mi unión con Fouad: conocer a Brahim, el único hombre que le dio sentido a mi vida. Sin él, no tendría a mi hermoso Hasan y la alegría incomparable de ser madre. Todo tiene una razón de ser. A veces no lo comprendemos, pero mi destino ya estaba escrito y lo acepté. Ahora quería una oportunidad de agradar a Alá con mis acciones por el resto de lo que me quedara de vida.

Como madre, comprendía que todos cometemos errores. Y aunque deseamos y esperamos lo mejor para nuestros hijos, a veces las circunstancias se apoderan de nuestra realidad, haciéndola imposible. Involuntariamente, había privado a mi hijo de un padre y de una vida normal por no medir las consecuencias de mis acciones.

capítulo **27**

Regreso a Antarah

Ya habían pasado dos años desde el día en que me fui de Antarah. Regresé a un país devastado. Había contribuido con 15 millones de dólares para un fondo establecido para ayudar a la reconstrucción de un país que había quedado en ruinas. Era mi obligación moral ayudar a un pueblo al que había llegado a amar. Era una oportunidad para comenzar a rectificar los errores de mi padre. Ahora era el momento de enfrentar a mis demonios y a mis ángeles.

Visité a Jamila y Dalal. Ramee ya era un hombrecito y Amar, el hijo más pequeño de Jamila, era unos meses mayor que Hasan. Dalal estaba esperando su segundo hijo. Su niña, Sarah, se parecía a ella. Me quité un gran peso de encima al saber que todos estaban bien. En medio del caos, siempre había un rayo de esperanza.

Le pregunté a Dalal sobre Brahim. Ella no sabía nada. Era como si la tierra se lo hubiera tragado. Me dirigí a buscar respuestas a la casa de la familia de Brahim. Estaba nerviosa de cómo reaccionarían, considerando que había puesto a su hijo en peligro, pero necesitaba saber si estaban al tanto de su paradero. Primero, me urgía hacer algo.

Era viernes, mi último día en Antarah; un día de oración y meditación en todo el Medio Oriente. Recordé cómo Brahim y yo pasábamos los viernes en el chalet. No sabía si estaba preparada para enfrentar el pasado, pero fui de todos modos. Me sorprendió ver que el área no había sido afectada por la guerra. De hecho, el chalet se veía igual. Fue allí donde hablé con Hasan sobre su padre y sobre lo felices que fuimos.

—Mama, ¿por qué lloras? — preguntó.

—Estaba recordando a tu Baba y cómo él amaba este lugar. Ojalá hubieras podido conocerlo. Te habría amado tanto — le dije abrazándolo y besándolo.

—¡Mama, mama, playa!

Caminamos hacia el mar. Hasan jugó en la orilla, deleitándose en mojarse los pies. Mientras lo observaba salpicando el agua, me di cuenta de lo mucho que Hasan se parecía a su padre. Minutos después, vi como sus ojos comenzaban a cerrarse, extendí una manta sobre la arena y lo puse a dormir una siesta. Se veía tan en paz. Esa calma me hizo pensar en los días en que Brahim y yo compartimos la verdadera felicidad. Esperaba nuestra puesta del sol con ansias y nostalgia.

Cuando el cielo comenzó a mostrar una variedad de colores vibrantes, escuché una voz que me hizo reaccionar.

—Habeebtee.

Me volteé con incredulidad.

—Oré por este momento durante los últimos años — continuó la voz.

—Brahim, ayunnee — dije mientras trataba de contener mis emociones.

No podía creer lo que veían mis ojos. Era él. Nos abrazamos fuertemente mientras el atardecer mediterráneo fue una vez más testigo de nuestro amor eterno; un amor que transciende tiempo y espacio. Nos abrazamos y besamos una y otra vez. Toqué su cara un millón de veces asegurándome de que no era un sueño. Era un verdadero milagro. Alá no nos había abandonado. Brahim y yo no hablamos, simplemente nos perdimos en nuestras miradas como la primera vez que nos conocimos. De repente, sentí un jalón en mi vestido.

—Mama, ¿quién es ese?— preguntó Hasan.

—Hasan, es tu Baba, Brahim— le contesté.

—¿Tengo un hijo?— preguntó Brahim con lágrimas en los ojos, un brillo en su rostro y una sonrisa incalculable.

—Sí, esta es una bendición de Alá. Nuestro pedacito de cielo— dije.

Cargó a Hasan y le dio un abrazo y un beso. Lo miró con tanta ternura y amor que derritió mi corazón.

—Mama dijo que me querías mucho— dijo Hasan.

—Te amo más que a la vida misma— dijo Brahim—. Fatme, me has hecho el hombre más feliz de la Tierra— dijo mientras besaba a Hasan y lo bajaba—. Quería hacer esto desde el día en que te conocí. Sé que parecía imposible entonces, pero las cosas han cambiado. Ya no tengo que ocultar mis verdaderos sentimientos al mundo. Lo creas o no, todos los días he estado viniendo aquí a esta hora con esto en mi bolsillo, esperando que sea el día en que te vuelva a ver. Alá ha contestado mis oraciones.

En ese momento abrió una caja pequeña que contenía un anillo antiguo de platino.

—Era de mi abuela. Antes de morir, ella le dijo a mi madre que lo guardara para mí, para que algún día pudiera dárselo a mi futura esposa. Yo era su nieto favorito, y la amaba con todo mi corazón. Años más tarde, mi mamá me dijo que el anillo se había perdido. Justo después que salí de prisión, mi madre inexplicablemente encontró el anillo. Lo tomé como una señal de Alá. No te puedes imaginar la esperanza que esto trajo a mi vida. Aquí, frente a nuestro hijo y frente a este majestuoso atardecer, te profeso mi amor eterno.

Se arrodilló.

—Fátima Aziz, ¿quieres casarte conmigo? — preguntó.

—Sí, ayunnee, sí— dije mientras besaba sus labios—. Por supuesto que me casaré contigo. He estado esperando este momento toda mi vida— respondí con lágrimas rodando por mis mejillas mientras Brahim colocaba el anillo en mi dedo.

— El tiempo ha pasado, pero mis sentimientos por ti solo se han profundizado. Te amo más que nunca— dijo.

Cuando nos abrazamos, Hasan comenzó a aplaudir. Teníamos, por fin, nuestro cuento de hadas después de una tumultuosa historia de amor.

—Mama, es hora de orar— dijo Hasan.

Los tres oramos juntos. Estábamos agradecidos de ser la familia con la que siempre habíamos soñado. Podía percibir que Brahim estaba orgulloso de la forma en que estaba criando a nuestro hijo.

Luego, mientras acariciaba el cabello de Brahim, comencé a contarle lo que había sucedido en ese día desafortunado.

—Mientras cruzaba la frontera, escuché el disparo y te vi colapsar. Estaba decidida a volver por ti, pero el teniente Janoudi insistió en que pondría en peligro nuestras vidas y él no podía correr ese riesgo. Me atormentaba la idea de que estuvieras herido, capturado, torturado... y días después, cuando no viniste a encontrarme, temí lo peor. ¿Qué te pasó?

—Me dispararon y me dieron por muerto. Algunos agricultores me encontraron y me cuidaron hasta que me recuperé. Luego, fui capturado y encarcelado hasta que el país se estabilizó. Un día, inesperadamente, fui liberado. Dijeron que era un indulto presidencial.

—Llamé al Presidente para asegurarme de que había recibido mi carta y que nuestros nombres estaban libres de sospecha. También le pregunté por ti. Le expliqué que después de que me ayudaste a escapar, desapareciste sin dejar rastro. Me aseguré de que él supiera que tú no estabas involucrado en el complot de Fouad. No tenía dudas de que ese hombre malvado intentara incriminarte por sus crímenes.

—Estuve a punto de ser ejecutado con los otros. Ahora sé que tu llamada fue lo que me salvó al final. Pensé en rendirme tantas veces, pero tu amor me mantuvo vivo.

—Ayunnee, sufriste tanto por mí.

—Lo haría todo de nuevo por ti, habeebtee. Vine al chalet todos los viernes con la esperanza de que algún día te volvería a ver. No sabía qué hacer, por dónde empezar. Pensé que te había perdido para siempre.

—No, nunca me perdiste, nunca me separaría de ti. Nuestro amor prevaleció contra todos los obstáculos que se nos presentaron. Te amo, Brahim.

En ese momento, nos abrazamos y nos besamos apasionadamente, todavía preguntándonos si todo era un sueño.

Después de unos días, Brahim y yo fuimos al juzgado e hicimos legal nuestra unión. Ahora éramos marido y mujer. A la mañana siguiente, el imán llegó al chalet para darnos las bendiciones de Alá. Esa tarde, tuvimos una reunión para que nuestros amigos y familiares se unieran a la celebración de nuestro matrimonio.

Brahim llevaba una gilabeeah, una túnica larga de color blanco sin cuello, con mangas largas y delicados bordados blancos en cada lado. Yo llevaba una túnica blanca similar con bordados plateados en los puños, el cuello y el dobladillo de la manga. Mi cabello estaba suelto con una trenza fina que entrelazaba una línea de flores de jazmín que corrían a lo largo de mi espalda. Estábamos descalzos en la arena, sobre una cama de pétalos de rosas rojas y blancas. Hasan estaba a nuestro lado vestido exactamente como su padre. Fue un día glorioso, con una brisa suave que acarició nuestros rostros resplandecientes.

Intercambiamos anillos justo cuando comenzaba la puesta del sol. Aunque no era costumbre intercambiar votos, rompimos con la tradición ese día y, frente a todos nuestros invitados, expresamos nuestros sentimientos más profundos.

—Fatme, mi amor, nunca te he visto más hermosa que hoy. Ha sido un viaje largo y doloroso para llegar hasta aquí, pero ha valido la pena. El verte aquí, delante de mí, sabiendo que ante Alá somos uno, es la alegría más grande de mi vida. Tener a nuestro hermoso Hasan presenciando este día es un verdadero regalo. Le agradezco a Alá todos los días por traerlos, a ti y a nuestro hijo, a mi vida y permitirme amarte como te amo.

—Brahim, hoy es el día más feliz de mi vida. Me enseñaste el significado del amor verdadero. Me mostraste lo hermosa que es la vida cuando la compartes con alguien tan especial como tú. Cuando nació Hasan, llenó mi corazón vacío porque sabía que tenía una parte de ti para siempre. Ahora que nos hemos vuelto a encontrar, has completado mi vida. Toda la tristeza desapareció. Finalmente tengo la familia con la que siempre soñé. Te amo.

Fue entonces cuando nuestros invitados emitieron un sonido tradicional, zalgoota, una especie de alarido único. Las personas cubren la parte de arriba del labio con su mano en forma de media luna y modulan el sonido de la lengua con movimientos repetitivos y rápidos. Era un ruido alegre seguido de frases expresando buenos deseos para los recién casados: "Que Alá bendiga su unión hoy y siempre". "Que Alá los mantenga saludables". "Que Alá los bendiga con muchos hijos". "Que Alá les dé una larga vida y bendiga a su adorable hijo".

Una vez más, este lugar se había convertido en un sitio mágico. Aquí fue donde habíamos hecho tantos planes y promesas, donde nos habíamos amado tanto. Este era el lugar donde nos volvimos a encontrar y nos juramos amor eterno, donde nos miramos a los ojos y nos perdimos en el momento. El momento en que el sol y el cielo se vuelven uno. Este fue el lugar de nuestro atardecer mediterráneo.

Estaba tan feliz. Solo deseaba que Baba y Mama estuvieran aquí para compartir el día más feliz de nuestras vidas. Sabía que de alguna manera podían ver la realización de lo que siempre habían querido para mí.

Después de una noche de comida, baile y alegría, los abuelos se llevaron a Hasan a su casa. Brahim y yo estuvimos solos por primera vez desde que nos reencontramos.

Era nuestra primera noche juntos como marido y mujer. Le dije a Brahim que quería ir a la habitación de huéspedes para preparar una sorpresa. "Te dejé algo en la cama", le dije.

Me sumergí en la bañera mientras Brahim se duchaba en nuestra habitación. Mientras me ponía un vestido rojo, transparente y satinado, pude escuchar suavemente nuestra canción de Sinatra en el fondo, "Fly Me to the Moon". Podía oler la loción de Brahim. Sentí la misma emoción y anticipación que la primera vez que hicimos el amor. Tenía ganas de verlo en sus calzoncillos rojos y satinados que hacían juego con mi vestido.

Cuando salí de la habitación, la luz de la luna permitió que mi silueta se viera a través de mi vestido. Cuando miré su cuerpo fuerte y musculoso, no pude evitar pensar en lo guapo que se veía allí de pie con su radiante y perfecta sonrisa. Me di cuenta de que él también estaba admirando mi cuerpo mientras caminaba hacia él.

Cuando me acerqué, me agarró de la mano y giró mi cuerpo para que mi espalda estuviera pegada a él. Luego procedió a acariciarme de la cintura hacia arriba. Cuando llegó a las tiras de mi vestido, las deslizó lentamente, permitiendo que se cayera al piso. Podía sentir su fuerte presencia detrás de mí. Entonces, me dio la vuelta. Besó mi cuello abriéndose paso hasta mis labios con un beso apasionado. Me llevó a la habitación. Brahim también tenía algunas sorpresas. La habitación estaba iluminada con el suave brillo de las velas y la cama estaba cubierta con pétalos de rosa.

Mientras me cargaba a la cama, me susurró al oído.

—Eres tan hermosa. No puedo esperar a hacerte el amor toda la noche.

—He estado esperando este momento toda mi vida— le dije mientras le susurraba al oído y le mordía suavemente la oreja—. Eres el único hombre al que quiero, te quiero ahora...

—Soy todo tuyo, hoy y siempre— dijo, recuperando el aliento mientras besaba cada parte de mí.

Tocamos y descubrimos nuestros cuerpos como la primera vez. Nos consumimos con intensidad. Ninguna fuerza de la naturaleza podría detener las emociones profundas que se habían apoderado de este momento indescriptible. No podíamos creer que todo finalmente era una realidad. Podíamos amarnos libremente, sin culpa, sin arrepentimientos, con un futuro por delante lleno de esperanzas y sueños.

—Momentos como este deberían durar para siempre— dijo Brahim.

—Momentos como este tienen hermosas consecuencias.

Cuando comenzamos a agotarnos, nos acariciamos y nos abrazamos con ternura hasta que nos quedamos dormidos.

En la mañana, encontré lo que parecía un libro en mi mesita de noche. La tarjeta decía "Para mi esposa, con amor. De ayunnee". Cuando miré detenidamente, me di cuenta de que era un diario.

—Quiero que leas esto algún día para que puedas asimilar la profundidad de mi amor por ti. Escribir me mantuvo cuerdo. Mis pensamientos más íntimos y privados están ahí para que los leas. Abrí mi corazón como nunca lo creí posible. Este no es el momento de detenerte en el pasado. Solo quiero que sepas que nunca debes dudar de mi amor por ti.

—Puedes estar seguro de que nunca daré por sentado tu amor, ayunnee.

Tocaron a la puerta. Era Hasan con sus abuelos. Fue una vista tan conmovedora. Fue difícil despedirnos, pero después de unas pocas semanas, los tres nos mudamos a la villa en Maremma para comenzar una nueva vida; una vida lejos de los recuerdos agridulces de Antarah. Nueve meses después, fuimos bendecidos con la llegada de una niña, Imán, el nombre de mi madre que, significa fe.

Aunque visitábamos Antarah a menudo para ver a nuestra familia, amigos y el chalet donde floreció nuestro amor, habíamos encontrado paz en nuestro retiro toscano. Agradecidos por todas nuestras bendiciones, Brahim y yo abrimos una pequeña clínica en Maremma para atender a los menos afortunados. Brahim ofreció cirugías pediátricas gratuitas para familias necesitadas. Este trabajo fue muy gratificante y estimulante a nivel espiritual.

Todos los días agradecemos todas nuestras bendiciones y oramos a Alá para que nos proteja. Cuando vemos las sonrisas de nuestros hijos, podemos sentir Su presencia y Su amor inconmensurable.

Cuando salimos al balcón de nuestra villa y contemplamos nuestro atardecer mediterráneo, es inevitable recordar todo lo que nos llevó a este momento y volver a enamorarnos de nuevo. Ese es nuestro hermoso regalo de Alá.

Epílogo

ños más tarde, la madre de Brahim murió. Nos entristeció mucho la noticia, pero agradecimos que ella pudo disfrutar de sus nietos. Me conmovió que en sus momentos finales pensara en mí. Su último deseo fue devolverme la pulsera de mi madre. Ella sabía lo mucho que significaba para mí. Fue un privilegio el haber compartido esa preciosa reliquia familiar con ella, pero su deseo fue que yo se la pasara a nuestros hijos.

Esa pulsera fue un recordatorio de mi hermosa infancia, así como un recordatorio del verdadero amor que superó obstáculos increíbles. Cuando abrí el corazón, confronté todos mis recuerdos, buenos y malos. Este corazón había tolerado el dolor y el sufrimiento que nos hicieron más fuertes. También fue una fuente infinita de amor, que hizo posible hasta lo imposible.

Días después, coloqué dos fotos nuevas sobre las antiguas, una de Hasan y una de Imán. Ahora, este ya preciado corazón adquirió un tercer y nuevo simbolismo: era mi recordatorio de nunca dar por sentado el sendero hermoso que Alá trazó para mí y para mi familia.

EL FIN

Agradecimientos

Fátima, fuiste mi mentora, mi editora, la primera persona en ver mi potencial y darme la oportunidad de trazar mi camino como escritora.

Jeannette, mi amiga de muchos anos, tus consejos y motivación siempre me impulsaron cuando creía darme por vencida.

Elsa, una sorpresa inesperada que iluminó mi creatividad. También me hiciste creer cuando pensé que me rendía.

Adriana y Marinieves, ayudaron a transformar algo bueno en algo mejor.

Sally, Avery, Mark y Carlene por dar los toques finales.

Marina, Chary, Lourdes y Aileen, a ustedes les debo Atardecer mediterráneo.

Los Chaar: Sami y Sara, el dúo dinámico de fotógrafo y modelo, y Mohammad, por tus recomendaciones.

Por último, las imágenes del atardecer mediterráneo del fotógrafo Morelli.

Gracias.

Yvette Canoura es una escritora de novelas de suspenso y romance, y la ganadora del mejor libro de ficción para adultos del 2019 Louisiana Author Project.

Nacida en el Bronx y criada en Puerto Rico, obtuvo su título en Periodismo Televisivo en la Universidad de Loyola, en New Orleans. Ha escrito para periódicos y revistas, además de ser presentadora de radio y televisión. La periodista fue galardonada por Associated Press por sus programas de radio y también fue miembro de Romance Writers of America, capítulo Sur de Louisiana.

Su fascinación por el Medio Oriente comenzó en 1989 cuando conoció y se casó con su esposo. Su amor por su familia, su cultura y su gente inspiró "Atardecer mediterráneo", el primero de una trilogía.

Indie Author Project

LOUISIANA AUTHOR PROJECT
2019 Adult Fiction Winner

Made in the USA
Middletown, DE
03 September 2022